L'amant du bout du monde

———————

Le souffle du désir

ANN MAJOR

L'amant
du bout du monde

éditions Harlequin

Titre original : A COWBOY & A GENTLEMAN

Traduction française de HERVÉ MALRIEU

HARLEQUIN®
est une marque déposée par le Groupe Harlequin

PASSIONS®
est une marque déposée par Harlequin S.A.

Photos de couverture
Couple : © GHISLAIN & MARIE DAVID DE LOSSY / GETTY IMAGES
Paysage : © PANORAMIC OUVRAGES / GETTY IMAGES

© 2002, Ann Major. © 2007, Harlequin S.A.
83/85 boulevard Vincent-Auriol 75646 PARIS CEDEX 13.
Service Lectrices — Tél. : 01 45 82 47 47
ISBN 978-2-2800-8482-6

Prologue

— Plus jamais je ne pourrai regarder Tony en face ! Plus jamais !

Zoé Creighton grimpa quatre à quatre l'échelle escamotable de la grange et se jeta sur un tas de foin. Puis, le cœur battant, elle risqua un œil entre deux planches disjointes de la paroi. Devant elle s'étalait le toit de la confortable demeure de tante Patty, à l'entrée du ranch. Un peu plus loin, l'éolienne scintillait au soleil encore brûlant de cette fin d'après-midi.

Le pick-up de Tony était garé devant la maison. Le jeune homme venait d'arriver à toute allure, au point que Zoé, terrorisée, avait failli arracher la moustiquaire de la porte de derrière en s'enfuyant. Les nuages de poussière blanche qu'il avait soulevés sur son sillage n'étaient pas encore tout à fait retombés sur les broussailles épineuses et écrasées de soleil du Texas.

L'air était saturé des senteurs douceâtres et fami-lières de la grange et de l'écurie du rez-de-chaussée — des odeurs mêlées de chevaux, d'avoine, de foin, de cuir... Pourtant, Zoé croyait presque sentir le parfum des lupins qui avaient métamorphosé en mer bleue et ondoyante le plus proche pâturage.

Fermant les yeux, la jeune femme essaya de se persuader que rien n'avait changé. En vain. Oh, si seulement... si seulement elle pouvait remonter dans le temps, juste 24 heures... Mais rien ne serait plus jamais comme avant, elle le savait.

Seigneur ! Qu'avait-elle contre elle-même ?

Elle se frotta les yeux et fixa l'énorme diamant qui brillait à son annulaire. Comme pour se persuader de son existence, elle le plaça sous le rayon de soleil filtrant à travers les planches, et le bijou cribla le mur d'étoiles scintillantes.

Oui, la bague était bien réelle. Malheureusement, ce n'était pas l'homme de sa vie qui la lui avait passée au doigt.

Elle serra le poing et, d'un geste vif, le dissimula derrière son dos.

A tout juste vingt ans, elle finissait sa licence à l'université de lettres la plus proche. Et pourtant, elle avait déjà l'impression que sa vie était finie.

— Mais qu'est-ce qui m'a pris, mon Dieu, qu'est-ce qui m'a pris ? se lamenta-t-elle pour la vingtième fois.

Alors qu'elle se repassait le film des événements en se traitant de sombre idiote, elle fut soudain interrompue par un bruit familier à l'extérieur de la grange. Elle sursauta en entendant la porte grincer, et elle sentit une angoisse sourde lui nouer le ventre tandis que, ainsi qu'elle l'avait craint, la silhouette de Tony Duke se dessinait sur un fond de lumière aveuglante. Il cria si fort son nom que les chevaux de l'écurie se mirent à hennir, raclant leurs sabots contre le sol.

Zoé se raidit. Elle avait tellement espéré qu'il ne reviendrait pas la chercher ici ! Il ne pouvait donc pas la laisser tranquille et rentrer chez lui ?

Pourtant, se souvint-elle avec un sentiment de honte, c'était bien elle, qui, la veille, lui avait offert sa virginité, dans cette même grange…

Au seul souvenir de son corps nu sous le sien, elle sentit la fièvre monter en elle, mais elle s'efforça de la chasser. Il ne devait pas la trouver. Elle ne pouvait pas lui parler, pas après ce qu'elle venait de faire… Si Tony ne la trouvait pas, peut-être renoncerait-il à la chercher… Peut-être finirait-il par s'en aller ?

Elle risqua un œil craintif vers l'étage inférieur de la grange et aperçut ses cheveux bruns. Il arborait encore sa tenue de rodéo : jean et chemise rouge de cow-boy mettant en valeur ses larges épaules. Il leva la tête, ce qui lui donna l'air arrogant. Il était si séduisant que toutes les filles des comtés environnants étaient folles de lui… Alors pourquoi l'avait-il choisie, elle ? se demanda-t-elle pour la énième fois. Il avait eu beau lui dire des dizaines de fois qu'il l'aimait, elle n'avait jamais vraiment réussi à y croire. Un homme comme lui n'avait rien à faire avec une fille comme elle...

Arpentant l'écurie, Tony ouvrit les box à la volée, tout en l'appelant d'une voix de plus en plus irritée.

— Abandonne, je t'en prie... Va-t'en ! chuchota la jeune femme.

Il ferma la porte d'un box avec une telle violence qu'elle sursauta. Elle avait même dû franchement sauter, car des brins de paille atterrirent sur les cheveux si bruns et les épaules si larges de Tony.

Il épousseta quelques brins de paille dans ses cheveux et leva les yeux vers le plafond.

— Alors, comme ça, tu es là-haut ? demanda-t-il sur un ton plus enjôleur que furieux.

— Je t'interdis de monter ! hurla-t-elle. Je ne veux plus jamais te parler !

— Tu aurais bien tort, ma jolie ! répliqua-t-il d'une voix rauque en se dirigeant vers l'échelle. Allez, ne fais pas la timide !

Elle entendit les bottes de Tony se poser sur les échelons de bois et trembla encore davantage, tandis que son cœur battait plus fort dans sa poitrine. A la seule idée d'avoir à lui faire face, des larmes perlèrent derrière ses paupières.

Ses larges mains bronzées apparurent en premier. Puis son beau visage viril, taillé à coups de serpe, et, comme toujours, éclairé d'un large sourire découvrant ses dents blanches.

Il la considéra longuement en silence.

— J'adore cette robe, dit-il enfin. Tu ne l'as pas changée depuis hier ?

Elle se souvint de ce qu'il lui avait dit la veille en voyant sa robe bleue pour la première fois. Avant de commencer à la caresser...

Elle rougit, sentit son estomac se retourner. Tout avait tellement changé, à présent !

— Va-t'en ! murmura-t-elle, éperdue, en reculant vers la paroi.

— Ta tante m'a dit que tu étais ici. Elle avait l'air furieuse.

Zoé se garda bien de répondre.

— Ce n'est pas ce que tu crois, Zoé, je t'ai cherché toute la nuit pour te le dire. Tu dois me croire, mon ange...

Elle frémit. A cause de ce qu'elle avait fait, la voix de Tony, aussi douce que du velours, la déchirait. Même si elle était à peu près certaine qu'il lui mentait pour l'amadouer.

— Trop tard ! marmonna-t-elle. Je suis désolée, moi aussi, et j'ai autant de raisons que toi de l'être !

— Judith n'est rien pour moi, je t'assure !

— Ce n'est pas ce qu'elle dit ! répliqua Zoé de la voix la plus sèche qu'elle put prendre.

— Elle n'est qu'une gamine, Zoé ! Pour l'instant, elle s'imagine qu'elle en pince pour moi, mais tu sais aussi bien que moi qu'elle a toujours eu tendance à exagérer.

Ça, songea Zoé, elle était bien placée pour le savoir. Cela ne faisait-il pas des années que Judith — sa meilleure amie — s'efforçait de séduire le beau Tony ?

Il grimpa les derniers barreaux de l'échelle et elle se mordit la lèvre quand il se trouva bientôt devant elle. Il lui paraissait encore plus grand — et beaucoup plus redoutable — que la veille, lorsque sa douceur et sa gentillesse avaient suffi à l'embraser…

— Je me moque bien de ce qu'elle dit ! ajouta-t-il d'une voix câline. Et tu en feras autant dès que je t'aurai embrassée.

— Nous ne nous embrasserons plus. Cela nous a déjà valu bien trop d'ennuis !

— Pourquoi t'es-tu enfuie juste après que nous avons fait l'amour ? chuchota-t-il en s'approchant d'elle, comme s'il n'avait pas entendu ce qu'elle venait de dire.

Elle tenta de reculer, mais elle ne parvenait pas à détacher son regard du sien, et elle resta face à lui, impuissante, comme hypnotisée par cet apollon.

— J'ai eu peur, balbutia-t-elle, je… je n'arrivais pas à croire que nous ayons fait cela.

— Pourtant, ma belle, cela ne t'a pas empêchée de revenir très vite, lorsque tu m'as vue avec Judith.

A ce seul souvenir, Zoé retrouva toute sa rage, toute sa colère.

— Comment as-tu pu lui tomber dans les bras, juste après ce que nous… ?

— Je ne suis pas tombé dans ses bras ! protesta-t-il en lui prenant la main. C'est toi que j'aime.

— Arrête ! cria-t-elle en tentant de lui retirer sa main. Tu mens ! Je sais bien ce que j'ai vu, Judith n'en avait que pour toi !

— Ecoute-moi, fit-il en resserrant la poigne autour de sa main pour la forcer à le regarder, je reconnais qu'elle a fait tout ce qu'elle a pu, mais…

— Tu ne vas pas me dire que tu n'as pas… ?

Il lui adressa ce sourire en coin dont, l'espace d'un soir, elle s'était crue la destinataire exclusive. Et malgré elle, malgré ce qu'elle savait, elle se sentit fondre de nouveau. Il était si grand, si brun, si beau… Elle ne pouvait le regarder sans ressentir encore l'excitation de son corps musclé sur le sien. *Oh, mon Dieu.*

— Zoé, prononça-t-il d'une voix solennelle tout en la regardant dans les yeux, je te jure que je n'ai rien fait avec elle.

Comme elle aurait voulu le croire ! Mais d'affreux doutes la tenaillaient. La veille, elle lui avait offert sa virginité, parce qu'elle avait voulu croire aux mots d'amour qu'il lui avait dits. Mais quelques heures à peine après lui avoir déclaré à quel point il était touché par le don qu'elle lui avait fait, elle l'avait retrouvé dans les bras de Judith. Et ensuite, tout s'était enchaîné très très vite.

Zoé sentit sa gorge se serrer. Ce qui s'était passé la

veille paraissait si loin… Elle ne pouvait pas lui dire ce qu'elle avait fait ensuite. Certainement pas !

— Je t'en prie, va-t'en ! chuchota-t-elle.

— Chérie, murmura-t-il à son tour, de sa voix envoûtante.

Elle frémit. Dire qu'elle avait cru, dans sa naïveté, que cette voix lui était réservée ! Elle voulut le repousser, mais il la maintenait fermement. Puis, sans la quitter des yeux, il approcha son visage du sien. Et lorsque sa bouche ne se trouva plus qu'à quelques centimètres de la sienne, il se pencha vers elle et l'embrassa doucement.

Incapable de rassembler ses idées, elle entrouvrit les lèvres. Elle le sentit glisser les mains dans ses cheveux, le long de son cou… Exactement comme la veille !

Autant dire une éternité auparavant.

— Cette fois, j'irai plus lentement, dit-il, la respiration déjà haletante.

L'espace d'un instant, elle oublia tout ce qui n'aurait jamais dû arriver. Sans doute venait-elle simplement de se réveiller d'un mauvais rêve. Maintenant que Tony était revenu, tout était de nouveau merveilleux.

Elle n'était plus la jeune fille timide qui se réfugiait derrière ses bouquins — ni l'inconsciente qui osait sortir avec le garçon le plus courtisé et le plus beau de Shady Lomas et de sa région. Judith ne le lui avait pas volé juste après qu'ils avaient fait l'amour pour la première fois. Et elle-même n'était pas allée noyer son chagrin à la fête foraine, et, de ce fait, n'avait pas rencontré l'habitant le moins respectable de la ville : Duncan Duke, l'oncle de Tony.

Si seulement elle n'avait pas accepté tous les verres que ce dernier lui avait offerts... et si seulement il ne s'était pas montré aussi compréhensif !

Les mains de Tony glissèrent sur ses épaules, le long de son dos... Il la serra contre lui et, de nouveau, l'embrassa. Le souvenir de Duncan l'emmenant dans sa Cadillac rouge s'estompa. Mais pas assez pour que l'affreux cauchemar qu'elle avait vécu ce matin l'abandonne.

Encore hébétée, elle s'était réveillée à côté de Duncan, et... à Las Vegas ! Etait-ce vraiment ce matin même ? Elle avait tendu les bras vers lui en murmurant le nom de Tony... et s'était mise à crier lorsque Duncan Duke, repoussant les draps, s'était moqué d'elle.

— Madame Duke, avait-il ricané, lorsqu'une femme se réveille sans savoir le nom de celui qu'elle a épousé la veille, l'heureux époux peut se demander si sa nuit de noces a été une réussite !

Horrifiée, elle avait considéré le vieux libertin en battant des paupières. Comment pouvait-il parler de nuit de noces ?

— Nous ne sommes pas mariés ! Vous pourriez être mon père !

Il avait levé les bras au ciel.

— Cela ne vous a guère gênée cette nuit. Souvenez-vous : Judith, et votre petit cœur brisé… Vous ne pensiez plus qu'à vous venger !

Puis, de nouveau, il avait ri pour se moquer d'elle.

Se venger ? Sûrement pas ! se dit-elle. En fait, elle n'avait aucun souvenir du mariage, ni de la nuit de noces. Elle ne se souvenait que de la fête foraine, et des courses de chiens qu'elle y avait vues. Entre deux courses, elle avait bu quelques bières tout en parlant à Duncan de son neveu Tony. Puis, à la fin des courses, Duncan l'avait fait monter dans sa Cadillac… De ce qui s'était passé ensuite, elle n'avait pas le moindre souvenir.

— Nous sommes allés jusqu'à Las Vegas ?

— Oui. Et nous avons fait bien plus que cela !

Duncan lui avait pris la main gauche et l'avait portée à ses lèvres, faisant étinceler la bague obscène qu'il lui avait offerte.

— Vous m'avez demandé en mariage, en disant que cela ferait jaser toute la ville et remettrait mon arrogant neveu à sa place.

— Ramenez-moi à la maison ! avait-elle hurlé. Il ne s'est rien passé du tout ! Je ne me suis jamais mariée avec vous !

Sans mot dire, il était sorti du lit — entièrement nu — et lui avait tendu tous les documents officiels. Sans parler des photos de la cérémonie. Celles où elle se trouvait dans les bras de Duncan lui avaient donné la nausée.

— Je vous ai embrassé ? Et quoi d'autre, grands dieux ?

Il l'avait alors considérée d'un regard lubrique qui l'avait épouvantée.

— Oh, non ! avait-elle murmuré d'une voix étranglée. Je vous en supplie, ne me dites pas que…

— Vous n'avez qu'un mot à dire, et je vous donne tous les détails.

Rien qu'à y repenser, elle se mit à frissonner, malgré la chaleur des bras de Tony. Car même si elle était rentrée chez elle depuis cette horrible nuit dont elle ne se souvenait pas, cela ne changeait rien : elle était bel et bien l'épouse de Duncan Duke.

Pire ! Elle se retrouvait dans les bras de Tony — le neveu de son mari — et elle gémissait de plaisir. C'était le pire des cauchemars : ceux de la vie réelle, dont on ne se réveillait jamais.

Plaçant les mains sur le torse puissant de Tony, elle tenta de le repousser. Lorsqu'il relâcha enfin son étreinte, elle s'écarta d'un pas et fit scintiller dans un rai de soleil la grosse bague que Duncan Duke lui avait passée à l'annulaire. Des éclats de lumière se projetèrent sur le visage de Tony.

Celui-ci plissa les yeux, mais sans les détourner des lèvres humides de la jeune femme.

— J'ai fait quelque chose d'irrémédiable, dit-elle d'une voix entrecoupée. C'est pire qu'un cauchemar, parce que c'est réel. Je n'arrive pas à comprendre comment j'ai pu faire une chose pareille. Mais j'avais tant de chagrin… Je crois que je l'ai fait pour que tu me reviennes.

— Ma chérie, je t'aime tant qu'il n'y a rien au monde que je ne pourrais te pardonner. Je t'ai toujours aimée. Depuis l'école primaire, avec tes tresses rousses si longues, si belles… Pourquoi ne me crois-tu jamais ?

— Parce que, contrairement à toi, je ne suis ni courtisée sans arrêt, ni très jolie…

— Je t'ai dit des milliers de fois que tu te faisais des idées. Si tu le voulais, personne ne te résisterait.

D'un air absent, elle se passa la main dans les cheveux, et le diamant projeta une myriade d'éclats de lumière sur la paroi de bois.

— Je t'en voulais tellement à cause de Judith que je me suis enfuie, et… et… eh bien, il paraît que je me suis mariée. En fait, je ne m'en souviens pas vraiment…

— Tu t'es mariée ?

Il lui saisit la main et considéra pour la première fois l'anneau qu'elle portait à l'annulaire. Il voulut parler, mais aucun son ne sortit de ses lèvres. Il porta un regard dur sur son visage livide.

Zoé baissa les yeux sur ses bottes noires.

— J'ai épousé ton oncle Duncan, murmura-t-elle.

— Tu as fait *quoi* ?

Il la prit par le menton, la forçant à relever la tête, et plongea son regard dans le sien.

— J'ai…

— Ce vieux salaud est plus vieux que ton père le serait s'il était encore en vie !

— Tu crois que je ne le sais pas, murmura-t-elle dans un sanglot.

— Et dire qu'on croyait qu'il courtisait ta tante Patty ! Toute la ville l'a vu partir dans sa satanée Cadillac rouge qu'il n'aurait jamais pu se payer s'il n'avait pas volé notre terre !

Sur l'instant, Zoé n'aurait su dire ce qui l'épouvantait le plus, de l'idée d'avoir épousé cet horrible type ou de la rage qu'elle voyait danser dans les yeux de celui qu'elle aimait, et qu'elle venait de perdre à jamais…

— Le salaud ! répéta Tony en hurlant presque.

Tony libéra Zoé de son étreinte et se mit à faire les cent pas en serrant les poings. Ce moins que rien de Duncan n'avait jamais eu le courage de travailler, mais on avait découvert du pétrole sur le bout de terrain inculte et marécageux qu'il possédait, et il était devenu l'homme le plus riche du comté. Mais cela ne l'avait pas rendu meilleur pour autant, loin de là ! Tony se rappela alors à quel point Duncan avait été intraitable avec Henrietta, la mère de Tony, lorsqu'elle était allée le voir après avoir perdu tout son bétail lors de la dernière canicule. Ce salaud, qui était quand même le demi-frère d'Henrietta, avait refusé de lui venir en aide, et l'avait forcée à lui vendre la presque totalité de ses terres, ainsi que le ranch familial dont elle avait hérité, et qu'il lui louait à présent au prix fort.

— Chaque mètre carré que possède ton mari devrait m'appartenir ! gronda Tony. Surtout le ranch !

— C'est là tout ce qui t'importe ? Les terres et le ranch ?

— Et qu'est-ce qui t'importait, toi, lorsque tu as épousé mon oncle Duncan ?

Zoé chancela sous le ton méprisant avec lequel il avait prononcé ces derniers mots.

— Tu faisais l'amour à Judith ! Cela m'a rendue folle de jalousie. Alors, c'est de ta faute si je me suis retrouvée mariée. Je… je ne me souviens même pas exactement de la manière dont c'est arrivé !

— Tu ne t'en souviens pas ? Tu me prends vraiment pour un imbécile ! cria-t-il en revenant vers elle, furieux.

Il s'arrêta juste devant elle, lui prit les mains d'un geste sec et la dévisagea d'un air sombre.

— Et pour la dernière fois, je te répète que je n'ai jamais couché avec Judith ! Mais je ne vais pas m'en priver maintenant ! Et puis tu as raison, ajouta-t-il d'une voix de plus en plus furieuse, je ne pourrai jamais te pardonner ce que tu as fait ! La ville entière ne le pourra jamais. Ni les filles de Duncan, mes chères demi-cousine Lana et Sue Ellen. Elles te hacheront menu. Pourquoi t'a-t-il épousée, à ton avis ? Pour pouvoir nous harceler davantage, tout simplement !

Sur ces mots, il la prit par la taille.

— Qu'est-ce que tu fais ? s'écria-t-elle en se débattant.

— N'est-il pas d'usage d'embrasser la mariée ? persifla-t-il en la forçant à s'adosser au mur, pressant contre elle ses muscles d'acier.

Bientôt, sa bouche s'écrasa contre la sienne. Le souffle coupé, elle sentit son cœur assoiffé de l'amour qu'il avait voulu lui donner, tandis que son corps s'embrasait au souvenir de leurs étreintes de la veille… Elle gémit doucement.

Il s'écarta brusquement et se mit à rire.

— Félicitations, *madame Duke* ! chuchota-t-il en essuyant du dos de la main le baiser qu'elle lui avait donné.

— Je t'en prie, sanglota-t-elle. Fais-moi l'amour !

— Après oncle Duncan ? Désolé ! Il est peut-être prêt à se contenter de mes restes, mais moi, je n'accepterai jamais les siens !

Se sentant mourir de honte, elle ferma les yeux.

— Oh ! Comment peux-tu oser…

Il lui lança un dernier regard sardonique avant de dévaler au bas de l'échelle.

Elle se laissa tomber sur les genoux.

— Tony ! cria-t-elle, les lèvres encore brûlantes de ses baisers, je suis désolée…

— Tu as eu ce que tu voulais : le ranch. Le ranch de Duke !

— Ce n'est pas vrai ! C'est toi qui le voulais !

— Croqueuse de diamants !

Ces derniers mots parurent à Zoé plus cinglants qu'une gifle.

— Tony, laisse-moi t'expliquer ! l'implora-t-elle, en larmes. Je me fous de ce que pensent les gens, même ce que pense tante Patty. Mais toi, je veux que tu saches…

— Qu'y a-t-il à savoir ? la coupa-t-il brutalement. Que tu m'as fait l'amour et que juste après, tu as épousé un vieil homme riche qui déteste sa propre famille ? Que tu l'as épousé pour son argent ? Que tu l'as volé à ta tante ? Je ne sais pas ce qui m'a pris de tomber amoureux fou d'une femme superficielle comme toi !

— Amoureux fou ? Tu étais vraiment amoureux fou de moi ?

— C'est bien fini maintenant, tante Zoé ! répliqua-t-il sèchement avant de redescendre à la hâte, comme s'il ne supportait pas l'idée de rester plus longtemps auprès d'elle, comme si elle était contagieuse.

Ravalant un sanglot, elle se précipita vers l'échelle et tenta de la retenir, en vain.

— Tony !

Mais ses cris ne parvinrent pas à le fléchir. Ce ne fut qu'une fois arrivé en bas, alors qu'il était sur le point de sortir de la grange, qu'il se retourna et leva la tête vers l'étage.

— Et tous mes vœux de bonheur ! grinça-t-il.

Puis il fit claquer derrière lui les deux battants de la porte, laissant Zoé seule dans l'obscurité.

La jeune femme entendit ronfler le moteur du pick-up, crisser les pneus sur la poussière et les cailloux… Longtemps elle demeura immobile, les bras posés sur la taille.

Enfin, elle porta à ses lèvres ses doigts encore tremblants. Elle ne lui en voulait pas. Elle ne lui en voudrait jamais, malgré tout ce qu'il avait pu dire ou faire. Et puis, il y avait l'autre visage de la catastrophe : elle avait bel et bien épousé le citoyen le moins fréquentable de la ville, même si une amnésie totale l'empêchait de se souvenir de la cérémonie et de la nuit de noces.

Les documents et les photographies qu'elle avait rangés dans la commode de sa chambre l'attestaient. Et la bague qu'il avait passée à son doigt n'était que trop réelle, elle aussi.

Lentement, elle descendit du grenier, sortit de la grange d'un pas mal assuré, et pénétra dans le pâturage le plus proche. Les lupins resplendissaient sous l'ardeur écarlate du soleil couchant.

D'un geste vif, elle ôta de son doigt frêle le gros diamant de Duncan. Son poing se serra sur le bijou détesté. Les yeux fermés, elle tourna sur elle-même, de plus en plus vite, jusqu'à tituber, hors d'haleine. Enfin, elle jeta la bague dans l'océan des fleurs — aussi violemment et aussi loin qu'elle put.

Lorsqu'elle ouvrit les yeux, les arbres tournoyaient

encore autour d'elle. Les bras tendus, elle avança quelque temps à tâtons avant de se laisser lentement tomber à terre. Là, elle s'autorisa enfin à vomir.

Longtemps elle demeura ainsi, toujours saisie de nausée, avant que la volonté de vivre reflue en elle. L'air hébété, elle s'allongea sur le dos et contempla alors les nuages roses qui flottaient au-dessus de sa tête, comme elle l'avait fait tant de fois avec Tony, en lui tenant la main.

Tony...

Avec ou sans bague, elle était toujours mariée à un autre...

A la tombée de la nuit, elle reprit quelque peu ses esprits. Il fallait absolument retrouver la bague, afin de la rendre à l'usurpateur qui la lui avait offerte.

Elle la chercha pendant des heures. En vain.

Mais à quoi bon la rendre, puisque Tony la haïssait tant ?

- 1 -

Neuf ans plus tard

Tony Duke frissonna. Il se sentait si seul… En cahotant, son pick-up franchit les hautes grilles en fer forgé du cimetière de Memory Lane.

— Ralentis, mon fils ! commanda sa mère.

Il se sentait seul, mais il était loin de l'être. Henrietta Duke, sa mère, petite et trapue, se trouvait assise à côté de lui. Ses doigts noueux traçaient des cercles sans fin autour de ses genoux. Affalé sur le siège arrière, Noah, son fils de huit ans, actionnait frénétiquement l'un de ses jeux électroniques, et le déluge de bips qu'il déclenchait en appuyant sur les touches mettait à l'épreuve les nerfs déjà tendus de son père et de sa grand-mère.

Cela faisait des années que Tony vivait cette impression de solitude. Qu'il fût aux côtés de Judith et de leur fils Noah, ou réellement seul avec son bétail en plein cœur d'une pâture désolée… Ou avec les troupeaux de daims qu'il élevait afin de les revendre à d'autres ranchers.

Sa vie avait perdu sa chaleur lumineuse bien avant le décès de Judith.

— Papa ! Les petits garçons, ils ont une autre maman des fois ?

Tony soupira.

Toujours la même question.

Des sillons se creusèrent autour de sa bouche. Cela faisait un an que Judith n'était plus de ce monde. Et, déjà, les ranchers qui travaillaient pour lui, ainsi que sa mère — et même son fils — le pressaient de se trouver une autre compagne !

Un silence pesant s'abattit sur la cabine du pick-up. Etait-ce parce que les cimetières semblaient toujours plus calmes que le reste du monde, ou parce que le remords le tiraillait ? Il n'avait pas le droit de venir ici.

— Dis, ils ont une autre maman des fois ?

Tony sentit son cœur se serrer.

— Je te l'ai déjà dit. Non.

— Même si tu te remariais ? *Elle* serait ma nouvelle maman, non ?

Les doigts de Tony se crispèrent sur le volant.

— Nous sommes venus ici parce que c'est l'anniversaire de ta mère ! lâcha-t-il en se retenant de crier. Personne ne la remplacera. Je ne me remarierai pas, un point c'est tout. Fin de la conversation.

Noah pressa le nez contre la vitre pour regarder

défiler les tombes, mais Tony n'était pas dupe. Avec sa mère qui ne le quittait pas des yeux et semblait branchée sur lui comme un radar, la conversation ne risquait pas d'être finie.

— Les gens ont-ils vraiment besoin de laisser toutes ces fleurs et ces couronnes artificielles ? chuchota Henrietta. Ils savent pourtant bien que leurs couleurs passent dès qu'ils ont le dos tourné, sous le soleil du Texas !

— Oui, mais, contrairement aux vraies fleurs, celles-ci ne meurent pas.

Tony regretta aussitôt ses paroles. Sa mère se tourna vers lui, mais lui garda les yeux obstinément fixés sur l'asphalte noir de l'allée du cimetière.

Ce qui ne l'empêcha pas de sentir qu'elle continuait à dessiner — toujours plus nerveusement — des cercles autour de ses genoux.

— De toute façon, renchérit-elle, mises à part toutes ces fleurs artificielles, cet endroit est l'un des plus charmants du comté ! Regarde donc ces arbres !

Tony serra les dents.

— Et puis, l'herbe a beau être brune partout, il y a tout de même une ou deux petites taches de vert ! poursuivit Henrietta, en traçant des cercles de plus en plus rapides autour de ses genoux.

— Tu crois peut-être que je suis aveugle ? Je suis encore capable de voir des arbres et une pelouse ! ne put-il s'empêcher de crier, tout en regrettant aussitôt d'être tombé dans un piège aussi grossier.

Les cercles s'interrompirent.

— Susceptible, on dirait ? Cela fait bien trop longtemps que tu vis seul.

— Ma vie ne regarde que moi.

— Tu parles d'une vie ! Et ne me dis pas que celles de mon fils et de mon petit-fils ne me regardent pas !

Tony ralentit à l'approche d'une grande tombe grise.

— D-U-K-E ! épela Noah. La voilà !

Tony coupa le moteur et voulut ouvrir la portière, mais le vent la lui rabattit sur le visage.

La culpabilité l'envahit. Qui essayait-il de berner en allant visiter la tombe de Judith ? Il n'avait pas le droit de faire croire que la disparition de son épouse trop parfaite lui causait du chagrin.

Dire qu'il jouait la comédie depuis huit longues années ! Judith et lui avaient dupé tout le monde... sauf eux-mêmes. Et peut-être aussi sa mère et Patty, la tante de Zoé.

C'était le premier jour de février, mais, dans le sud du Texas, il faisait bon. Les tempêtes de neige qui s'étaient abattues sur presque tous les Etats-Unis avaient épargné la région. Tony n'avait enfilé qu'une chemise blanche de coton et un jean. Dans un mois, ce serait peut-être déjà la canicule, songea-t-il. A moins que la météo ne leur joue un de ses tours, et que les grands froids reviennent quand on ne les attendrait plus.

Henrietta détacha sa ceinture.

— On dirait que nous avons le cimetière pour nous tout seuls, dit-elle.

— Les gens se donnent rarement rendez-vous dans les cimetières, fit remarquer Tony.

— Nous, on a rendez-vous avec maman, dit Noah d'une voix calme.

Non, elle est partie. Il faut voir la réalité en face. Tout le monde doit mourir un jour. Des milliers, des millions de gens meurent — de mort violente, ou dans leur lit, ou trop lentement... Ou trop jeunes, comme Judith. Mais le monde continue de tourner. Et le temps de passer.

Les gens peuvent vous trahir de bien d'autres manières, bien pires encore — en vous tuant à l'intérieur, tout en vous laissant apparemment en vie.

Gardant ses pensées pour lui-même, Tony se retourna juste au moment où Noah remettait son jeu électronique dans sa sacoche. Il perdit toute envie de le contredire en le voyant serrer un bouquet de bleuets fanés entre ses doigts d'enfant. Le visage grave, il les avait cueillis un par un, choisissant les plus beaux.

— Judith aimait tellement les fleurs, dit Henrietta.

— Quand les lupins fleurissent-ils, papa ?

— En mars, répondit sèchement Tony.

Les lupins lui rappelaient quelqu'un qu'il aurait préféré oublier à tout jamais.

— Tu te souviens comme elle aimait les lupins, papa ?

Le souvenir d'une jeune fille assise dans un champ de lupins surgit dans l'esprit de Tony. Mais ce n'était pas Judith — ce n'était jamais Judith. Il lutta contre cette évocation, s'efforçant de la remplacer par l'image de Judith. Et il échoua. Comme toujours.

Parviendrait-il un jour à chasser cette image de sa mémoire ? Les hommes étaient-ils toujours hantés par le souvenir de leurs anciennes petites amies ?

— En mars, on pourra en cueillir et les apporter à maman ?

— Bien sûr.

Tony bondit hors de la voiture avant que le vent ne rabatte une nouvelle fois la portière sur lui.

— Quelque chose ne va pas ? murmura sa mère.

Tony haussa les épaules.

De nouveau, ses nerfs furent mis à rude épreuve lorsqu'il vit son fils se glisser vivement entre les tombes, son bouquet à la main. Comme s'il croyait qu'elle allait se lever pour le serrer dans ses bras.

Papa ! Les petits garçons, ils ont une autre maman des fois ?

— Pourquoi diable nous traîne-t-il ici toutes les semaines ? grommela-t-il.

— Chut ! s'interposa Henrietta.

Et si tu te remariais ?

— Va avec lui, dit Henrietta. Je sais que ce n'est pas facile, mais tu dois le faire.

— Quand va-t-il se remettre de sa mort ?

— Et toi ?

Leurs regards se rencontrèrent. Sa mère cesserait-elle un jour de le scruter ? Tony se sentait toujours transparent en sa présence, et il détestait cela.

Un coup de vent fit s'envoler son chapeau, mais il le rattrapa au vol, et passa l'autre main dans son épaisse chevelure.

— Il est grand temps de te faire couper les cheveux ! fit remarquer Henrietta.

Il contourna le capot du pick-up et la rejoignit.

— Lâche-moi les baskets ! répliqua-t-il avec agacement, tout en l'aidant à sortir de la voiture.

Il entreprit de rejoindre Noah, accroupi devant les vases qu'il remplissait de l'eau de sa Thermos, et les feuilles mortes crissèrent sous ses bottes de cow-boy. L'enfant disposa avec le plus grand soin les fleurs déjà fanées. Soudain, un coup de vent fit s'envoler les fragiles pousses et les déposa sur d'autres tombes.

Le visage de Noah devint livide. Ses pupilles d'un noir intense se dilatèrent au milieu des iris d'un bleu éclatant. Il se retourna.

— Papa… Ce n'est pas de ma faute…

L'enfant levait vers lui ses grands yeux si beaux et

ses cheveux blonds bien peignés. Pourquoi fallait-il qu'il ressemble tant à sa mère ?

Tony s'agenouilla à son tour et fit signe à Noah de s'approcher. Mais son fils, pourtant habitué à se précipiter dans les bras de sa mère, ne bougea pas d'un millimètre.

Tony rougit. Que faire ? Machinalement, il se mit à lire les dates gravées sous le nom de Judith. Elle reposait aux côtés de son propre père, Tony Bond Field.

— Ton père aussi est mort jeune, dit Henrietta. Tu n'avais qu'un an lorsqu'on l'a ramené à la maison.

— Tu n'as jamais voulu me parler de lui. Pourquoi as-tu conservé ton nom de jeune fille ?

— Parce qu'il m'a quittée juste après ta naissance. Il n'avait pas grand-chose d'un mari, et encore moins d'un père. De plus, le nom de Duke était bien plus respecté par ici que celui de Field… Alors je l'ai repris. Je devais être à la fois une mère et un père pour toi… Comme tu dois l'être maintenant pour Noah.

Tony relut les dates inscrites sur la tombe de son père. Puis son regard glissa vers la stèle de Judith.

Des dates ? Etait-ce là tout ce qui restait d'une vie, après ?

S'écartant de lui, Noah courut vers sa grand-mère. Lentement, Tony se redressa, incapable de quitter la stèle des yeux.

Il ne se sentait pas davantage en vie que Judith…

Il ferma les yeux, les couvrit de ses mains durcies par les durs travaux. Le vent rugit dans les arbres, lui fouettant le visage, plaquant sa chemise contre son large torse. Il vivait un véritable enfer. Quand il ouvrit les yeux, il vit que son fils s'était réfugié dans les jupes d'Henrietta.

Quand les choses avaient-elles donc mal tourné ? se demanda-t-il en soupirant.

En fait, il le savait.

Il le savait même très bien.

De nouveau, il se souvint d'un certain visage de fée perdu au milieu d'un océan de lupins. Ce n'était pas celui de Judith — jamais celui de Judith. Mais un visage mince, très jeune, aux yeux bruns protégés de longs cils... Elle lavait ses cheveux tous les jours pour lui, pour qu'ils restent toujours brillants et soyeux... Comme il aimait les sentir sous ses doigts ! Il s'en servait pour l'attirer doucement à lui — pour mieux l'embrasser, mieux respirer son parfum de lilas, mieux l'aimer...

Oui, il savait quand les choses avaient mal tourné. Il avait trompé Judith de tant de manières, surtout en lui faisant croire qu'il éprouvait de l'amour pour elle... Et tout cela, à cause d'une femme qui lui avait fait subir la pire des trahisons !

— Je n'y peux plus rien, Judith, murmura-t-il, les yeux toujours rivés sur la stèle de son épouse. J'ai trente ans, maintenant.

— Seulement ? s'étonna Henrietta.

Tony ne s'était pas aperçu qu'il avait parlé à voix haute.

— Il est grand temps que tu te remettes à voir du monde, poursuivit sa mère. Tu devrais penser à lui, ajouta-t-elle en désignant Noah d'un signe de tête.

Ce dernier, les cheveux au vent, se dirigeait d'un pas insouciant vers le pick-up.

— Si tu veux dire que je devrais me remarier… Jamais de la vie !

— Pense à l'avenir…

— Tu ne t'es jamais remariée, toi ! Et puis, je pense à l'avenir, figure-toi. Au moins jusqu'au dîner en tout cas : que dirais-tu d'un bon steak ?

— Tony, tu as promis à Noah que nous irions dîner chez Madame Woo…

— Encore ce satané restaurant chinois ! Leurs montagnes de salade à la sauce soja n'empêche-raient de mourir de faim aucun homme digne de ce nom !

— Tst…

Madame Woo avait été le restaurant favori de Judith, qui surveillait constamment sa ligne.

— Pourquoi Noah ne peut-il oublier sa mère ? demanda de nouveau Tony.

— Et toi, pourquoi ne peux-tu oublier ton épouse ?

En un éclair, le visage de fée lui apparut, couronné d'une guirlande de fleurs de lupin. Il rougit, se retournant vivement avant que sa mère ne puisse lire la culpabilité sur son visage, et se dirigea à grandes enjambées vers le gros pick-up noir... Comme s'il avait été poursuivi par une dizaine de démons au lieu d'une mince silhouette imaginaire vêtue de bleu.

— Noah ! cria-t-il, il est temps d'y aller !

— La prochaine fois, on pourra lui apporter des lupins ?

— Bien sûr, bien sûr. Allez, monte.

Durant tout le trajet, Noah garda le silence, le visage collé à la vitre arrière. Cependant, dès qu'ils entrèrent dans le restaurant chinois, Noah, courut s'installer dans le box favori de Judith. Lorsqu'il fut rejoint par son père et Henrietta, la serveuse voulut enlever les couverts de la quatrième place.

— Non ! s'écria Noah.

— Vous attendez quelqu'un d'autre ?

Personne ne répondit à la serveuse. Noah s'empara des couverts et s'efforça de les disposer de nouveau sur la table.

— Je... je ne me souviens pas du côté où on met les fourchettes ? dit-il, ses yeux bleus rivés sur son père.

— Cela ne fait rien. Il n'y a pas de quatrième personne. Enlève ces couverts ! répliqua Tony en les repoussant vers le bord de la table.

Eclatant en sanglots, Noah courut à toutes jambes vers le vivier qui trônait au centre de la salle de restaurant, et la serveuse fit quelques pas pour le suivre.

— Comment peux-tu être aussi insensible ? dit Henrietta.

— Judith est morte. C'est un fait. Cela me désole. Mais ce n'est pas de ma faute, et je n'y peux rien. Cela fait tout de même un an…

— Elle aurait eu trente ans aujourd'hui.

La serveuse revint vers leur table et leur adressa un large sourire.

— Que boirez-vous ?

— De l'eau ! marmotta Tony. Nous sommes pressés. Je vais tout commander à la fois. Ma mère prend toujours le numéro 80.

— L'assiette végétarienne avec du miso ?

— Sans glutamate ! précisa Henrietta. Ni sucre d'aucune sorte.

— Nous ne mettons jamais de sucre, répliqua la serveuse.

— Pour moi, ce sera du porc à la sauce aigre-douce, dit Tony en refermant le menu d'un coup sec. Et des émincés de poulet pour mon fils.

Quand la serveuse leur apporta les plats, Noah regagna la table à contrecœur, en prenant soin d'éviter sa grand-mère, qui voulait l'attraper au passage afin de le serrer contre elle. Regardant son père à la dérobée, il attaqua d'un air maussade son plat de brocolis aux champignons.

— Les brocolis, c'est bon pour la santé, dit Henrietta.

Le garçon fronça le nez d'un air dégoûté. Par la

suite, il ne sourit à aucun moment du repas, ne se départissant jamais de son mutisme. Même Henrietta renonça vite à entretenir une conversation, et le repas s'acheva dans un silence lugubre.

Enfin, la serveuse apporta l'addition, ainsi que trois biscuits horoscope chinois. Noah lut le sien en premier.

— « Il va vous arriver quelque chose de merveilleux », dit-il lentement. Comme une nouvelle maman ?

— Ne remets pas ça, Noah ! maugréa Tony.

Le petit garçon se rapprocha de sa grand-mère.

— Mammy, est-ce que les horoscopes se réalisent ?

— Quelquefois... Si on y croit très fort ! chuchota-t-elle.

Noah ferma les yeux, serrant très fort les paupières.

— Ne lui fais pas croire ces âneries ! grogna Tony en se hâtant de mordre dans son biscuit.

Un seul coup d'œil à son horoscope lui avait fait hausser les épaules.

— Qu'est-ce qu'il disait le tien, papa ?

— Rien.

Tony entreprit de fouiller dans son portefeuille. Comme il le craignait, sa mère profita du silence pour lire à son tour son horoscope.

— « Les retrouvailles avec une femme de mauvaise réputation mettront le feu aux poudres ! »

— Mammy, c'est quoi, une femme de mauvaise réputation ?

De nouveau, le visage de fée surgit dans l'esprit de Tony, au sein d'un océan de lupins. Lorsqu'il rangea son portefeuille dans sa poche, sa main tremblait. Sa mère l'observait, avec, dans les yeux, une lueur qu'il ne connaissait que trop bien…

— Zoé ! s'exclama-t-elle. Zoé Duke. Ta tante Zoé. Elle a plus mauvaise réputation que toutes les autres femmes de Shady Loma ! Tony, tu te souviens de ce journaliste qui lui avait dit ça lorsque le scandale a éclaté, quand tes cousines lui ont fait un procès !

— Ne prononce pas le nom de Zoé Creighton devant moi !

— Zoé Duke, corrigea la vieille femme. Comme nous. C'est ta grand-tante, Noah.

— Elle n'est rien pour lui ! s'écria Tony en arrachant l'horoscope des mains d'Henrietta, de peur qu'elle le relise de nouveau à voix haute. Et puis, arrête de m'adresser ce sourire entendu ! ajouta-t-il en réduisant le biscuit en miettes.

Il s'interrompit. Puis, comme personne ne soufflait mot, il demanda :

— Vous voulez coucher ici ou rentrer à la maison ?

Sans attendre de réponse, il sortit du restaurant en claquant la porte.

— Qu'est-ce qu'il a, papa ? Et qui c'est, tante Zoé ?

— C'est une longue histoire.

Les pensées se bousculaient dans l'esprit d'Henrietta. Logiquement, elle devrait mépriser Zoé d'avoir épousé son demi-frère, la brebis galeuse de la famille. Mais la seule logique pouvait-elle déterminer une femme digne de ce nom ? Zoé possédait à présent le ranch des Duke et la maison de la famille. Et Tony en pinçait encore pour elle… Zoé était douce et docile. Elle en ferait peut-être une belle-fille très présentable. De toute façon, il n'y avait pas d'autre moyen de récupérer le ranch ! Et puis, Noah voulait tant une nouvelle maman…

— J'aime les histoires, dit le petit garçon.

— Celle-ci est bien trop longue…

Et si Tony aimait encore Zoé ? Et si la réciproque était vraie ? Il y avait peut-être un moyen de réparer tous les torts que Duncan leur avait causés… Si toutefois une femme intelligente et large d'esprit voulait bien s'atteler à cette tâche !

Henrietta tapota la joue de son petit-fils.

— Va vite rattraper ton père. Et surtout, ne le laisse pas démarrer sans moi !

Dès que la porte du restaurant se referma sur son petit-fils, Henrietta appela Patty Creighton sur son téléphone portable. A l'époque, Patty Creighton était sa meilleure amie, et elles étaient toujours très proches, même si depuis quelque temps, Patty prenait des airs supérieurs avec toute la ville, en fait depuis que Zoé, à la mort de Duncan, était devenue la femme la plus riche de tous les comtés à l'entour. Même après les procès et les règlements à l'amiable.

Lorsque Zoé avait emménagé à Manhattan pour devenir éditrice, Patty s'était installée dans le ranch de Duke, et se comportait comme s'il lui appartenait. Elle s'achetait une Cadillac neuve tous les ans et s'était même trouvé un petit ami plus jeune qu'elle.

L'argent… Cela pouvait corrompre même les meilleurs !

Comme à l'accoutumée, Patty ne répondit pas tout de suite. Elle devait encore se trouver devant la télévision.

— Réponds, Patty ! bougonna Henrietta. Lève tes fesses rebondies et réponds !

Depuis l'adolescence — c'est-à-dire, depuis plus de trente ans —, Patty avait pris un bon kilo par an.

— Allô ? souffla enfin Patty.

— Dis-moi Patty, commença aussitôt Henrietta, que devient ta petite Zoé chérie ?

Patty cherchait encore à reprendre son souffle.

— J'ai pris un peu de poids…, fit-elle, comme si elle n'avait pas entendu.

— Tu devrais peut-être voir un cardiologue, suggéra Henrietta.

— Tu me téléphones seulement pour fourrer ton nez dans mes affaires, ou quoi ?

— Je t'ai demandé des nouvelles de Zoé.

— Ah ! J'allais justement l'appeler.

— Dis-moi, Patty, ta nièce est toujours célibataire, pas vrai ?

— Aux dernières nouvelles. Elle dit que ce n'est pas à New York qu'on peut se trouver un mari.

— Eh bien figure-toi que j'ai eu une idée de génie ! s'exclama Henrietta d'une voix pleine d'enthousiasme. Pourquoi aller chercher à New York ce qu'on a sous la main ? Ta nièce et de mon têtu de fils, qu'est ce que tu en dis ?

- 2 -

— Génial ! Tu nous as encore déniché un best-seller !

— Je n'y suis pas pour grand-chose, murmura Zoé. Ce n'est pas moi qui l'ai écrit !

— De grâce, épargne-moi ton numéro de fausse modestie ! s'exclama Ursula.

Zoé leva les yeux vers la directrice éditoriale de Field and Curtis Publishing. Originaire d'Afrique noire, Ursula, était belle. Très belle. Bien qu'elle approchât la cinquantaine, elle avait le visage et la silhouette d'un mannequin. Et, d'ordinaire, elle ne se départissait jamais de son calme, achevant les journées les plus trépidantes sans avoir laissé paraître la moindre trace d'émotion.

Mais pas ce jour-là. Elle pleurait et riait tout à la fois en lisant le manuscrit de Véronica Holiday. Celle-ci l'avait envoyé avec des mois de retard — comme d'habitude —, mais cette histoire ferait sans nul doute un véritable tabac.

Elle-même écrivain à ses heures, Zoé adorait

travailler avec les auteurs. C'était l'autre aspect de son travail qu'elle ne parvenait pas à maîtriser : les paperasses, les délais, les réunions éditoriales... Pourquoi ses chromosomes n'étaient-ils pas dotés d'un seul petit gène porteur du sens de l'organisation ?

Zoé se pencha anxieusement sur l'épaule de sa directrice éditoriale.

— Tu as besoin d'un autre mouchoir ?

Ursula tourna la dernière page du manuscrit.

— Plus maintenant.

Lorsque Ursula leva les yeux, Zoé sentit son estomac se serrer.

— Alors ?

— Hum... Qu'est-ce qui se passe, *après* ? s'inquiéta Ursula.

Zoé s'efforça de prendre l'air à la fois modeste et mielleux qu'exigeait son statut d'éditrice associée. Certes, elle n'ignorait pas qu'elle était l'étoile montante de la maison. Tout cela parce qu'elle avait découvert Véronica Holiday. A l'époque, personne n'en avait jamais entendu parler. C'était une petite femme ordinaire, potelée, qui se nommait Juanita Lopez, n'obtenait jamais de rendez-vous chez les éditeurs et en voulait à tout le monde.

Zoé l'avait découverte dans une pile de magazines publiant des histoires sentimentales. Et dire qu'à ce moment-là, elle aurait dû assister à une réunion éditoriale !

Personne n'oublierait jamais ce jour-là chez

Field and Curtis. Ursula avait envoyé sa secrétaire chercher Zoé dans son bureau. Elle l'avait trouvée étendue sur le sol jonché de feuillets, en train de lire ce roman étrange et fascinant, *Petits Amis et Mauvais Garçons*.

Zoé était restée fascinée du début à la fin du récit. C'était l'histoire d'une femme mariée qui ne pouvait oublier son ancien amant, un truand qui, apparemment, ne l'oubliait pas non plus, puisqu'il ne cessait de la suivre et de l'épier. Certes, Véronica n'avait pas achevé son manuscrit, mais Zoé avait tout de suite su comment il devait finir. Elles avaient travaillé ensemble, et le résultat avait fait sensation. Depuis, chaque livre de Véronica Holiday s'était mieux vendu que le précédent — et, chaque fois, c'était Zoé qui l'avait achevé avec elle.

Ainsi, la carrière de Zoé, sa renommée, et même son emploi — *tout* dépendait de Véronica… Et s'il fallait définir cette dernière d'un seul mot — mis à part *célèbre*, *talentueuse* et *fortement névrosée*, ce serait : *très* instable. Et très difficile à vivre.

Ses cheveux ? Chaque jour de couleur différente ! La veille au soir, ils étaient orange. Et hérissés. Son corps ? Six mois auparavant, elle dissimulait son obésité sous de larges robes flottantes à fleurs gigantesques. A présent, elle était si mince qu'elle portait de grands chapeaux pour paraître un peu plus enveloppée.

La veille, lorsqu'elle avait rendu visite à Zoé,

elle était vêtue d'un chemisier plus qu'étriqué — et transparent —, et d'un pantalon collant en peau de serpent. Mais son nouveau nez, très mince, lui seyait à ravir.

A la demande de Véronica, les deux jeunes femmes s'étaient rendues dans un restaurant huppé et célèbre, aux chaises drapées de velours aussi imposantes que les coupes remplies de figues — et plus grosses qu'une tête humaine — qu'on avait placées devant elles. Et Zoé avait essayé de lui parler de la suite du manuscrit qu'elle venait de lui remettre.

— *Où est la suite ?* répéta Ursula d'une voix veloutée qui, cependant, cachait mal son impatience.

— Je… nous… je veux dire, Véronica s'en sortira très bien ! répondit Zoé.

— Ah bon ? Pourtant d'après ce que je lis, elle s'est vraiment mise dans une impasse, cette fois.

— C'est ce qui rend ses livres si merveilleux, rétorqua Zoé, sur la défensive. Ses personnages sont tous si vulnérables, si impulsifs… Pas étonnant qu'ils se mettent dans des pétrins incroyables !

— L'intrigue est aussi extravagante que ses personnages ! fit remarquer Ursula. Le navire qui contient assez de poison pour détruire l'océan entier est en train de se disloquer dans la tempête. Le héros — qui a reçu un coup de poignard — est enfermé dans les soutes. Le méchant, un maniaque sexuel, tient en otage sa petite amie et leur bébé. Le héros…

Zoé ne put s'empêcher de sourire en entendant

cette énumération. Ursula avait raison. Ça n'allait pas être facile de se débrouiller avec ça. Mais elle avait toujours été dotée d'une imagination débridée, et elle adorait ça, inventer des histoires, trouver des solutions aux situations les plus complexes. Sa tête était toujours remplie de fantasmes — qui concernaient souvent un certain cow-boy qu'elle avait connu autrefois… Et une petite voix intérieure avait beau lui intimer à chaque instant l'ordre de ne plus y penser, il était rare qu'il n'occupe pas ses pensées.

— Qu'est-ce que tu vas faire ?

La voix d'Ursula la ramena à la réalité.

— Je connais mon travail. Je m'y attelle tout de suite.

— Va à l'hôtel Athénée. Réveille Véronica. Mets-la devant son ordinateur !

— Mais elle avait décidé de prendre un somptueux déjeuner dans un restaurant russe. Elle s'est acheté un ensemble jaune doré assorti au décor de cet établissement.

— S'intéresse-t-elle à autre chose que manger, dormir et collectionner des vêtements extravagants ?

— Oui. Aux hommes. Depuis qu'elle est devenue mince et jolie, elle chasse les hommes. Et elle fait des ravages !

Ursula pianota sur son bureau avec impatience.

— Quand dois-tu la rejoindre dans ce restaurant russe ?

— Midi et demi.

La directrice éditoriale posa les yeux sur sa montre de grande marque.

— Tu es en retard, comme d'habitude ! s'écria-t-elle. Trouve-la sur-le-champ et débrouille-toi comme tu veux, mais fais-la écrire ! Tu es sa muse !

— Mademoiselle, il est plus de 2 heures !

Le serveur, très collet monté, s'énervait de plus en plus, perdait d'instant en instant sa belle prestance… Il avait bien demandé une dizaine de fois à Zoé si elle voulait passer commande.

L'estomac de cette dernière criait famine.

— Véronica, où es-tu donc ?

Deux femmes très élégantes se tournèrent vers Zoé, qui mit les deux mains devant sa bouche. Quand perdrait-elle donc la détestable habitude de parler toute seule ? Pour ajouter à sa confusion, ses vêtements — chemisier noir froissé et jupe informe — détonnaient au sein d'une assistance aussi huppée.

— Je vais mettre ce repas sur ma note de frais, murmura-t-elle. Et ce sera une *énorme* note de frais…

Se retenant de lire pour la énième fois le menu — qu'elle connaissait déjà par cœur —, elle jeta un coup d'œil sur le miroir mural. Son abondante chevelure châtain clair faisait ressortir la pâleur austère de son visage ovale et lui donnait l'air inquiet. Elle était seule, mal habillée. En un mot, elle n'avait pas fière allure.

— Ma fille, tu sais pourtant bien qu'à New York, on n'aime guère les cheveux longs ! se dit-elle en faisant bouffer sa crinière rebelle. Je devrais les couper.

Bon, d'accord, elle se répétait cela depuis qu'elle vivait à New York. C'est-à-dire depuis six ans. Et elle ne l'avait jamais fait. Sans doute un reste d'attachement à ses origines texanes… Comme toutes les filles du Sud, elle savait que le pouvoir d'une femme était dans les cheveux.

Soudain, le souvenir des mains de Tony dans sa chevelure s'invita dans son esprit.

Tony. Pourquoi diantre ne pouvait-elle l'oublier ?

Les autres femmes savaient-elles oublier leurs anciens petits amis ? Ou bien les amours de jeunesse faisaient-ils à jamais partie de leur mystère ?

Tony avait aimé ses longs cheveux. Il avait aimé jouer avec eux, les embrasser, les voir voler au vent déjà chaud du printemps Texan. Il les avait disposés autour de son propre cou, et elle s'était sentie le pouvoir d'une reine. A Manhattan, elle ne risquait pas d'être ainsi adorée !

Neuf années s'étaient écoulées depuis qu'elle et Tony… Non, il ne fallait pas qu'elle pense à lui. Même si, elle le savait, c'était bien à cause de lui qu'elle avait fui le Texas après ses études. Et pas à cause du scandale, comme l'avaient cru de nombreuses personnes.

Elle avait fui loin de Shady Lomas. Loin de Tony, de Judith et de leur nouveau-né. Loin de tous ceux qui la jugeaient mal parce qu'elle avait épousé un vieil homme riche et dépravé…

Etait-ce de sa faute si Duncan avait eu une crise cardiaque lorsqu'elle lui avait dit qu'elle avait perdu son alliance et qu'elle voulait divorcer ? Apparemment, une semaine avant leur mariage, Duncan avait appris qu'il souffrait d'un anévrisme inopérable. Il avait survécu à cette première attaque, et, sur son lit d'hôpital, s'était disputé avec ses filles au sujet de son mariage.

— Elle a bien trente ans de moins que toi ! lui avaient-elles reproché.

— Je vous en prie ! Vous parlez à un mourant !

En fait, une dizaine de drains sortaient de son corps, et des tonnes de médicaments coulaient goutte à goutte dans son bras décharné.

— Elle n'aime que ton argent !

— Vraiment ? Dans ce cas, je sais ce qui me reste à faire pour lui plaire !

Et il l'avait fait. Il avait modifié son testament, et légué à Zoé toute sa fortune et toutes ses possessions. Pus il en avait envoyé une copie à ses filles, à Tony et à Henrietta, uniquement pour les faire enrager. Folles furieuses, ses filles l'avaient de nouveau pris à parti, cette fois sur le perron de l'église méthodiste.

Il avait alors porté la main à son cœur et n'avait pas survécu à cette deuxième attaque.

Ses dernières paroles, il les avait adressées à Zoé, qui était penchée sur lui :

— Je me fiche de ce que cela va coûter pour payer les avocats, mais ne leur laisse pas un centime. Elles m'ont tué… Et puis, finis tes études. Ce stupide mariage ne doit pas t'empêcher de…

Alors, il avait suffoqué, battu des cils, souri.

Zoé avait crié à l'aide, et soudain, elle avait senti que Tony s'agenouillait à côté d'elle. Et compris que son parfum franc et viril — et tout ce qui le concernait — n'avait jamais cessé de la hanter.

— Je crois qu'il est parti, dit-il.

— C'est de ma faute ! avait-elle gémi.

Il lui avait pris le menton et l'avait forcée à soutenir son regard ardent.

— Non, avait-il dit doucement. Il était très, très malade.

— Oh, Tony…

A cet instant, Judith l'avait appelé. En se relevant, il avait pris la main de Zoé.

— A un de ces jours, Zoé ! avait dit Judith.

Evidemment, Zoé avait laissé aux filles de Duncan bien davantage que quelques centimes. Ce qui ne les avait pas empêchées de répéter dans toute la ville que Zoé Duke n'était qu'une croqueuse de diamants. Les ragots allaient tellement bon train que les gens se retournaient sur son passage, la considérant visiblement comme une femme de mauvaise vie.

Pourtant, c'était le souvenir d'un certain cow-boy — grand, brun, élancé — et de son cher petit garçon qui l'avait fait fuir à New York. Elle était bien décidée à montrer au monde entier — et à Tony — qu'elle n'avait besoin de l'argent de personne.

Et elle avait réussi.

Mais elle fuyait toujours Tony. Comment pourrait-elle oublier la dernière fois qu'elle l'avait vu ? Il était à l'église, et souriait tendrement à Judith, si malade, si faible… Et pourtant, le sourire qu'elle adressait à son époux était radieux. Comme lui semblait triste, accablé même… Il devait tellement aimer Judith, son épouse si parfaite ! Et comme Zoé s'était sentie perdue, abandonnée, insignifiante, à côté d'eux !

Oui, c'était à cause de lui qu'elle s'était installée à New York — désillusionnée, le cœur brisé, mais bien décidée à réussir de façon éclatante dans cette ville impitoyable pour les faibles. Oui, elle se réhabiliterait aux yeux de Tony autant qu'aux siens propres.

Il avait fait le mariage parfait avec la belle et parfaite Judith, qui lui avait donné un fils parfait. Et, naturellement, il ne pouvait se remettre de la mort de son épouse, il ne pouvait l'oublier. Chaque fois qu'elle l'appelait, sa tante Patty parlait plus que jamais de lui, racontant à Zoé ses visites hebdomadaires au cimetière avec son fils.

— Il lui apporte toujours des fleurs, lui avait-elle encore dit lors de leur dernière conversation. Il dit qu'il ne se remariera jamais.

— Je suis désolée pour lui, mais, je t'en prie, ne me parle plus de lui !

— Son petit garçon est bien brave, éveillé, intelligent… Il ressemble tellement à Judith ! Il a besoin d'une mère.

— Je t'en prie, n'insiste pas !

— Et toi ? Quand songeras-tu à te marier ?

— Tatie, je suis déjà passée par là. Tu ne t'en souviens pas ?

— Je parlais d'un vrai mariage.

— Je sais que tu ne veux que mon bien, mais tu as sûrement mieux à faire que te mêler de cela. Ma vie ne te regarde pas, tante Patty.

— Tu as un petit ami ?

Zoé avait réfléchi quelques secondes. Devait-elle avouer à sa tante qu'elle voyait quelqu'un ? Même si elle n'était pas absolument sûr de vouloir que les choses aillent très loin entre eux ?

— Oui, avait-elle fini par confier. Il s'appelle Abdul.

— Quel drôle de nom !

— C'est son prénom. Son nom est Izzar. Il vient d'Irak.

— Oh ! Ces gens-là n'ont-ils pas de harems ?

— Abdul est citoyen américain, maintenant.

— Abdul Izzar ? A ta place, je n'en parlerais certainement pas à Shady Lomas !

Zoé avait dû se forcer pour garder son calme.

— Il est négociant, avait-elle répliqué. Et très intelligent.

— Pourquoi ne reviens-tu pas au Texas ? C'est ton pays.

— Oh, tante Patty...

— Qu'est-ce qui t'empêche de te marier et d'avoir des enfants ?

— La planète est surpeuplée.

— Tu dis cela seulement parce que tu vis à New York et que tu lis trop !

Et comme chaque fois qu'elle raccrochait après avoir parlé à sa tante, Zoé s'était sentie énervée, mais elle n'avait pas pu s'empêcher de se dire que sa tante n'avait peut-être pas complètement tort. Après tout, elle n'était pas certaine d'avoir accompli grand-chose à Manhattan. Ce dont elle était sûre, en revanche, c'était qu'elle avait essuyé des revers par dizaines : New York ne faisait qu'une bouchée des naïfs. Et, la nuit, elle se réveillait souvent, ressentant une grande solitude, rêvant de Tony à en perdre la tête...

C'était toujours le même rêve. Tout d'abord, elle se trouvait dans une brumeuse obscurité, seule et tremblante de peur. Puis la brume se dissipait : la main bronzée de Tony l'attirait contre lui. Elle le désirait tant... Elle voyait le même désir dans ses yeux... et elle se réveillait toujours avant qu'ils aient fait l'amour. Elle demeurait alors de longues heures éveillée, seule, brûlante de passion.

Neuf ans… Combien de temps fallait-il pour oublier un homme qui ne l'avait même pas laissée s'expliquer, se comportant comme s'il ne s'était jamais beaucoup soucié d'elle ?

La voyant incapable de dénicher un job à Manhattan, tante Patty avait appelé sa bonne amie Ursula, en lui expliquant que Zoé, non contente d'être un véritable rat de bibliothèque, avait également écrit plusieurs romans dont les manuscrits se languissaient dans son grenier. Ursula avait accordé un rendez-vous à la jeune femme, et Zoé avait été propulsée dans une espèce de monde de fou.

La sonnerie de son téléphone portable la ramena soudain au présent.

— C'est moi ! annonça Véronica d'une voix traînante et plaintive comme une corde de guitare détendue.

Heureusement qu'elle prenait des leçons depuis six mois pour se débarrasser de son accent Texan ! songea Zoé. Sans même s'excuser — ce qui était mauvais signe —, elle enchaîna brutalement :

— Je ne peux pas venir déjeuner. Je ne sais même pas si je pourrai vivre jusqu'à demain.

— Oh, mon Dieu !

— Je me suis goinfrée chez mon traiteur favori. Trois petits pains au fromage. Des croissants. Un mille-feuille bourré de crème…

— Des croissants !

— Débordants de beurre et de confiture de framboise. Mon Dieu, le sucre ! Je hais le sucre !

Zoé entendit gargouiller son propre estomac.

— Dommage… Où es-tu ? Je vais te rejoindre.

— J'ai regardé mon site sur Internet.

— Je t'avais pourtant dit de ne jamais refaire cela !

— Je… je m'apprêtais à écrire. J'avais aperçu une lueur… Tu sais, comme si l'histoire me faisait signe. Alors, j'ai allumé mon ordinateur portable.

— Et ? demanda Zoé, de plus en plus inquiète.

— Une ordure avait écrit sur mon site : *Les Amants heureux n'ont pas d'histoire,* c'est nul !

Véronica éclata en sanglots.

— *Les Amants* est en tête de toutes les ventes ! répliqua vivement Zoé. Il y a une foule d'incapables jalouses qui n'ont rien à faire de leur vie. Malheureusement, de nos jours, elles ont Internet… Ecoute, viens déjeuner, ça te changera les idées.

— Manger ? Maintenant ? Je peux à peine boucler la ceinture de ma minijupe dorée ! Mes collants noirs à mailles ne cessent de glisser jusqu'au bas de mon ventre comme lorsque j'étais si enveloppée… Je vais plutôt me promener dans le parc.

— O.K., dans ce cas c'est moi qui t'y retrouve.

— Non, surtout pas, pas quand je suis déprimée comme ça. Je préfère être seule ! lança Véronica en raccrochant.

Zoé considéra son téléphone d'un œil torve, luttant pour ne pas le jeter à terre.

Le quartier des couturiers, où demeurait Zoé, ressemblait à tous les quartiers jeunes et riches de Manhattan. De nombreux couples y marchaient la main dans la main devant les demeures du XIXe siècle. Des couples d'hommes, pour la plupart.

La nuit était tombée depuis longtemps, plongeant rues et trottoirs dans l'obscurité. Zoé se sentait harassée et sur les nerfs.

La journée était allée de mal en pis. Elle avait cherché Véronica pendant une heure dans le parc. En vain. Elle était donc retournée au bureau, et c'était là qu'Ursula lui était tombée dessus, devant la photocopieuse.

— Alors, où en est le livre ?

— Elle y travaille.

Zoé s'était sentie si coupable d'avoir menti qu'elle avait placé le manuscrit dans le mauvais sens et bloqué la dernière photocopieuse encore en service. Et les autres éditeurs, déjà sur les dents, avaient tous des choses urgentes à photocopier !

Par ailleurs, chaque coup de téléphone avait fait sursauter Zoé. Mais Véronica n'avait jamais appelé. Il ne lui restait plus qu'à espérer que cette dernière, lassée de sa propre compagnie, soit venue l'attendre sur son palier.

Lorsque Zoé rentra chez elle, les trottoirs étaient noirs de monde, comme à l'accoutumée. Cette ville... Tant de gens pressés ! Certains d'entre eux n'allaient peut-être nulle part, comme elle... tout en feignant le contraire. A moins qu'ils ne pensent à d'anciennes amours ?

— Mon Dieu, Véronica, où es-tu donc passée ? s'exclama-t-elle.

Et voilà qu'en plus elle se remettait à parler toute seule !

— Bonsoir Zoé ! la saluèrent joyeusement ses voisins Ed et Gujarat, lorsqu'elle les croisa devant la porte de l'immeuble.

Elle les aimait bien. Parfois, ils faisaient les courses pour elle, puis elle les invitait à boire un petit verre sur son balcon.

Elle leur adressa un sourire.

— Salut, les gars !

— Avec le ramdam qu'il y a à l'étage du dessus, on croyait que tu étais déjà rentrée, dit Gujarat.

Ed haussa les sourcils.

— Et à vrai dire, on était plutôt contents pour toi, ajouta-t-il d'un air étrange.

Zoé prit son courrier et grimpa l'escalier quatre à quatre sans remarquer l'allusion. Il en était toujours ainsi avec elle : elle comprenait toujours avec un métro de retard ce que n'importe quelle imbécile aurait saisi du premier coup.

Trouvant ses clés au milieu de sa monnaie, de ses

cartes de crédit et de ses bâtons de rouge à lèvres, elle entra. L'ordinateur portable d'Abdul était allumé.

Abdul ! Elle jeta son sac à main sur le divan en soupirant. Elle avait promis de lui faire à dîner, et une fois de plus, elle l'avait oublié. En tout cas, elle ne ferait pas la cuisine ce soir. Ils se contenteraient du traiteur.

— Pacha ! Pacha !

D'ordinaire, son gros chat tigré bondissait à sa rencontre. Zoé entra dans sa cuisine, et ouvrit une boîte de nourriture pour chats de luxe. Un fumet de thon parvint à ses narines.

— Ton plat favori, au thon ! Où es-tu, mon gros ?

Etonnée qu'il ne vienne pas à son appel, Zoé versa le contenu de la boîte dans le bol de Pacha et sortit de la cuisine. Sentant qu'elle marchait sur quelque chose, elle baissa les yeux… et ramassa un soutien-gorge doré, dans les lanières duquel se trouvait prise une cravate d'homme bleu marine. Zoé explora du doigt la texture bleue et faillit s'étrangler.

La cravate qu'elle achetée chez Macy. Et qu'elle avait offerte à Abdul pour Noël…

Elle suivit les vêtements d'Abdul qui jonchaient le sol jusqu'à l'entrée de sa chambre.

Ce fut seulement lorsque sa tête de lit cessa de cogner contre la cloison qu'elle se rendit compte du bruit que cela faisait.

Une femme haletait dans sa chambre

A cet instant, Zoé aperçut la minijupe dorée.

Mentalement, la jeune femme compta le nombre de mois qui s'étaient écoulés depuis qu'elle avait fait l'amour pour la dernière fois. Et encore, cela n'avait rien eu de commun avec une séance débridée au point de faire se cogner sa tête de lit contre la cloison. Ni avec un rapport profond, qui comptait vraiment. Ni avec rien, d'ailleurs. Depuis lors, elle et Abdul s'étaient tout simplement intéressés à d'autres choses. Curieusement, elle avait même totalement oublié les choses du sexe — sauf, bien entendu, lorsqu'elle se réveillait, la nuit, après avoir rêvé de Tony.

Soudain, elle entendit un miaulement sortir de la penderie du couloir. A la hâte, elle ouvrit la porte du placard et une boule de fourrure brune grassouillette et dorée, aux oreilles aplaties, fila vers la cuisine. Pacha raffolait du thon.

Au même moment, la porte de la chambre grinça, s'ouvrant sur le visage bronzé d'Abdul. Qui se figea dès qu'il la vit.

— *Mon cœur*, tu rentres tôt aujourd'hui.

Zoé sentit sa respiration se couper. Elle essaya de dire quelque chose, mais tout ce qui sortit de sa gorge fut un soupir indigné. Puis elle ramassa les vêtements qui jonchaient le sol, ouvrit la fenêtre et les jeta dans la rue.

— *Mon cœur !* Qu'est-ce que tu fais ? hurla Abdul.

60

— Tu oses encore m'appeler *mon cœur* ! s'écria Zoé en balançant un dernier sous-vêtement par la fenêtre. Dehors !

— Cette femme rousse t'attendait sur le palier, tenta-t-il de se justifier en avançant vers elle, une serviette nouée autour de la taille. Elle m'a pris d'assaut.

— Et tu as capitulé ! Dehors !

Pacha interrompit son festin pour le fixer de ses yeux verts réprobateurs.

— Tu as bien réfléchi ? demanda-t-il en se dirigeant d'un pas mal assuré vers le vestibule.

Pour toute réponse, Zoé débrancha l'ordinateur et le projeta sans ménagement dans les bras d'Abdul.

— Prends ton sale portable ! lui lança-t-elle.

— New York ! Cette ville rend fou !

— Ce n'est pas New York qui rend fou. C'est toi ! Et elle.

D'un geste impulsif, la jeune femme arracha la serviette qui ceignait la taille d'Abdul. Puis elle jeta un dernier coup d'œil sur son corps mince et bronzé qui lui rappelait celui de Tony, et lui claqua la porte au nez.

— Tu vas le regretter ! cria Abdul de l'autre côté de la porte tout en martelant la porte à grands coups.

— Ça m'étonnerait, jeta-t-elle avant de remonter le couloir en courant.

— Véronica !

Pas de réponse.

Ouvrant la porte de sa chambre, Zoé vit une Véronica nue comme un ver, dans une posture de bombe sexuelle, en train de gribouiller avec frénésie sur un bloc-notes jaune qu'elle avait pris sur le bureau de Zoé.

— J'ai eu soudain une inspiration…, expliqua Véronica.

— Va-t'en !

— Eurêka ! Je l'ai trouvée ! La fin de mon roman ! Tu as été merveilleuse en rentrant chez toi ! Toute cette passion ! Tu vas aimer ma fin !

— Sûrement pas ! Parce que tu ne vas pas l'écrire. Je vais fendre en deux ta tignasse orange avec… avec… avec ce gros parapluie noir !

Véronica sauta du lit, emportant une paire de draps avec elle.

— Tu m'en veux à cause d'Abdul ? s'étonna Véronica en s'efforçant de franchir la porte de la salle de bains avec sa traîne de draps. Un nul pareil, qui ne sait parler que de positions bancaires en marks et en francs… même au lit ! Allons ! Je t'ai rendu un énorme service !

Les deux femmes se regardèrent dans les yeux.

— Enorme, répéta Véronica.

Elle n'avait pas tort.

Ce n'était certes pas le moment pour Zoé de s'extasier sur les hautes vertus morales de sa rivale. Tout de même, la jeune femme baissa son parapluie d'un ou deux centimètres. Puis, lentement, elle sortit de sa chambre, referma la porte et s'adossa au chambranle.

Elle avait échoué dans tous les domaines. En tant qu'écrivain. En tant qu'éditeur. En tant que femme. En tant que New-Yorkaise ! Et puis, et c'était peut-être le pire, elle fantasmait encore sur son ancien petit ami…

A cet instant, le téléphone sonna dans la cuisine, et en marmonnant, Zoé alla décrocher.

— Comment c'est, la vie de célibataire à New York ? coassa tante Patty.

— Mauvaise question ! reconnut Zoé.

— Que je pose au mauvais moment ?

— Ne te réjouis pas !

— Qui, moi ?

Tante Patty se tut un instant avant d'ajouter :

— Comment va Abdul ?

— Il appartient à l'Histoire.

La vieille dame poussa un profond soupir — sans doute de pure félicité.

— Eh bien, le moment est idéal, au contraire ! Tu me parais aussi malheureuse que Tony.

— Tony, malheureux ?

Cette pensée était beaucoup trop réconfortante…

— Eh bien, c'est ce qu'Henrietta me disait pas plus tard qu'hier, poursuivit tante Patty.

— Arrête ! Je raccroche si tu continues à me

parler de lui. Ecoute bien : lui et moi, on ne vit plus sur la même planète !

— Il est célibataire. Toi aussi. Il est malheureux. Toi aussi.

— Reviens sur terre, tante Patty ! Il vit au Texas. Je vis à New York.

— Il suffit que l'un de vous fasse le premier pas...

— Ce ne sera certainement pas moi !

Je rêve toujours de lui. Je ne sors jamais avec quelqu'un qui ne lui ressemble pas.

— Tante Patty...

Il y eut un long silence. Tordant le cordon du téléphone entre ses doigts, Zoé se laissa tomber sur le sol.

— Qu'est-ce qui ne va pas chez moi, tante Patty ? J'ai tout gâché avec Tony. J'ai épousé Duncan pour me venger. Duncan m'a épousée pour un tas de raisons tout aussi insensées. J'étais si stupide. Si stupide ! Et depuis... Je n'ai fait aucun progrès. Pourquoi ne puis-je jamais rien faire comme il faut ?

— Il n'est pas trop tard pour t'y mettre.

— Tu m'as déniché ce poste. Mais je ne suis pas une bonne éditrice !

— Ursula t'adore.

— Je ne respecte jamais les délais. Je transforme tous mes auteurs en divas. Je suis incapable de ranger un dossier. Ursula me dit toujours que je n'ai pas le sens des priorités. Je... je suis incapable de dire ce

que je pense vraiment pendant les réunions éditoriales… Oh ! Et je casse toutes les machines !

— Pourtant, tu as découvert cette… cette…

— Ce monstre !

— Comment peux-tu l'appeler ainsi ? J'ai lu tous
ses livres ! Ses personnages ne sont pas plus fous
que bien des gens que je connais. Et elle te dédicace
tous ses livres !

— Je ne veux plus en entendre parler ! Je démis-
sionne. Je quitte New York pour de bon !

— Merveilleux ! Tu peux rentrer chez toi.

— Qui croyais-je duper ? Je ne peux pas m'en
tirer ici. Ni ailleurs. Sans l'argent de Duncan, je
m'en tirerais moins bien que tous ces sans-abri qui
dorment dans des cartons !

— Reviens à la maison.

— Mais comment pourrais-je oublier Tony si je
rentre chez moi ? s'inquiéta-t-elle, songeant à ses
fantasmes nocturnes.

— Pourquoi veux-tu l'oublier ?

— Je ne peux pas revenir à la maison, un point,
c'est tout.

Autre silence méditatif. Interminable.

— Alors, tu as peut-être besoin de vacances,
suggéra enfin tante Patty d'une voix changée, presque
craintive. Je peux déjà t'offrir un séjour en Grèce.

— En Grèce ?

— Henrietta et moi avons retenu une semaine

là-bas le mois prochain, dit-elle d'une petite voix traînante. Mais nous ne pouvons plus y aller...

— Pas question que j'aille en Grèce ! répliqua Zoé, sans vraiment prêter attention à cette drôle de petite voix.

— Je te faxe le prospectus.

— J'adore cette fin ! s'écria Ursula, radieuse.

— Parfait. Tu vas pouvoir l'éditer sans moi.

Zoé posa sur le bureau de sa patronne une lettre de démission plutôt verbeuse.

Ursula parcourut la moitié du premier paragraphe avant de la déchirer.

— Tu ne peux pas démissionner. Je te l'interdis.

— Je suis complètement nulle. J'ai tout raté.

— Tu es la muse de Véronica.

— Non.

— Regarde, elle te fait toutes ses excuses, elle t'envoie des roses en pot.

Zoé leva les yeux au ciel.

— Elle est trop dingue pour moi !

— Mais non, c'est la fin de ses livres qui la rend dingue, tu le sais bien. Et nous aussi. Tiens, ajouta-t-elle, tu devrais prendre un mois de vacances, tu l'as bien mérité. Pourquoi n'irais-tu pas en Grèce ?

— Tante Patty t'a appelée ?

— Hier soir. Elle s'inquiète beaucoup à ton sujet. Rhodes est exactement la ville qu'il te faut. C'est vrai ! Pense à ta vie, demande-toi ce que tu veux en faire. Et ne jette pas ta carrière d'éditrice par-dessus les moulins sur un coup de tête !

— Un coup de tête ?

— C'est ta grande faiblesse. Tu n'arrêtes pas de te jeter à l'eau avant de réfléchir... comme les personnages de Véronica ! C'est pour cela que tu as épousé Duncan... Va en Grèce.

— Mais pourquoi la Grèce ? Qu'est-ce qu'il y a de si spécial, là-bas ?

— Ton avenir. Crois-moi ! assura Ursula, tout en ayant l'air d'éviter son regard.

Zoé sentait d'instinct qu'Ursula en savait plus qu'elle ne voulait l'avouer, et que la Grèce recélait peut-être pour elle un danger bien spécifique...

— Qu'y a-t-il de si spécial en Grèce ? répéta Zoé.

— Peut-être l'homme de tes rêves, répliqua Ursula.

- 3 -

Athènes… Pourquoi cette ville ne l'émouvait-elle pas ? Cette ville pleine de poussière, de bougainvilliers, de roses et de constructions trop carrées ?

Sur la route de l'aéroport, le bus dans lequel se trouvait Zoé franchissait les collines rouges et pelées.

Elle poussa un long soupir. Elle avait envie d'être chez elle, avec Pacha. Ou de se promener dans Manhattan. Et pas de se retrouver perdue dans un pays où elle n'était même pas capable de déchiffrer les panneaux d'indication. Non, vraiment, elle n'avait aucune envie d'être là. Seule.

S'emparant de son sac à dos, Zoé sauta du bus qu'elle avait pris en plein cœur d'Athènes et se dirigea vers le terminal de l'aéroport. Elle se sentit soudain tellement seule, tellement coupée de son univers, qu'elle en frissonna. Au fond, elle était si dangereusement vulnérable… Un bon point, cependant : la plupart des hommes la laissaient tranquille. C'était toujours ça.

— L'essentiel, lui avait dit tante Patty la veille, juste avant son départ, c'est que tu seras seule. Tu auras le temps de réfléchir. A ton avenir.

— Pourtant, toi, tu ne voyages jamais toute seule, avait répliqué Zoé. Tu pars toujours avec Henrietta Duke.

— Qui n'arrête jamais de parler et refuse de jouer à des jeux de société avec moi !

— Ne devait-elle pas aller à Rhodes avec toi ? Comment se fait-il que vous ayez *toutes les deux* annulé votre voyage ?

Tante Patty avait alors été prise d'une toux nerveuse. Ensuite, elle avait vaguement parlé de médecins et changé rapidement de sujet. A présent, Zoé trouvait cela étrange. La veille, elle avait été trop accaparée par les préparatifs de départ pour prêter attention aux réponses évasives de tante Patty. Elle aurait bien dû lui poser des questions sur sa petite toux ! Se serait-elle disputée avec Henrietta ?

Parvenue à l'aire d'embarquement pour Rhodes, Zoé avait trois heures d'avance. Elle s'installa sur une chaise en plastique et ouvrit un roman. Les mots se brouillèrent devant ses yeux.

Même après une bonne nuit de sommeil dans un petit hôtel avec vue sur l'Acropole, elle se sentait mal à l'aise, désorientée. Comme si une partie essentielle d'elle-même n'avait pas pris l'avion à New York. Là-bas, il était 2 heures du matin. Pacha était sans doute lové sur son oreiller, attendant patiemment qu'elle se couche.

Que faisait-elle donc ici ? Durant le vol interminable qui l'avait amenée à Athènes, Zoé n'avait pas eu la moindre pensée cohérente au sujet de sa vie. Ou de son avenir.

Mises à part les colonnes et les superbes statues d'hommes entièrement nus, Athènes lui rappelait l'ouest du Texas. Sa sécheresse. Sa poussière rouge…

L'ouest du Texas n'avait jamais été sa région favorite. Pire : son hôtel grec avait été encore plus exigu et étouffant qu'un motel de l'Ouest texan.

L'heure du départ approchant, elle songea qu'elle ferait peut-être mieux de faire un tour aux toilettes, par mesure de précaution. Elle se dirigea vers les lavabos quand un petit blondinet aux chaussures délacées surgit de la porte des toilettes pour hommes et la heurta de plein fouet.

— Aïe !

Zoé s'efforça de retrouver l'équilibre.

Le petit garçon jonglait d'une main avec un jeu vidéo et une sacoche bourrée d'animaux en peluche, et, de l'autre main, avec un gobelet rempli de Coca. Zoé put rattraper le jeu vidéo avant qu'il se fracasse à terre. Mais pas la boisson, qui se répandit sur sa chemise noire.

— Désolé, murmura-t-il.

Elle s'accroupit, puis lui tendit son jeu vidéo.

— Rien de cassé ? demanda-t-elle doucement.

Il fourra son jeu dans sa sacoche, leva ses yeux bleus et la fixa d'un regard intense.

— J'ai perdu mon papa.

Il se frotta les yeux, et, l'espace d'un instant, Zoé craignit qu'il ne se mette à pleurer. Elle lui prit la main pour le rassurer.

— Nous allons le retrouver, dit-elle. Tout ira bien, je te le promets.

Le petit garçon poussa un profond soupir de soulagement. Hochant la tête, Zoé considéra un instant sa frange blonde, ses oreilles fines et pointues, ses taches de rousseur et ses deux dents de devant très espacées.

Cependant, au moment où elle songeait à se relever, deux longues bottes de cow-boy noires et pointues se plantèrent de part et d'autre du petit garçon.

Et, par la même occasion, de part et d'autre d'elle-même.

Sans lui laisser le temps de lever la tête, une voix masculine familière — bien trop familière — la fit frissonner.

— Ah, te voilà, sacré petit chenapan ! Je t'ai cherché partout !

— Ne jurez pas devant lui, protesta Zoé. Ce n'est qu'un petit garçon.

— Mais c'est *mon* petit garçon !

Instantanément, les yeux bleus se remplirent de larmes.

Mon Dieu. Elle connaissait vraiment cette voix !

Retenant son souffle, Zoé parcourut du regard les bottes, les longues jambes, remonta jusqu'au visage sombre, sévère. Et taillé à coups de serpe.

La jeune femme se figea.

Tony !

Cette pensée fut rapidement suivie d'une envie de meurtre à l'égard de sa tante Patty. Cette fourbe allait le regretter… Mais pour le moment, il fallait absolument qu'elle se concentre sur la situation. Qu'elle trouve un moyen de s'en sortir. Et, plus immédiatement, d'affronter le regard de Tony Duke.

Le cœur battant à tout rompre, Zoé se leva et lui fit face.

— Salut, Tony ! dit-elle du ton le plus glacial qu'elle put.

Il mit longtemps à répondre. Les secondes interminables s'égrenèrent les unes après les autres, comme autant d'heures.

Un avion parcourut la piste. Les joues en feu, Zoé sentit que le sol lui-même tremblait.

— Zoé Duke ? dit-il enfin. Tante Zoé ? ajouta-t-il d'un ton sarcastique.

— Oh, mon Dieu !

— Que diable faites-vous ici ?

Son regard noir et glacial emplit Zoé de terreur.

— Inutile de répondre, rectifia-t-il. Je peux deviner…

Il la considéra longuement d'un air méprisant.

— C'est la chose la plus basse, la plus perfide...

Avait-il toujours été aussi fort, aussi puissant ? Aussi intimidant ?

Non. Neuf ans auparavant, il était certes grand physiquement, mais c'était davantage un adolescent qu'un homme. Depuis, il s'était étoffé. Il devait les muscles qui gonflaient ses larges épaules à son travail au ranch, et non, comme elle, à un club de gym hors de prix de Manhattan. Et son bronzage venait des longues heures qu'il avait passées à cheval, sous le torride soleil texan.

Et — oh, mon Dieu ! — il était beau. Trop beau. Sa seule proximité faisait battre son cœur à tout rompre. Comme elle détestait l'hypersensibilité dont elle faisait preuve à son égard !

— Je suis tombé, papa ! dit le petit garçon. Je me suis fait mal au genou.

Tony s'agenouilla. Le voyant promener doucement ses grandes mains bronzées sur la jambe du petit garçon pour s'assurer que tout allait bien, Zoé eut l'impression que le monde cessait de tourner et que le bruit des conversations s'estompait.

Les anciens flirts... Elle ne cessait de s'acheter des livres qui parlaient d'anciens flirts !

Le petit garçon — le fils de Judith — la regardait avec de grands yeux ronds et brillants, aussi bleus que les lupins texans, aussi bleus que l'avaient été ceux de Judith. Et pourtant, il avait l'air si vulnérable...

— Je suis désolée, pour Judith, murmura Zoé en contemplant le petit garçon avec un pincement au cœur.

Son T-shirt beige était déchiré, son short froissé, tous ses vêtements étaient trop amples, y compris ses chaussures de sport. Il avait besoin d'une mère pour l'habiller, lui couper les cheveux, nouer ses lacets, nettoyer ses ongles, l'obliger à se laver les mains...

— Vous aussi, vous connaissez ma maman ?

Stupéfait, le petit garçon fixait sur elle son regard intense.

— Tu... tu dois être Noah, répondit-elle en s'efforçant de ne pas regarder Tony.

— Doit-il vous appeler tante Zoé ? railla ce dernier d'une voix traînante qui l'horripila. Techniquement, poursuivit-il, Noah est votre petit-neveu, et moi... votre neveu !

— Par alliance ! corrigea-t-elle dans un souffle.

— Oui. *Par alliance.*

Tout soudain, elle se sentit assaillie de regrets.

— Alors, que faites-vous ici, Zoé ? Lorsque ma mère m'a persuadé de faire ce voyage, j'aurais dû flairer un piège !

La jeune femme se raidit.

— C'est à moi qu'on a tendu un piège ! Depuis

la mort de Judith, tante Patty ne cesse de me parler de vous !

— Tout comme ma fouineuse de mère ne cesse de me parler de vous, murmura-t-il d'une voix profonde et subtilement radoucie qui plongea Zoé dans la perplexité.

Etait-il vraiment obligé de la dévisager de la sorte, de ses yeux noirs à demi fermés ?

— Pour… pourquoi ne peuvent-elles accepter le fait que nous nous haïssons ? demanda-t-elle.

— Apparemment, elles ne se sont jamais remises de notre rupture.

Son regard s'attarda sur les seins qui gonflaient son pull sombre.

— Je vous aurais oublié depuis des années si… si…

— Donc, vous ne m'avez pas oublié ! coupa-t-il soudain.

— Heu… Comment l'aurais-je pu, alors que tante Patty ne me parle que de vous ? Mais l'important, c'est que je ne suis pour rien dans cette machination. Quand ces deux folles têtues cesseront-elles de se mêler de ce qui ne les regarde pas ?

— Dis, papa, cette dame est vraiment ma tante ?

— Non. C'est seulement quelqu'un que j'ai connu autrefois.

Zoé sursauta. C'était ainsi qu'il la voyait ? Comme

une personne parmi d'autres, alors qu'elle lui avait offert sa virginité ?

— Vous avez connu ma maman ? insista Noah.

— C'était ma meilleure amie, répondit Zoé en regardant le petit garçon.

— Alors, j'ai entendu parler de vous ?

— Je ne crois pas. Nous étions amies il y a long-temps.

— Il y a neuf ans, dit Tony d'une voix qui la fit frissonner.

— Moi, j'ai huit ans, dit Noah en brandissant huit doigts.

— Tu vois. C'est de l'histoire ancienne. C'était avant que tu naisses.

Zoé lui ébouriffa les cheveux d'un geste affec-tueux. Le petit garçon s'approcha d'elle comme s'il se sentait terriblement privé du contact aimant d'une femme.

— Et maintenant, qu'allons-nous faire ? s'enquit Tony.

— Que voulez-vous dire ?

— Qui va renoncer à aller à Rhodes ?

— Je n'ai pas perdu deux nuits de sommeil et fait tant de kilomètres pour revenir aussitôt à Manhattan.

— Nous non plus !

— Pourquoi nous ne pourrions plus y aller, papa ? murmura Noah d'une petite voix timide.

Tony fixa Zoé d'un œil noir... qui la fit rougir.

Un œil si perçant que la jeune femme se demanda si son pull et son chemisier n'étaient pas soudain devenus transparents. Percevait-il les changements de son apparence physique aussi facilement qu'elle avait perçu les siens ?

Il était grand, fort, superbe... Son visage viril avait quelques petites rides de plus, surtout autour de la bouche et des yeux. Il débordait de puissance masculine... et de colère. D'une immense colère — exclusivement dirigée contre elle...

Ses yeux sombres étaient striés d'éclairs, mais, au moins, elle avait réussi à attirer pleinement son attention. Elle se souvint à quel point elle était jalouse de lui, autrefois. Elle était alors si peu sûre d'elle-même. Et si jeune...

Avec agacement, elle se rendit compte qu'elle avait toujours comparé ses amants à Tony, et qu'aucun d'eux, selon elle, ne lui était arrivé à la cheville.

— Pourrons-nous nous asseoir à côté d'elle, papa ?

— Quoi ? gronda Tony.

— Non ! répondit-elle dans un souffle.

— Dans l'avion ? insista Noah.

— *Non !* répondirent-ils en chœur.

— Mais papa, de toute façon, tu ne me parles pas ! Et tu n'aimes pas les jeux électroniques...

— Parce qu'ils sont foutrement trop longs !

— Ne jurez pas devant lui, dit doucement Zoé.

— Ce sont des jeux d'aventures, reprit l'enfant.

Maman non plus ne le laissait pas dire des gros mots.

Zoé inspira profondément.

— Tu m'as l'air un peu seul, mon petit gars. C'est dur de perdre sa maman. Je le sais, parce que j'avais à peu près ton âge quand j'ai perdu la mienne.

Noah lui tendit son jeu électronique.

— Tu sais y jouer ?

La jeune femme secoua la tête.

— Non. Mais tu pourrais m'apprendre.

— Ta mère est morte comment ? murmura Noah.

Tony poussa un profond soupir.

— Quelle ruse vile et méprisable que de parler à mon fils de...

— Dans un accident de voiture, dit-elle simplement.

Les yeux bleus de Noah s'agrandirent. Il posa la main sur les genoux de Zoé.

— Seulement, j'ai aussi perdu mon papa, dit-elle.

Les bottes noires de Tony trépignaient d'impatience.

— Comment ? demanda le petit garçon d'une voix tremblante.

— Ils étaient allés au cinéma. Ils m'avaient dit que j'étais trop petite pour voir ce film. Après, j'ai été élevée par ma tante Patty.

Zoé avait prononcé ces paroles d'un air détaché,

mais elles avaient suffi à réveiller sa douleur. La petite fille qu'elle avait été alors s'était sentie si seule, si perdue… Et terrorisée à l'idée qu'elle subirait la même séparation si jamais elle aimait de nouveau.

— Patty Creighton, celle qui m'emmène faire un tour chaque fois qu'elle s'achète une nouvelle Cadillac ? demanda Noah.

— C'est-à-dire tous les ans, grâce à vous ! grinça Tony. Au lieu de moderniser le ranch…

— *Mon* ranch, lui rappela Zoé.

— Je le loue.

Ignorant Tony, Zoé hocha la tête et se tourna vers le petit garçon.

— Seulement, à l'époque, tante Patty était encore vieille fille et ne comprenait guère les enfants. Mais elle avait des quantités de chats. Dix-sept. Peut-être plus. Pour éloigner les serpents, disait-elle. Elle était bibliothécaire, et ne gagnait pas beaucoup d'argent — même pas assez pour remplacer sa vieille voiture ! Mais elle m'emmenait avec elle à la bibliothèque. C'est là que je me suis mise à lire. Tout le temps. Pour oublier mes parents, en quelque sorte.

— Mais c'est dur d'oublier ! Moi, je ne veux pas oublier, affirma Noah.

Elle avait passé son temps à lire au lieu de se faire des amis, se rappela-t-elle avec amertume en laissant se dérouler la toile de ses souvenirs. Puis Tony était arrivé…

— Tu sais ce que j'aime le plus au monde ? demanda-t-elle.

— Non.

— Lire, allongée en chien de fusil, avec un chat sur mes genoux.

— Tu as un chat ?

— Oui. Il s'appelle Pacha. Mais il est restée à la maison, quelqu'un le garde.

— Papa ne veut pas que j'aie un chat, dit Noah en adressant un regard réprobateur à son père.

A son tour, Zoé fustigea Tony d'un long regard noir.

— Il est allergique aux chats, expliqua Tony comme à contrecœur.

Noah étouffa un soupir.

— Mais j'aime les jeux électroniques. Surtout les jeux d'aventures.

— Et tu m'apprendras si nous sommes assis l'un à côté de l'autre, dit vivement Zoé.

— Bon, ça suffit tous les deux ! s'écria Tony. Votre amitié naissante s'arrête là. Cette femme ne jouera pas aux jeux électroniques, et ne s'assiéra pas près de nous !

Puis, tournant vers Zoé son visage furibond, il ajouta :

— Et je me fiche comme de l'an quarante du satané plan que vous avez ourdi avec ma mère !

— Soyez poli ! protesta-t-elle. C'est un enfant.

— Mes mauvaises habitudes ne vous regardent pas !

— En tant que père, vous devriez essayer de…

— Je vous ai dit de ne pas me faire la leçon sur…

Elle se sentit perdre patience. Elle n'allait quand même pas le laisser la rabrouer comme un chien ?

— Je n'aurais pas rencontré Noah si vous ne l'aviez pas perdu ! cria-t-elle.

Tony se rapprocha d'elle, au point qu'elle sentit le parfum brûlant et viril de son corps en même temps que celui de son eau de cologne. Elle faillit reculer, mais craignit de faire preuve de lâcheté.

— Vous et moi, nous nous sommes séparés définitivement il y a neuf ans, et vous le savez parfaitement ! murmura Tony d'une voix rauque. Ne revenons pas là-dessus !

— Très bien.

Elle retint son souffle en le voyant prendre Noah dans ses bras et se diriger vers la partie la plus éloignée de la salle d'attente.

Le jeu de Noah était resté à terre. Elle hésita un instant, puis le glissa dans son sac avant de gagner rapidement la porte d'embarquement.

Les sièges avaient beau être numérotés, il régnait une grande confusion à bord. Zoé finit par trouver sa place, située entre une grosse femme qui regardait déjà par le hublot — et exhalait une forte odeur d'ail — et un siège vide donnant sur le couloir.

Zoé se plongea dans la lecture de son livre de poche, en espérant pouvoir se sortir cet insupportable cow-boy imbu de lui-même de l'esprit. Mais soudain, Noah bondit sur le siège vide et boucla sa ceinture.

— Bonjour ! lui dit-il en lui adressant un large sourire.

— Bonjour !

Elle hésita avant de demander :

— Où est ton papa ?

— Tout près d'ici ! dit cette voix rauque et traînante qui la faisait toujours frissonner. Vous avez pris ma place.

— *Ma* place !

Il brandit une carte d'embarquement sous le nez de la jeune femme.

— Mais c'est mon numéro de siège qui est imprimé là-dessus ! soupira Zoé.

— Oui, mais c'est mon billet, c'est à vous de partir. Tout de suite.

— Ce doit être une erreur.

Tandis que de plus en plus de passagers s'impatientaient derrière Tony, elle fouilla dans son sac à la recherche de son propre billet. Lorsqu'elle l'eut enfin trouvé, elle le lui tendit d'un air de victoire.

— C'est le même que le mien ! dit-il.

— Je suis arrivée la première, marmonna-t-elle. Donc, c'est ma place.

— Je dois être à côté de mon fils. Alors, ne

m'obligez pas à employer la manière forte pour vous déloger.

Joignant le geste à la parole, il entreprit de détacher la ceinture de Zoé.

— Tu n'as pas le droit de faire ça, papa !

— Il a raison ! enchaîna-t-elle, en faisant un effort surhumain pour ne pas prêter attention aux étranges frissons qui montaient en elle chaque fois qu'il s'approchait d'elle un peu trop près. Conduisez-vous en gentleman et allez demander à l'hôtesse de régler ce problème ! ajouta Zoé.

— Elle ne parle que le grec.

— C'est votre problème. J'étais là avant vous.

Les voyageurs bloqués derrière lui — ainsi que Noah — le fixaient d'un œil noir.

— Très bien.

Tony disparut à l'arrière de l'avion.

Il fut bien trop tôt de retour, accompagné d'une jolie hôtesse qui ne semblait pas insensible au charme rugueux et viril du cow-boy.

— Madame, je crains que vous ne deviez changer de place, dit-elle à Zoé. Nous avons trouvé une place pour vous à l'arrière de l'avion.

— Où l'on sent le mieux les turbulences ! Ce sont les gentlemen qui doivent s'asseoir là-bas !

— Mais ce petit garçon est son fils.

— C'est mon, heu… petit neveu ! répliqua Zoé d'un ton acerbe.

— Et moi, je veux être à côté de ma tante ! renchérit

84

Noah. Nous ne nous voyons pas très souvent, et nous allons faire des jeux.

— Monsieur, l'interrogea l'hôtesse en consultant les deux cartes d'embarquement, je ne comprends pas. Elle a le même nom que vous ?

— Noah ! vitupéra Tony. Ce n'est pas ta tante ! Tu ne l'avais encore jamais vue de ta vie !

— C'est ma tante Zoé, et tu le sais très bien ! C'est toi-même qui me l'as dit ! Sinon, pourquoi aurait-elle le même nom que moi ?

— Elle n'a pas le même nom que toi !

— Ne mentez pas à mon petit-neveu ! s'interposa Zoé. Je veux dire, à mon neveu !

Deux autres hôtesses rejoignirent la première, et toutes trois se mirent à parler dans leur langue natale, avec force gesticulations. Sans oublier de battre des cils à l'intention de Tony, ce qui faisait verdir Zoé.

Zoé refusant de bouger d'un centimètre, l'une des hôtesses gagna vivement l'avant de l'avion. Presque aussitôt, la voix profonde du capitaine retentit :

— Nous ne pourrons pas décoller tant que tous les passagers ne seront pas assis ! annonça-t-il en anglais.

Mais faisant comme si elle n'avait rien entendu, Zoé sortit de son sac le jeu de Noah.

— Tu devais m'apprendre à y jouer.

Les yeux du petit garçon s'embrasèrent et il se mit à pousser les boutons avec frénésie.

— Regagnez votre place, monsieur ! grognèrent alors plusieurs passagers à l'intention de Tony.

Ce dernier considéra de nouveau Zoé d'un regard si incandescent que la jeune femme sentit ses seins la brûler.

— Comportez-vous en gentleman, murmura-t-elle.

— O.K., vous avez gagné, reconnut Tony en desserrant à peine les lèvres. Pour l'instant.

Hum… Si elle avait vraiment gagné, pourquoi ses seins la brûlèrent-ils pendant toute la durée du vol jusqu'à Rhodes ?

— Pourquoi tante Zoé ne peut-elle pas aller dans notre taxi ?

— Ce n'est pas ta tante !

— Si, c'est ma tante ! cria Noah, sans cesser de tourner autour de son père. Mammy m'en a parlé au restaurant, chez Madame Woo !

— Elle ne peut pas aller avec nous, Noah.

— Je l'aime bien, papa.

— Uniquement parce que tu ne la connais pas aussi bien que moi !

— Elle a joué avec moi pendant tout le trajet. Et elle, elle n'a pas bâillé comme toi. Elle m'a trouvé un oreiller et une couverture quand j'ai eu sommeil.

— Elle m'a obligé à voyager à l'arrière de l'avion.

— Et alors ?

Pour rien au monde Tony n'aurait avoué que les voyages en avion le rendaient nerveux, surtout quand il y avait des trous d'air.

— A cause d'elle, j'ai eu un siège non inclinable. Le coussin était dur comme de la pierre et aussi grand qu'un timbre-poste. J'étais au milieu de deux hommes presque obèses…

Comme Noah se mettait à bâiller, Tony s'abstint d'ajouter que l'un d'entre eux avait mauvaise haleine, tandis que l'autre n'avait cessé de grignoter des chips pendant tout le trajet. Ni que lui, Tony, avait agrippé si fort l'accoudoir, pendant les secousses, que les deux hommes s'étaient moqués de lui.

Les portes vitrées du terminal s'ouvrirent, et une élégante silhouette aux cheveux auburn sortit sous le soleil radieux. Sa minijupe noire très moulante mettait en valeur ses formes idéales.

Au lycée, se rappela-t-il elle marchait exactement de la même manière…

— Elle arrive ! dit Tony en se penchant vers Noah. Ne t'avise pas de lui parler de partager un taxi !

Dès qu'elle vit Noah, Zoé afficha un sourire rayonnant.

— Mes neveux !

En entendant ces mots, Tony pensa avec amertume à son oncle Duncan. Pendant ce temps, Noah s'évertuait à faire de grands signes à la jeune femme.

Prenant cela pour une invitation, elle passa devant Tony. Seigneur ! Son parfum de lilas… Et ce petit pull moulant…

— Décidément, ce doit être le destin, dit-elle en ébouriffant la chevelure de Noah.

Le garçon sourit jusqu'aux oreilles, découvrant ses toutes nouvelles dents qui allaient coûter une fortune à faire redresser.

— Vous croyez au destin ? susurra-t-elle doucement dans l'oreille de Tony, avant de se détourner vivement, et d'adresser au vieux chauffeur du taxi un sourire si aguichant qu'il en resta pantois.

— Qu'est-ce que vous pariez que nous allons tous au même hôtel ? dit-elle en présentant sa réservation au chauffeur.

Tony sortit de sa poche une réservation identique.

— Qu'est-ce que je vous disais ? dit-elle.

Le chauffeur sourit jusqu'aux oreilles.

— Vous pourriez partager…

— Vous avez gagné la deuxième manche, reconnut Tony en lui tenant la portière.

— Vacances romantiques ? s'enquit le chauffeur. Second voyage de noces ?

— Nous ne sommes pas encore sûrs de ce que c'est, dit gaiement Zoé, comme si tout à coup, rien de ce qui les avait opposés n'avait plus d'importance.

Tout de même, se dit Tony… Des cheveux d'or qui s'embrasaient sous l'ardent soleil de Grèce…

Un parfum si suave… Oh, et ses seins qu'il devinait sous son léger pull…

— Montez à l'arrière, grommela-t-il enfin en lui prenant son bagage des mains.

- 4 -

— Comme c'est beau ! murmura Zoé.

Evitant délibérément le regard sombre de l'homme assis dans le patio jouxtant le sien, la jeune femme ouvrit sa porte-fenêtre. Se sentant d'humeur espiègle, elle se pavana en passant devant lui, avec son minuscule Bikini noir et son chemisier blanc trop ample que des années de lavage avaient rendu souple et presque transparent. Elle s'accouda au mur bas qui délimitait son patio et se perdit dans la contemplation des montagnes turques au-delà de la mer Egée, si bleue avec ses reflets verts…

Puis elle s'étira avec une grâce féline, inspirant avec gourmandise l'air frais et salé.

Son chemisier remonta, ne cachant plus rien de son ventre plat et de sa taille fine.

— Trop beau ! renchérit Tony d'un ton sarcastique.

S'appuyant de nouveau contre le muret — sans regarder dans la direction de Tony —, la jeune femme eut la sensation dérangeante qu'il la fixait des yeux. Feignant de se protéger du soleil, elle mit les mains devant son visage pour lui cacher qu'elle rougissait.

— Et cela vous plaît bien, on dirait, ajouta-t-il.

Ils étaient arrivés ensemble à la réception. Comme ils portaient le même nom, tout le personnel en avait déduit qu'ils étaient mariés et désiraient profiter de l'espace de deux appartements. Mais Zoé leur avait tout expliqué avec un luxe de détails, ce qui avait pimenté le teint bronzé de Tony d'une délicieuse nuance de rose…

— Alors, comme vous le voyez, je suis en fait la tante adorée de Tony.

Puis elle avait donné ses clés à Noah et l'avait invité à visiter son appartement — qu'il avait ensuite déclaré préférer à celui de son père.

— Je reste avec toi, tante Zoé ?

— Non ! avait grogné Tony.

— Tu peux venir me voir quand tu voudras, avait-elle dit à Noah, tandis que son père le traînait par le col en direction de son propre appartement.

— Vous pouvez toujours courir ! avait bougonné Tony.

— Encore une fois, vous êtes trop dur !

— Si vous ne cessez pas ce petit jeu, je vais être bien pire.

— Je meurs d'impatience de voir ça ! Mais en attendant, si nous nous mettions à l'aise ?

— Qu'est-ce que vous voulez dire par là ?

— Ce que vous voulez, avait-elle doucement répondu, en lui adressant le plus aguichant des sourires.

Puis, le cœur battant, elle avait refermé sa porte sur le visage médusé de Tony.

Qu'est-ce qui lui avait pris ?

Sortant de sa rêverie, elle contempla de nouveau la pelouse qui s'étendait devant leurs patios jusqu'à la plage couverte de chaises longues et de parasols bleus et blancs.

Cela vous plaît bien, on dirait, venait-il de dire.

Zoé prit une profonde inspiration.

— Qu'est-ce qui pourrait ne pas me plaire ? répliqua-t-elle. Je n'ai rien contre ces montagnes pourpres à l'horizon de la mer Egée. Savez-vous que la Turquie est exactement à dix-sept kilomètres ?

Mais Tony ne répondit pas.

— Je n'ai rien non plus contre les bougainvilliers rouges qui ornent tous les balcons, poursuivit-elle. Ni contre les roses jaunes et les brins de basilic qui foisonnent sous mes fenêtres.

— Foisonnent…

Les pieds de sa chaise raclèrent les tuiles du sol.

— Vous avez publié trop de romans ! dit-il.

— Et alors ? répliqua-t-elle en se laissant tomber dans une chaise longue. De toute façon, je suis en vacances. On est censé profiter de ses vacances.

Saviez-vous qu'Ulysse, de retour de Troie, a traversé cette mer ?

Tony se pencha par-dessus le muret blanc qui séparait leurs patios et elle retint son souffle. Il était vêtu d'un short — en tout et pour tout. Il était uniformément bronzé et, de son ventre plat montait une toison noire qui se répandait sur sa large poitrine. Une toison autrefois moins fournie...

Il était si beau, si primitivement viril qu'une décharge électrique la traversa. Depuis neuf ans, c'était la première fois qu'elle se sentait si vivante.

— Eh bien, si je pouvais y goûter...

Ça y était, voilà qu'elle recommençait, elle avait encore parlé toute seule !

— Que dites-vous ? marmonna-t-il, tout en dévorant ses cuisses nues des yeux.

— Mais je n'ai rien dit ! répliqua-t-elle en rougissant.

— Si. Vous avez parlé toute seule. Autrefois, je trouvais cela plaisant.

— Vous rêvez, cow-boy.

Mon Dieu ! Ce sourire en coin... Et dire qu'elle avait cru qu'il lui était réservé !

— Vous continuez à parler toute seule, pas vrai ? murmura-t-il de cette voix rauque qui, elle aussi, lui était réservée autrefois.

— Pas du tout.

— Vous inventez toujours des histoires ? Vous voulez toujours être écrivain ?

Certes, elle avait dans ses bagages un bloc-notes jaune et plusieurs stylos. Mais, en ce moment précis, ses rêves non réalisés ne la préoccupaient guère…

— C'est vrai ce que l'on dit, que les éditeurs sont des écrivains frustrés ? insista-t-il.

— Ma vie ne vous regarde pas.

— Alors, si nous parlions de vos autres frustrations ? dit-il en caressant de nouveau son corps de son regard de braise.

Le rouge des joues de Zoé se fit plus vif.

— J'ai dit : occupez-vous de vos affaires !

Il haussa les sourcils.

— Et si vous vous étiez occupé des vôtres, répliqua-t-il, nous ne serions pas ici ensemble. M'avez-vous oui ou non tendu un piège ?

— M'avez-vous oui ou non tendu un piège ? répéta-t-elle en l'imitant. Vous savez bien que non !

— Perfidie féminine !

— Qu'est-ce que vous insinuez ?

— Que tout est possible quand il s'agit de femmes. Surtout si elles épousent des vieillards qui courtisent leur tante !

Zoé sentit tout son corps se raidir sous la force de l'insulte.

— Vous voulez dire un vieil homme qui venait de découvrir qu'il n'avait plus que quelques semaines à vivre, et qui voulait quitter Shady Lomas sur un coup de théâtre ! répliqua-t-elle sèchement.

— Je parle d'une femme qui est devenue millionnaire parce que son mari a eu le bon goût de mourir très vite.

— Je vous le répète : il a fait tout cela exprès. Il m'a utilisée pour se rapprocher de vous et de ses filles. Si sa propre famille ne l'avait pas rejeté…

— Si je comprends bien, c'est ma faute si vous l'avez épousé !

Elle se mouilla nerveusement les lèvres.

— Ecoutez, je serais revenue vivre à Shady Lomas si j'avais voulu que l'histoire de ma vie me soit jetée au visage comme une gifle chaque fois que je serais sortie de chez moi ! Qu'on le veuille ou non, nous sommes tous les deux ici. Cela m'a coûté de quitter mon bureau et mon chat, et de me faire fouiller dans une demi-douzaine d'aéroports. Alors, j'ai l'intention de profiter au maximum de mon séjour ici. Même si je dois vous supporter !

— *Même si vous devez me supporter !* C'est vous qui avez persuadé ma mère de m'envoyer ici, j'en suis sûr !

— Vous êtes incroyablement vaniteux, Tony ! Mais écoutez-moi bien, même si vous êtes plutôt séduisant, vous êtes la dernière personne avec qui je choisirais de passer mes vacances. Je n'ai conspiré ni avec votre mère, ni avec votre tante.

La voix de Zoé s'échauffait à mesure qu'elle parlait, comme si soudain, elle avait la possibilité de dire à Tony ce qu'elle avait sur le cœur. Et elle n'allait pas s'en priver.

— Elles ont dû concocter ce plan farfelu toutes seules parce que nous sommes tous deux célibataires. Si nous ne faisons pas contre mauvaise fortune bon cœur, notre séjour sera infernal. Alors, je vous suggère de vous rasseoir, de vous calmer, et de faire comme si vous étiez un gentleman. Laissez-moi admirer ces montagnes pourpres au-delà de cette mer rouge comme le vin.

— Rouge comme le vin ? ricana-t-il.

— Homère. Vous est-il déjà arrivé de lire quelque chose ? Pas l'*Iliade*, en tout cas !

— Vous oubliez l'*Odyssée* ! Cette mer est bleue, mademoiselle je-sais-tout !

— J'aimerais que vous cessiez de regarder mes jambes.

Obéissant, il contempla la mer à son tour. Elle essaya d'imaginer les antiques galères persanes, mues par des esclaves enchaînés, fendant les flots à la poursuite de leurs ennemis.

— Vous ne m'avez vraiment pas tendu de piège ? insista-t-il.

— Cette discussion est terminée. J'essaye de me détendre et de profiter de mes vacances.

— Le seul moyen que nous ayons d'y parvenir, c'est de nous éviter soigneusement !

— Alors évitez-moi. Rentrez dans votre appartement.

— Pourquoi moi ? Nous pourrions rentrer à tour de rôle.

— A tour de rôle, comme des enfants ?

Elle soupira en lui lançant un regard las.

— Bon, nous devrions au contraire essayer de tirer le moins mauvais parti possible de cette horrible situation. Après tout, vous êtes mon neveu.

— Arrêtez de me faire le coup du neveu !

— O.K. Signons une trêve ! dit-elle en levant les deux mains, comme pour se rendre. Votre précieux Noah est mon nouveau meilleur ami. Je veux dire… ce n'est pas parce que notre romance de lycée a mal tourné que…

— Une romance de lycée ? C'est comme ça que vous appelez le fait d'avoir couché avec moi avant d'épouser mon riche oncle — que toute ma famille avait déjà répudié, d'ailleurs ?

— Parce que, juste après que vous avez couché avec moi, je vous ai vu étreindre passionnément Judith !

— N'importe qui aurait compris que j'essayais de me dégager, au contraire ! Vous m'avez accusé pour vous dédouaner !

— Non. J'ai fait ce que j'ai fait à cause de vous et de Judith.

— Cela ne vous excuse pas !

— D'accord, mais devons-nous pour autant nous détester pendant toute la semaine ? Peut-être la seule semaine de notre vie que nous passerons ici ?

Il la considéra un instant, puis contempla de nouveau la mer Egée, et Zoé sentit un léger espoir la gagner. Peut-être le panorama spectaculaire de cet idyllique paradis commençait-il à produire quelque effet sur lui ? Peut-être allaient-ils enfin finir de se chamailler comme des adolescents ?

— Je suis venue ici pour réfléchir à mon avenir, poursuivit-elle. Si vous ne me laissez pas tranquille, je ne pourrai penser à rien…

Elle lui sourit.

— Mais en attendant, cela vous dirait de boire une goutte d'ouzo ?

— Je ne veux pas boire avec vous, se renfrogna-t-il.

— Tant pis pour vous.

Elle se versa un verre d'ouzo, tourna sa chaise longue de façon à ne plus le voir, et se mit à siroter en admirant les montagnes.

Avant même qu'il se mette à parler, elle savait qu'il regardait ses jambes. Elle rougit.

— Vous sentez que je vous regarde, pas vrai ? demanda-t-il avec un petit rire.

Ses joues devinrent brûlantes.

— Voulez-vous cesser !

— Cela veut dire que le courant passe entre nous.

— Je me fiche pas mal de ce que cela veut dire ! Arrêtez, un point c'est tout !

— D'où tenez-vous cela ? Je parle de l'ouzo.

— J'en ai goûté hier soir avant de dîner. C'était si bon que j'en ai acheté une bouteille. Cela a un drôle de goût, on dirait de la réglisse, mais c'est excellent. J'étais si épuisée après l'avion qu'au bout de deux ou trois gorgées, j'étais déjà pompette.

Noah entra dans le patio et courut vers le muret qui le séparait de celui de Zoé.

— Je peux boire un verre, moi aussi ?

— Non ! répliqua Tony.

La jeune femme se leva, et un coup de vent remonta son chemisier jusqu'au cou. Lorsque le vêtement reprit sa place, elle vit le feu qui embrasait le regard de Tony et se sentit complètement déshabillée. Elle frissonna, rougissant en prime de la tête aux pieds.

— B…bien sûr que tu peux boire un verre, mon chéri. J'ai des jus de fruits et des sodas dans mon frigo.

Adressant un sourire à ses deux admirateurs masculins, elle entra dans l'appartement.

— Il peut bien prendre sa satanée boisson dans *notre* frigo !

— Il jure encore devant moi ! rapporta Noah en s'asseyant sur le muret, laissant pendre ses jambes maigres du côté de Zoé.

La jeune femme revint avec un grand verre de jus d'orange glacé.

— J'aimerais mieux un soda, dit Noah en plongeant la paille dans la boisson.

— Tu boiras ce qu'elle t'apporte, et tu diras merci ! gronda Tony.

— Merci.

Au lieu de boire, Noah posa le verre sur le bord du muret. Zoé toucha son genou encore rouge après sa chute, et il lui sourit timidement.

Noah était incroyablement adorable. Elle avait vraiment cet enfant dans la peau, songea-t-elle. A tel point que c'en était presque inquiétant.

— Ton père a peur de voyager en avion. Tu savais cela ?

Noah fit non de la tête.

— C'est pour cela qu'il est si ronchon, dit-elle.

— Pourtant il ne prend pas l'avion au Texas.

— Tu veux dire qu'il est tout le temps grincheux comme ça ?

Noah regarda à terre d'un air penaud.

— Eh bien, la plupart du temps…

Tony projeta si violemment sa chaise pliante contre le muret mitoyen que le verre de Noah tomba et se brisa sur les tuiles rouges du patio de Zoé.

— C'est dur de profiter des vacances, nom d'un chien, quand…

Tony s'interrompit, stupéfait d'avoir fait tomber le verre.

— Quand la femme que vous aimiez plus que tout au monde vous a quittée, acheva doucement Zoé. La seule femme que vous ayez jamais…

— Arrêtez de parler à ma place ! lui intima-t-il. Vous ne savez rien de moi.

Elle tressaillit. Elle aurait voulu lui dire qu'elle

savait bien pourtant qu'il se rendait toutes les semaines au cimetière.

— Viens, Noah. Nous rentrons. Et désolé pour le verre.

Lorsqu'ils furent partis, Zoé se sentit encore plus abandonnée qu'après avoir rompu avec Abdul, un mois auparavant.

Pourquoi avait-elle provoqué Tony ? Mais en flirtant avec lui, elle se sentait si vivante… Comment était-ce possible ? A moins que…

Il lui restait sept jours à passer ici. Dans un sens, c'était peut-être une bénédiction que son voisin soit l'homme qui l'avait hantée nuit et jour pendant neuf ans. Cela pourrait l'aider à voir en lui le plouc macho et têtu qu'il était probablement en réalité. Puis elle l'oublierait et trouverait à Manhattan un homme plus policé, plus intelligent, qui lui conviendrait davantage… D'une manière ou d'une autre, elle avait besoin de grandir et d'évoluer.

Elle finit son ouzo et décida d'aller se promener sur la plage. L'eau claire, d'un bleu turquoise, léchait le sable fin et blanc parsemé de petites pierres rondes et parfaites. Les parasols bleus et blancs avaient été repliés et les chaises longues entassées sous les avant-toits du bâtiment.

Elle n'avait pas marché depuis bien longtemps — écoutant la brise qui murmurait dans ses cheveux —, lorsque Noah la rattrapa en courant.

— Ton père sait où tu es ?

Il secoua sa frange blonde.

— Je crois qu'il est fou. Il est assis dans la cuisine. Il ne dit pas un mot.

— Tu sais que tu ne devrais pas le laisser comme ça !

Il s'agenouilla, examinant les pierres qui jonchaient la plage.

— Regarde ces pierres toutes rondes ! dit-il en les empilant.

Bientôt, ses poches en furent pleines à craquer, et Zoé ne put retenir un sourire mélancolique en le regardant. Comme cela aurait été amusant de gambader joyeusement avec lui sur le sable, de le faire dîner, de faire une partie de jeu électronique avec lui… Mais il ne lui appartenait pas. Elle n'était pas sa mère.

— Je crois vraiment que ton père va s'inquiéter, dit-elle.

— Il aime rester seul.

— Mais il n'aime sûrement pas s'inquiéter.

Noah croisa les bras.

— Je m'en moque, dit-il.

— Tu ne penses pas ce que tu dis.

Elle lui prit la main, et il la serra fort dans la sienne. Puis ils regagnèrent la résidence.

Lorsqu'ils se retrouvèrent au milieu de la pelouse, Tony se précipita vers eux.

— Je l'ai cherché partout !

— Il m'a suivie jusqu'à la plage. J'étais en train de…

— Vous auriez dû penser que je m'inquiéterais !

— C'est ce que j'ai fait. C'est pour cela que je…

— Papa, la coupa Noah, elle me ramenait.

Le regard de Tony demeura longuement fixé sur le visage de la jeune femme.

— Alors, merci. Merci d'être si gentille avec mon fils.

Puis il prit le garçon par la main, fit volte-face et la quitta.

Debout dans la nuit tombante, elle les regarda entrer dans la lumière dorée du hall de leur studio. La porte se referma sur eux. Elle s'appuya contre un grand palmier qui bruissait au vent, et demeura ainsi, immobile, jusqu'à ce que les étoiles se mettent à briller dans le ciel. Les lumières s'éteignirent dans l'appartement de Tony. Ils étaient probablement sortis pour dîner.

Jamais, au grand jamais, elle ne s'était sentie aussi seule.

Faux.

Le pire moment de sa vie avait été le soir du mariage de Tony. Elle était veuve, et lui, Tony, avait épousé Judith…

Parviendrait-elle jamais à l'oublier ?

Oui ! Elle serra les poings. Ses ongles lui meurtrirent les paumes. Elle irait dîner seule. En prenant son livre. Elle mangerait du poulpe grillé et une salade grecque. Et elle réfléchirait. C'était pour cela qu'elle était venue.

Ainsi, elle finirait bien par trouver le moyen de ne plus être entichée de Tony Duke.

Les anciens flirts… A quoi diantre pouvaient-ils bien servir ?

Elle, en tout cas, ne se laisserait pas hanter par le sien jusqu'à la fin des temps.

Zoé avait gâché la soirée de Tony. Et maintenant, il était bien tard. Au lieu de savourer son souvlaki et ses poissons grillés — qu'il avait abondamment arrosés de résiné —, il n'avait pas cessé un instant de penser à elle.

A présent, les lumières étaient éteintes dans l'appartement de Zoé, mais les portes de son patio étaient ouvertes. Les grands rideaux blancs se gonflaient au vent. Cela lui ressemblait bien d'aller se coucher en oubliant de fermer ses portes !

Bien entendu, ce qu'elle faisait ne le regardait pas. Et pourtant, Tony avait frappé à sa porte d'entrée à quatre reprises. En vain. Il l'avait alors appelée, mais elle n'avait pas non plus répondu à son téléphone.

Elle devait être chez elle, pourtant. Pourquoi diable ne répondait-elle pas ? se demanda-t-il, inquiet et frustré à la fois.

De toute façon, se répéta-t-il, cela ne le regardait d'aucune manière.

Pourtant… Comment dormir en sachant que les portes du patio voisin étaient restées ouvertes ?

N'importe qui pourrait voir ces rideaux, entrer et faire Dieu savait quoi à l'intérieur du studio de Zoé. A moins qu'elle n'ait invité quelqu'un chez elle. Un étranger… Sans doute un fou capable de tout !

Un fou ? Tony savait que c'était lui qui perdait la tête. Mais peut-être était-elle tombée et se trouvait-elle incapable d'atteindre le téléphone ? Il l'imagina blessée, gisant à moitié inconsciente sur l'étincelant carrelage blanc.

N'y tenant plus, il sauta par-dessus le muret mitoyen, écarta les rideaux gonflés par le vent, et entra dans le studio de Zoé.

Debout dans l'obscurité, il cria son nom. Toujours pas de réponse. Alors, sans réfléchir, comme le studio de Zoé était l'exacte réplique du sien, il traversa vivement le petit salon et la cuisine, et se retrouva dans le hall d'entrée. Là, il entendit le bruit de la douche juste au moment où elle s'arrêtait. Un faible rai de lumière filtrait sous la porte de la salle de bains.

Avant même qu'il ait pu songer à battre en retraite, la porte s'ouvrit, et une chaude vapeur dorée l'enveloppa.

Enfuis-toi ! Elle ne court aucun danger.

Cependant, ses pieds semblaient rivés au carrelage

blanc. La vapeur s'éclaircit. Telle Vénus sortant des eaux, Zoé était nue. Et plus belle que jamais. D'une main, elle tenait une serviette orange qui pendait jusqu'au sol.

Il inspira profondément le parfum de lilas. Puis il murmura son nom. Pour l'empêcher de crier, il plaqua une main sur ses lèvres douces et chaudes, et la poussa contre le mur rose carrelé.

— Chut ! Ce n'est que moi, Tony, dit-il doucement. Je ne veux pas vous faire de mal. Je m'assurais seulement que tout allait bien.

Ses seins humides s'écrasaient contre son torse, trempant sa chemise. Sans qu'il s'en rende vraiment compte, ses longs doigts s'enfouirent dans les cheveux épais et mouillés de la jeune femme. Il sentit le cœur de cette dernière battre la chamade, mais pas plus violemment que le sien. Au lieu de se débattre, elle s'immobilisa.

Il savait qu'il devrait la lâcher et s'excuser de l'avoir effrayée, mais il était submergé du violent désir de la toucher, de la tenir dans ses bras, de lui faire l'amour. Soudain, il la sentit fondre contre lui — tout comme lui-même brûlait de se fondre en elle…

— Dites-moi que c'est un rêve. Dites-moi que nous ne sommes pas en train de faire cela ! chuchota-t-elle en laissant tomber la serviette couleur d'abricot.

Et en arquant son corps contre le sien.

Tony sentit l'univers entier se muer pour lui en

une femme humide et chaude aux cheveux de feu. Et au visage de fée.

— C'est bien un rêve, murmura-t-il d'une voix rauque. C'est le cauchemar qui me hante depuis neuf ans.

— Vous aussi ?

— Exactement, fit-il en resserrant son étreinte. Y compris la douche.

— Avec la serviette abricot ? demanda-t-elle, mutine.

— Mumm, il faudra que j'ajoute ce détail.

Elle dardait sur lui ses yeux bruns, agrandis par le désir — ou la peur ? De toute façon, il était allé trop loin pour s'en soucier. Il approcha la bouche de la sienne.

Il devrait s'arrêter, il le savait bien, mais sa propre respiration haletante lui signifiait qu'il était déjà trop tard. Avant même de sentir les lèvres délicieuses sur les siennes, il brûlait d'aller bien plus loin.

— Arrêtez-moi ! Pourquoi ne le faites-vous pas ? parvint-il tout de même à marmonner. Débattez-vous…

— Arrêtez, gémit-elle, complètement abandonnée dans ses bras. Voulez-vous bien cesser ? Le voulez-vous… ?

Son corps chaud et généreux semblait adhérer au sien.

— Oh, Zoé…, murmura-t-il d'une voix rauque.

Elle promena le bout de sa langue sur ses propres lèvres, puis humecta celles de Tony.

Avant même de l'embrasser, il se savait définitivement perdu. Il se sentait si violemment excité… Totalement à sa merci !

— C'est une torture, murmura-t-il.

— Mais une douce torture, promit-elle en lui adressant un sourire espiègle. Terriblement douce…

Il répondit par un petit rire.

Puis les lèvres de Zoé touchèrent les siennes, et ils s'embrassèrent.

- 5 -

Un baiser brûlant.

Et même, un baiser d'enfer ! songea Tony, les yeux rivés sur la jeune femme — qui était nue, séduisante en diable… Elle avait délicieusement rougi, et le suppliait de se déshabiller à son tour.

Ce qu'ils faisaient était mal, tenta-t-il de se raisonner.

Peut-être. Mais ses grands yeux bruns étaient fixés sur lui… Elle battait des cils… Tony sentit monter en lui quelque chose d'inquiétant, de brûlant… Comment pourrait-il s'arrêter à présent ? Quel homme de chair et de sang en serait capable ?

Posant les mains sur son torse, elle se mit à jouer avec le premier bouton de sa chemise…

Elle a épousé ton scélérat d'oncle. Elle a eu le ranch, la maison, tout. Sa tante s'achète des Cadillac rouges, comme le faisait Duncan. Et toi, tu es obligé d'affermer ses terres — ses terres qui devraient t'appartenir !

Cependant, il sentait sa douce main se promener

entre sa chemise et son torse… Le message que lui envoyait son corps était tellement différent !

D'autant plus qu'elle ne tarda pas à l'embrasser de nouveau… Ses lèvres s'écrasèrent contre les siennes, et il les goûta avec délice… Réglisse ? Ouzo ? Quoi qu'il en soit, il frémissait de désir.

— Que vas-tu faire maintenant ? chuchota-t-elle quelques dizaines de baisers plus tard.

Entièrement abandonnée à la force virile du corps de Tony, elle ne s'était pas aperçue qu'elle l'avait tutoyé pour la première fois depuis… neuf ans.

— Vous avez laissé les portes de votre patio grandes ouvertes, dit-il.

— Et vous avez pris cela pour une invitation à… ? dit-elle d'une voix profonde, tout en laissant glisser ses mains le long de son dos…

— N'importe qui aurait pu entrer.

— Mais vous n'êtes pas n'importe qui, répliqua-t-elle en caressant langoureusement ses bras musclés.

— J'étais inquiet.

— Pour moi ? Vous auriez pu frapper à la porte !

— C'est ce que j'ai fait. J'ai aussi essayé de vous téléphoner. En vain.

— Vous voyez, tout va bien, cow-boy. Vous pouvez partir ! le taquina-t-elle d'une voix profonde et veloutée.

Ô hypocrisie féminine ! Dire cela avec un sourire aussi torride !

— C'est vraiment ce que vous voulez ?

— Ce que je veux ? ronronna-t-elle.

Comme hypnotisée, elle enfouit ses mains dans ses cheveux.

— Ce que je veux…

— Un peu plus tôt, vous m'avez demandé de me déshabiller.

— Vous êtes certain de n'avoir pas rêvé ?

— Auriez-vous encore bu de l'ouzo ?

Elle enfouit le visage dans la toison de son torse.

— Ce que je veux ? Ce que je veux est si… mal ! dit-elle en effleurant sa poitrine du bout de sa langue. Mais, puisque vous en parlez, pourquoi ne vous déshabillez-vous pas ?

Son cœur bondit dans sa poitrine. Il sentait la langue de Zoé de plus en plus rapide, et son corps de plus en plus brûlant et tendu…

— C'est de la folie ! haleta-t-il.

Elle se tortilla contre lui.

— Je ne sais plus ce que je veux, dit-elle d'une voix très basse.

— Eh bien, peut-être que moi, je le sais.

Son doigt descendit le long du velours de sa joue, de son cou, de ses seins, joua avec chaque téton jusqu'à en faire de petites perles dures de désir.

Elle frissonna.

— Vous croyez ? Voyons si vous êtes aussi beau nu que derrière vos vêtements.

Avec frénésie, tous deux déboutonnèrent la chemise de Tony. Zoé fut la première à tirer sur les manches blanches, afin de l'arracher à ses épaules bronzées. Puis elle caressa ses muscles sculpturaux.

— Oh, Tony, pourquoi êtes-vous bâti comme un dieu antique ?

Avec un petit rire, elle lui caressa le dos, puis les fesses, sans le quitter des yeux, guettant la moindre de ses réactions.

— J'aimerais vous haïr, Tony, vous savez... Ça fait même neuf ans que je m'y efforce...

— Cela a été la mienne aussi, répliqua-t-il en la serrant plus fort contre lui. J'ai l'impression que nous n'avons pas vraiment réussi.

— Alors, comme ça, vous avez pensé à moi ?

— Pas en bien.

— Vous pensez donc que nous allons regretter ceci demain matin ? demanda-t-elle en frottant ses seins contre sa poitrine.

— Evidemment.

La douceur de sa peau l'ébranlait jusqu'au cœur de lui-même. Son cœur cognait très fort dans sa poitrine, contre celle de la jeune femme...

— Zoé... Zoé ?

— Qui a peur du grand méchant cow-boy ? fredonna-t-elle.

S'écartant de lui, elle s'appuya contre la cloison et s'efforça de calmer sa respiration haletante.

— Pas moi ! chantonna-t-elle d'une voix fluette. Pas moi !

Le silence qui les environnait s'épaissit.

— Justement, on dirait que vous avez peur ! murmura-t-il.

Elle garda le silence pendant un long moment. Avait-il seulement imaginé qu'elle frissonnait ?

— Vous me connaissez. Je saute de la falaise, et après seulement, je cherche où je pourrai atterrir en sécurité.

Il se rapprocha d'elle, jusqu'à pouvoir sentir la pointe de ses seins effleurer son torse.

— Puisque vous êtes d'humeur à sauter, passez donc vos jambes autour de ma taille et accrochez-vous…, lui murmura-t-il à l'oreille.

— Oh, mon Dieu !

— Obéissez.

Elle sauta. Il la rattrapa.

Sentir ses jambes fines et tendres autour de sa taille avait un goût de paradis. La prenant fermement par la taille, il la conduisit dans la chambre.

— Vous avez intérêt à faire des prouesses ! lança-t-elle d'un ton espiègle tandis qu'il l'étendait sur le lit.

— Sinon ?

— J'ai un instrument de torture pour votre joli corps.

— Seulement mon corps ?

— Ce sera si terrible que… que…

— Taisez-vous ! dit-il doucement en défaisant le lit. Cela vaudra mieux, ajouta-t-il en jetant les oreillers à terre.

— Ce n'est pas juste ! C'est votre chambre que nous aurions dû dévaster !

Pour toute réponse, il écrasa ses lèvres sur les siennes, et Zoé ne tarda pas à abandonner toute velléité de conversation.

Il l'embrassa partout, comme dans ses rêves. Et, comme dans ses rêves, elle lui rendit tous ses baisers.

En réalité, elle n'était pas aussi experte que la vamp dont il avait rêvé, mais sa timidité et sa maladresse l'excitèrent encore davantage. Peut-être après tout ne couchait-elle pas avec tous les hommes de son quartier ?

A la seule idée qu'elle avait connu d'autres hommes, la jalousie le submergea. Neuf ans… Combien y en avait-il eu ? Et l'oncle Duncan ? Il était déjà malade lorsqu'il l'avait épousée. Avait-il même été capable de consommer leur mariage ?

Il ne devait pas penser à tout cela. Pas maintenant. Alors qu'elle se trouvait là où il avait toujours voulu qu'elle soit : étendue sous son corps. Et se tortillant dans tous les sens.

En gémissant, elle arqua son corps contre le sien.

— Maintenant… maintenant !

Au lieu de cela, il ralentit le rythme de ses baisers.

Voyant le peu de cas qu'il faisait de ses supplications, elle l'embrassa au centre de sa poitrine. Puis elle le mordit.

— Maintenant, implora-t-elle. Maintenant !

— Espèce de tigresse !

— Je veux te sentir en moi. Je ne peux pas attendre !

Il alla chercher un préservatif dans la poche de son pantalon qui traînait à même le sol. Puis il entra en elle avec un soupir de plaisir.

— Tout va bien ? murmura-t-il.

Elle lui répondit par un sourire radieux.

Oh ! La joie... le plaisir de ces instants haletants... Il se sentait enfler et brûler en elle. Elle haletait de plaisir... Il entreprit son mouvement de va-et-vient, sentant l'extase monter dans son corps comme dans le sien. Elle était si douce et si brûlante à la fois... Et aimante. Il croyait sentir ses mains sur tout son corps, et ce contact décuplait son plaisir.

Ils étaient unis en ce rythme parfait, universel. Et il se sentait si bien. Si extraordinairement bien. Si parfaitement bien. Dire qu'il était resté neuf ans sans vivre cela. Neuf longues années. Il aurait voulu faire l'amour éternellement... et, pendant quelque temps, il eut l'impression que c'était exactement ce qui allait se produire... Attendant la jeune femme, il résistait de toutes ses forces à la pression qui montait en lui, ses poings serrés lui faisaient mal...

Ouvrant les yeux, il vit que la respiration de Zoé

était de plus en plus saccadée, et il accéléra encore le rythme, comme pour s'enfoncer encore plus profondément en elle.

Elle gémit, et lorsqu'il l'embrassa sauvagement, le corps de Zoé se déchaîna sous lui, secoué par des spasmes de plus en plus rapprochés. Le sien aussi échappa à son contrôle. Une seconde ou deux plus tard, elle cria son nom et fut submergée par un violent orgasme, et incapable de résister plus longtemps, il se laissa aller à la jouissance et la rejoignit au sommet du plaisir.

Il enfouit ses deux mains dans la tignasse ébouriffée de Zoé.

— T'ai-je déjà dit que j'adorais tes cheveux ?

La jeune femme ne cessait de trembler de tout son corps.

— Oh, Tony... Qu'avons-nous fait ?

Il roula sur le côté, et, se penchant sur lui, elle l'embrassa sur le bout du nez.

— Et pourtant, c'était parfait... Trop parfait...

Puis elle se pelotonna contre lui, et il l'entendit retrouver une respiration apaisée. Les yeux grand ouverts, il fixait le plafond. Maintenant que son désir était assouvi, il pouvait réfléchir à la situation, même si la douceur du corps pelotonné contre le sien le troublait plus que de raison. Malgré lui, il se souvint de tous les événements sordides qui s'étaient produits dans le passé. Le mariage de Zoé avec ce scélérat de Duncan. Et l'héritage qu'il avait laissé à la jeune femme, l'héritage des Duke…

Son héritage.

Zoé et sa tante avaient fait de lui la risée de Shady Lomas. Il avait aussitôt épousé Judith, la plus jolie fille du comté, uniquement pour faire croire qu'il s'en fichait. Mais c'était loin d'être le cas. Et il avait rendu Judith tellement malheureuse… Car elle l'aimait. Il aurait à jamais le malheur de Judith sur la conscience.

Tandis que Zoé dormait dans ses bras comme un bébé, lui demeura éveillé pendant des heures, les yeux rivés au plafond. Il n'était guère aisé d'oublier les Cadillac rouges que Patty, la tante de Zoé, s'achetait tous les ans, pendant que sa mère à lui devait se contenter d'un vieux pick-up ayant déjà parcouru plus de trois cent mille kilomètres ! Ni d'oublier qu'il était obligé d'affermer les terres de Zoé pour faire paître ses troupeaux… Des terres qui originellement appartenaient aux Duke !

Enfin, il s'endormit… Il rêva qu'il avait garé sa Cadillac rouge décapotable dans un champ de de lupins. Il faisait l'amour avec Zoé sur la banquette arrière.

Haletant, il s'éveilla en sursaut. Ils avaient fait l'amour dans la Cadillac rouge de Duncan !

Zoé dormait toujours, la joue abandonnée sur ses cheveux. Prenant soin de ne pas la réveiller, Tony se leva, s'habilla, ferma toutes les portes du studio, et rentra chez lui.

— Une satanée Cadillac rouge ! bougonna-t-il en se glissant sous la douche.

Rien au monde ne pourrait l'obliger à entretenir une relation avec Zoé Creighton.

La chambre de Zoé était baignée d'une lumière dorée et magique. Pendant quelques instants, elle n'eut aucune idée de l'endroit où elle se trouvait. Tout ce qu'elle savait, c'était qu'elle se sentait si bien, si merveilleusement bien… Peut-être tante Patty et Ursula n'avaient-elles pas eu tort de lui conseiller un séjour en Grèce, après tout !

Elle s'assit sur son lit. Alors seulement elle se rendit compte qu'elle était nue et que son lit était complètement défait. Elle se frotta les yeux. Etait-ce bien sa serviette de toilette orange qui traînait par terre, près de la porte ? Que faisait-elle donc là ?

Une image surgit dans son esprit. Elle était nue, et Tony la plaquait de son corps brûlant contre le carrelage glacé de la cloison.

— C'est mal… C'est un cauchemar !

Sa voix s'adoucit.

— Mon Dieu, faites que ce soit un rêve…

Pourquoi ne pouvait-elle détacher son regard de la serviette orange ?

Elle revit sa propre main s'ouvrir, et la serviette

tomber à terre, juste avant que Tony ne la pousse contre la cloison.

Pourquoi éprouvait-elle donc cette sensation étrange ? Cette impression de… plénitude ?

Oh là là… Elle avait bu plusieurs verres d'ouzo pendant le dîner.

D'autres images vinrent la tourmenter. Dans son rêve — mais était-ce bien un rêve ? — elle avait roulé sur Tony et lui avait embrassé tout le corps. Depuis son grand front bronzé jusqu'à… jusqu'à…

Elle se souvint de l'épaisse toison bouclée et brune. Il était si fort… Elle porta la main à ses lèvres.

— Oh, mon Dieu ! Tu n'as tout de même pas…

Elle remonta les draps jusqu'à son cou. Même ainsi, elle ne pouvait pas s'empêcher de trembler. Après un tel rêve, comment pourrait-elle le regarder en face aujourd'hui ? Et Noah ? Car ce n'était qu'un rêve… Heureusement !

Cependant, tandis qu'elle se dirigeait vers la salle de bains — après avoir ramassé la serviette orange —, elle sentit son corps perclus de courbatures. Et lorsqu'elle aperçut son visage dans le miroir, elle sentit ses genoux se dérober sous elle.

— Oh, mon Dieu ! Mon Dieu ! fit-elle en serrant la serviette contre sa poitrine.

Elle était toute décoiffée. Et ses lèvres étaient enflées…

Cela n'avait rien d'un rêve ! Elle avait fait l'amour avec Tony !

A cette évocation, une douce chaleur l'envahit, tempérant quelque peu sa panique. Qu'allait-elle faire à présent ? Prendre le premier vol pour Manhattan ?

Elle enfila sa robe de chambre blanche en tissu-éponge et se prépara du café et un œuf dur. Tant qu'elle n'aurait rien avalé, elle ne pourrait pas réfléchir. Tout était tellement confus dans son esprit. Puis elle versa du miel et des noix dans un pot de yaourt et… juste au moment où elle plongeait sa cuiller dans le yaourt au miel et aux noix, le téléphone sonna.

Elle se figea. La cuiller s'enfonça lentement dans la mixture dorée.

Impossible d'affronter Tony. Pas si tôt *après* !

Peut-être était-ce quelqu'un d'autre… Non, bien sûr que c'était lui !

A la cinquième sonnerie, elle posa la main sur le récepteur… et s'immobilisa, le cœur battant à tout rompre, les yeux fixés sur l'horizon, regardant sans vraiment les voir ces incroyables montagnes couvertes de lavande. Le soleil illuminait déjà un ciel uniformément bleu, faisant miroiter le bleu-vert de la mer. En fait, le monde entier semblait étinceler.

A peine son téléphone avait-il fini de sonner — et à peine avait-elle levé de nouveau sa cuiller — que l'on sonna à sa porte. La cuiller retomba dans le yaourt au miel. Ne renoncerait-il donc jamais ?

Elle gagna la porte à pas traînants.

— Tu as eu ce que tu voulais hier soir ! Maintenant, va-t'en ! cria-t-elle sans ouvrir.

— C'est seulement moi ! dit une petite voix timide.

Elle déverrouilla la porte.

— *Noah !* Mon Dieu ! Mon chéri, je suis si désolée.

Mais dès qu'elle commença à ouvrir, la pointe d'une botte noire s'insinua entre le battant et l'embrasure.

Aussitôt, Zoé claqua la porte.

— Aïe !

— Tu lui as fait mal, tante Zoé.

Il ne restait plus qu'une seule option à la jeune femme : laisser Tony bondir à l'intérieur.

— C'était bien la peine de me parler de ruse féminine ! grinça-t-elle.

Les yeux brillants de Noah étaient fixés sur elle. Il souriait.

— On aimerait que tu passes la journée avec nous, tante Zoé.

— Et nous ferions quoi ? répliqua-t-elle sèchement en s'assurant que sa robe de chambre était bien fermée.

— Ce que tu voudras, murmura Tony d'une voix si séduisante qu'elle eut toutes les peines du monde à ne pas le gifler.

— Tu devrais avoir honte ! lança-t-elle.

— Moi ? Pour hier soir ? C'est bien à toi de me dire ça !

— Je voulais dire : de te servir de ton fils pour entrer chez moi.

— Oh, c'est lui qui a eu cette idée.

— A d'autres !

— C'est vrai, assura Noah. Et c'est aussi moi qui ai voulu m'asseoir à côté de toi dans l'avion, et partager le taxi avec toi.

— Tu vois ? dit Tony en adressant à Zoé un large sourire.

Malgré elle, elle se sentit fondre. Comme toujours, le sourire en coin de Tony perçait toutes ses défenses.

— Tu es incorrigible ! murmura-t-elle d'une voix tremblante.

— Encore une fois, ça te va bien de me dire ça !

Elle gratifia Tony de son regard le plus noir. Mais, de nouveau, son sourire en coin la désarma.

Sentant que quelque chose lui échappait, Noah détourna les yeux d'un air soucieux.

Oh… Les yeux noirs de Tony brillaient encore davantage que la veille. *Brûlaient* encore davantage que la veille. Et elle-même se consumait tout autant.

— Je… je…

— Nous savions que tu accepterais, alors, j'ai

loué une petite voiture et j'ai commandé trois pique-
niques à la cafétéria.

Zoé tenta de se ressaisir. Cela faisait neuf ans
qu'elle essayait d'oublier Tony Duke… Elle n'allait
tout de même pas capituler pour si peu !

— Impossible ! dit-elle en forçant la voix.

— Que faudrait-il pour te faire changer d'avis ?
demanda doucement Tony.

— Rien ! Tu n'as aucune chance de…

— Noah, tu serais gentil d'aller jouer à ton jeu
vidéo dans notre studio pendant que je parle à ta
tante Zoé… en privé.

— Bien sûr, papa.

— Noah ! s'écria-t-elle, désespérée. Reste ici !

— Noah ! N'oublie pas l'accord que nous avons
conclu !

Le père et le fils échangèrent un bref regard. Si
Noah avait été un génie capable de disparaître dans
un nuage de fumée, il n'aurait pu se volatiliser plus
rapidement. La porte claqua, et la jeune femme se
retrouva seule avec Tony.

- 6 -

— Mais enfin, Tony, pourquoi fais-tu cela ? Tu sais bien qu'on se déteste ! dit Zoé, le cœur battant.

— Tu as bien dormi ? s'enquit Tony d'une voix profonde empreinte de sollicitude. Moi, j'ai fait un ou deux rêves étonnants…

— Va-t'en, Tony ! Tu sais bien qu'on ne se supporte pas !

— C'est aussi ce que je me suis dit en me levant ce matin.

— Alors, tu vois !

Et pourtant, quelques heures auparavant, ils avaient fait l'amour dans la chambre adjacente. Oh, mon Dieu ! Pourquoi n'avait-elle pas refait le lit ?

— Mon cœur fait autant de vacarme dans ma poitrine qu'un marteau-piqueur, murmura-t-il, les yeux rivés sur les épaules nues de Zoé. Serait-ce le cas si je ne pouvais pas te supporter ?

De nouveau, la jeune femme resserra les pans de sa robe de chambre.

— Que portes-tu là-dessous ? demanda-t-il avec un petit sourire. Pas grand-chose, j'espère.

Zoé avala difficilement sa salive. Rougit.

— Hum… A part le lilas, enchaîna-t-il, qu'est-ce qui pourrait avoir un parfum plus agréable que cette cafetière, dans la cuisine ? Tu permets que je m'en serve une tasse ?

— Je te permets seulement de partir !

Mais, comme s'il ne l'avait pas entendue, Tony ouvrit le placard et prit une grande tasse. En proie à des sentiments contradictoires, elle le regarda s'installer dans la cuisine comme s'il était chez lui. Il dénicha une petite cuiller dans le tiroir de la table et la plongea dans le sucre en poudre. Prenait-il possession de son territoire, ou bien l'avait-il déjà fait la veille au soir ? Il se versa du lait et remua la cuiller dans sa tasse avec une assurance qui trahissait la nouvelle intimité qui les liait. Et qui la tourmentait…

— En tout cas, je n'irai nulle part avec toi aujourd'hui ! dit-elle d'un ton qui se voulait hautain.

Il s'assit et ajouta du sucre dans son café. Soudain, il laissa tomber sa cuiller dans la soucoupe. Le bruit fit sursauter la jeune femme.

— Hier soir, pour toi, cela ne compte pas ? lança-t-il, la considérant d'un regard si intense qu'elle eut l'impression qu'il fouillait dans son cœur.

Baissant les paupières — pas question qu'il puisse deviner ses secrets ! —, elle prit une chaise et s'installa à ses côtés. Puis, au lieu de répondre, elle se mit à jouer nerveusement avec sa propre tasse.

— C'est bien ce que je pensais ! Tu as l'habitude de coucher avec n'importe qui à Manhattan !

— Comment oses-tu ?

Elle reposa sa tasse dans la soucoupe et lui adressa un regard enflammé.

— Dans ce cas, répliqua-t-il, il doit bien y avoir une raison pour que tu… pour que je…

— Tu… tu es venu dans mon studio, dit-elle, consciente du sang qui battait dans ses veines, et je… j'étais nue…

— Délicieusement nue, approuva-t-il en souriant.

Sans répondre à son sourire, Zoé continua de le fixer de ses grands yeux lumineux.

— Tu t'es emparé de moi, poursuivit-elle, profitant de ta…

— Tu es bien en train de me dire que ce qui s'est passé ne compte pas pour toi ? la coupa-t-il. Que tu n'y es pour rien ?

Sa voix profonde était dangereusement calme.

— Exactement. Vraiment ! dit-elle en secouant vivement la tête.

— Petite menteuse ! Nous avons fait l'amour pendant des heures, et tu le sais très bien ! Tu étais encore plus enthousiaste que moi !

— Sûrement pas !

Elle repoussa violemment sa tasse sur la table et

se leva d'un bond. Elle espérait aller s'habiller dans sa chambre, mais il la rattrapa par la taille.

— Tu ne pouvais pas te rassasier de moi, et je vais te le prouver !

Il la serra contre lui. La robe de chambre tomba de nouveau de son épaule, et elle voulut la réajuster. Mais il fut plus rapide.

— Un gentleman partirait, dit-elle.

— Souviens-toi : je suis un cow-boy !

Glissant ses doigts brûlants sur sa peau nue, il descendit encore la robe de chambre.

— Tu es nue là-dessous, pas vrai ?

— Pourquoi es-tu venu ici ce matin ? demanda-t-elle en soupirant, tout en sentant ses défenses faiblir. Pourquoi ne veux-tu pas me laisser tranquille ?

— Aurais-tu préféré que je considère comme une simple passade la nuit que nous avons passée ensemble, et que je t'ignore ?

Non ! Oui ! Non !

Elle se mordit la lèvre jusqu'au sang. Impossible de lui répondre simplement ! Cette situation elle-même était impossible…

D'un air de défi, elle plongea les yeux dans les siens.

— Cherches-tu seulement à faire de nouveau l'amour avec moi ? demanda-t-elle.

— Cherches-tu à proposer que nous fassions encore l'amour ?

— Arrête !

Une fois de plus, elle se mordit la lèvre.

— Je… je n'aurais pas dû te poser une question aussi orientée !

Il éclata de rire.

— Pourquoi pas ? Si tu as envie de faire l'amour, je préfère le savoir !

Il la serra davantage contre lui.

— Tu en brûles d'envie, et cela te rend folle !

Elle tenta de toutes ses forces de le repousser, mais il n'avait aucune intention de relâcher son étreinte.

— Pourquoi ne le ferions-nous pas ? dit-il avec un large sourire. Cela fait si longtemps… Judith et moi, nous… nous n'étions pas…

Il avait dit ces mots comme s'ils lui avaient échappé, et Zoé se souvint de la maladie de Judith. De toute évidence, la nuit dernière ne représentait rien pour Tony — seulement un soulagement après une longue abstinence forcée.

— Non, hier soir, c'était très, très bien, murmura-t-il.

— Non, on n'aurait pas dû…

Pourquoi ne pouvait-elle pas parler normalement ? Pourquoi sa voix était-elle si étranglée ?

— Tu en es si sûre que cela ?

— Va-t'en, je t'en prie, pars !

— Si je pars, comment pourrons-nous jamais savoir ? demanda-t-il, scrutant son visage, lui caressant l'épaule des yeux…

— Savoir quoi ?

— Ce que cette nuit a signifié pour nous.

— Je te l'ai déjà dit. Elle n'a rien signifié du tout.

Il soupira.

— Si seulement tu pouvais avoir raison ! dit-il. Mais, pour toi aussi, il ne s'agit peut-être que d'un souhait. Rien n'est jamais aussi simple qu'il n'y paraît !

Il passa les bras autour de la taille Zoé, et, curieusement, au lieu de se raidir, elle demeura parfaitement détendue — comme la veille au soir — et se laissa couler contre son corps musclé comme si elle lui appartenait.

Cela lui paraissait étrangement juste — et excitant — d'être dans les bras de Tony. Toutes les cellules de son corps chantaient. Comme elle l'avait aimé lorsqu'elle n'était qu'adolescente !

— Tu me détestes d'avoir épousé ton oncle, murmura-t-elle. Et moi, je te hais… de m'avoir préféré Judith. D'avoir été si incroyablement heureux avec elle… alors que moi…

Tony jura dans sa barbe, mais ne relâcha pas son étreinte.

— Oui, je te déteste d'avoir épousé Duncan et d'avoir fait de moi la risée de Shady Lomas. Mais bon, j'étais plutôt vaniteux à l'époque, et je suppose que mes concitoyens avaient besoin de rire un bon coup. Alors, au fond, peut-être toute cette histoire m'a-t-elle trempé le caractère…

— Toi ? La risée de tous ? Alors que tu as épousé la très belle, la parfaite Judith ?

— Pourquoi crois-tu que je l'ai fait ?

— Parce qu'elle était belle et parfaite et… et…

— Beaucoup trop parfaite ! marmonna-t-il.

— C'était moi, la veuve noire, qui étais l'objet de tous les ragots de Shady Lomas.

Tony eut un petit rire amer.

— Pas seulement toi, ma chère. Les gens ne manquent pas une occasion de me rabaisser. Ils disent que tu m'avais préféré le vieux Duncan. Tu devrais entendre les blagues que débite Guy Merlin sur le sujet, quand il a un peu trop bu !

— Mais Guy est le type le plus vulgaire du comté !

— Mais drôle… surtout aux dépens des autres !

— Il te met réellement en boîte ?

— Exemple : pourquoi ce rat de bibliothèque t'a-t-elle quitté, Duke ? Alors que la seule chose qui était raide chez Duncan, c'était ses articulations ? Réponse : les dollars neufs sont raides. Ou encore : quel effet cela te fait de la voir propriétaire du ranch Duke ? Et éditrice surdouée à New York, par-dessus le marché ?

Zoé garda le silence un instant, atterrée par ce qu'elle venait d'entendre.

— Je ne sais pas quoi te dire, Tony, je suis vraiment

désolée pour toi. Je ne rentre pas chez moi parce que je suis incapable de faire face à ce genre de chose, mais je n'avais jamais pensé que toi aussi, tu aurais à subir ça…

— C'est vrai que quelquefois, j'ai eu envie de fuir Shady Lomas. Judith était parfaite, mais moi, je n'étais pas le parfait époux pour elle. Loin de là. Sauf qu'à présent, je dois prendre soin de ma mère et de mes cousines. Et puis, il y a Noah…

Zoé soupira, tandis que d'autres pensées envahissaient son esprit.

— Alors, je suppose que tu vas faire savoir à tout le monde que tu as eu le dernier mot ?

— Comment ça ?

— Tu vas te vanter d'avoir couché avec moi, non ?

— Qu'est-ce que tu crois ? s'indigna Tony. Que c'est une sorte de revanche pour moi ?

Sa voix était à la fois profonde et voilée — comme ses yeux.

— Ce que nous avons fait… Eh bien, cela ne regarde que nous ! s'exclama-t-il.

Il plongea dans les yeux de Zoé un regard empreint de sincérité — et d'autre chose aussi… La jeune femme eut alors la certitude d'occuper une place dans le cœur de Tony.

Il enfouit ses rudes mains dans ses cheveux soyeux.

— Zoé, je me suis réveillé ce matin en te détestant… et en te désirant. Surtout en te désirant… et en me haïssant moi-même à cause de cela !

— Je connais bien ce genre de sentiment.

Il leva un peu de tissu de soie, qu'embrasa l'ardent soleil grec.

— Puis Noah m'a dit qu'il voulait passer la journée avec toi, parce qu'il s'amusait beaucoup mieux avec toi qu'avec moi.

— C'est un peu dur.

— Tu l'as dit, surtout de la part d'un gamin. Mais, en fait, avoua-t-il avec un petit rire, moi aussi je m'amuserais mieux si tu venais.

Elle leva vers lui des yeux étonnés.

— Vraiment ?

— S'il ne s'était agi que de sexe hier soir, je ne penserais pas cela, pas vrai ?

— Je n'ai jamais été très douée pour lire dans les pensées.

Il la serra davantage contre lui. Sans songer une fraction de seconde à résister, elle approcha les lèvres des siennes.

Doucement, délicatement, il lui couvrit la bouche. Partageant son désir sincère, elle entrouvrit les lèvres. C'était si bon d'être serrée et embrassée *aussi* le lendemain matin…

Bientôt, elle sentit tout son corps trembler de plaisir, tandis qu'il continuait à l'embrasser tendrement. Elle entrouvrit davantage les lèvres, ce dont Tony profita pour insinuer sa langue dans sa bouche.

Elle ne tarda pas à haleter autant que lui, et posa les bras sur ses épaules.

Elle ne put résister à l'envie d'enrouler ses cheveux bruns au bout de ses doigts. Jamais de sa vie elle ne s'était sentie aussi merveilleusement bien. De très loin.

Elle l'aimait toujours !

L'amour ?

Ce mot avait bon nombre de significations. Toutefois, quel soit le nom du sentiment qu'elle éprouvait…

C'était mal.

Elle ne pouvait pas se laisser aller à ce sentiment. Pas dans les bras de cet homme, le seul qu'elle fuyait depuis tant d'années.

— Laisse-moi ! murmura-t-elle d'un ton suppliant, sachant que, s'il la prenait dans ses bras pour la déposer dans le lit, elle ne ferait rien pour l'arrêter.

— Te laisser ? Maintenant que je t'ai trouvée ? J'ai une bien meilleure idée.

Il s'agenouilla doucement, puis se mit à ramper sous la table.

— Que fais-tu ?

— Laisse-toi faire, Zoé…

Elle tenta de se lever. Deux mains de fer se refermèrent sur sa taille, l'empêchant de bouger d'un millimètre.

— Qu'est-ce que…

Elle se raidit, resserrant les jambes.

— Détends-toi, murmura-t-il.

136

Il posa les mains sur ses genoux et les écarta doucement. Puis, sans lui laisser le temps de trouver une autre parade, il déposa une série de baisers sur ses genoux, sur ses cuisses… De plus en plus haut, jusqu'à effleurer sa toison. Elle frémit quand ses lèvres expertes s'aventurèrent plus avant, et quand il fouilla son sexe chaud et humide de sa langue, elle retint un cri. Il l'embrassa inlassablement, voracement, jusqu'à ce que le plaisir de la jeune femme devienne presque intolérable.

Elle haletait. Se tortillait sur sa chaise de cuisine, tenant à deux mains la tignasse brune de Tony. Chaque caresse de sa langue, chaque baiser fulgurant accélérait son pouls… C'était à présent la brûlure de son désir qui devenait intolérable.

Et cette fois, elle ne pouvait incriminer l'ouzo. C'était bien Tony, et seulement lui, qui la mettait dans un état pareil…

La bouche de Tony joua soudain avec son point le plus sensible, la propulsant dans une sorte de nirvana rose, de paradis au-delà de la pensée, au-delà des doutes, délicieux jusqu'à la folie, empreint du parfum des roses de printemps… Fondant et gémissant doucement, Zoé se trouvait toute proche de l'apogée lorsque langue et mains s'arrêtèrent soudain.

Elle retomba sur terre comme une pierre.

Et, comme si rien ne s'était passé, elle le vit regagner sa chaise et remuer son café avec l'air parfaitement innocent d'un homme bien élevé.

Prenant exemple sur lui, Zoé referma sa robe de chambre et tenta de reprendre ses esprits. Son cœur ne cessait de cogner dans sa poitrine, et elle ne pouvait pas le regarder sans rougir, mais elle plongea une cuiller dans son yaourt, et avala dignement son café froid.

A cet instant, la porte d'entrée s'ouvrit à la volée.

— Papa ! Tu arrives à la faire venir, ou pas ?

A ces mots, Zoé sentit ses joues s'enflammer.

— Non ! répondit-elle, sans oser regarder Tony de peur de devenir rouge pivoine. Tony, dis-lui qu'il n'y a pas à revenir là-dessus… Je t'en prie, dis-le-lui… et… partez !

— Noah, c'est ton tour de le lui demander. J'ai fait tout ce que j'ai pu, moi, j'en ai bien peur. A toi de la séduire, fiston !

Puis il adressa à Zoé ce sourire en coin qui faisait tressaillir son cœur.

— Tu es dangereux, marmonna-t-elle à l'adresse de Tony. Tu sais cela ?

— J'essaye.

— Tu ne joues pas franc-jeu.

— Qui parle de jouer, en ce moment ? demanda-t-il en lui lançant un regard brûlant.

Elle ne cessait de penser au contact de sa langue râpeuse avec les parties les plus sensibles de son corps, à ses mains rugueuses sur elle — des mains qui à elles seules avaient suffi à la rendre humide de désir…

Tony lui souriait d'un air espiègle. Lisait-il dans ses pensées ?

— Est-ce que tu lui as dit *s'il te plaît*, papa ?

— A ma manière, j'ai dit *s'il te plaît*. J'ai même plutôt insisté. Mais cela n'a pas marché.

Zoé sursauta. *Cela n'avait pas marché ?* Alors qu'elle sentait tout son corps en fusion, chacun de ses nerfs appelait Tony en criant ?

— Tu l'as fait exprès ! dit-elle à voix basse.

— C'était agréable, pas vrai ?

Elle étouffa un gémissement.

Noah se balançait d'un pied sur l'autre. Son regard était si brillant, si intense, si suppliant…

— Viens avec nous, je t'en prie ! chuchota le petit garçon. S'il te plaît !

— J'ai *tout* essayé, assura Tony en affichant de nouveau son irrésistible sourire en coin.

— Je ne peux vraiment pas venir ! répéta-t-elle d'une voix faible.

Les yeux de Noah s'embuèrent.

— Il a été méchant avec toi, pas vrai ? demanda-t-il à Zoé.

— Pas exactement…

— Pas exactement ?

Tony adressa un clin d'œil à la jeune femme.

— Alors, pourquoi ? insista Noah.

— Je ne peux pas venir, c'est tout.

— Fais-la venir, papa !

Tony regarda son fils et leva les mains en signe de reddition.

— Crois-moi, fiston, j'ai essayé.

— Partez ! Tous les deux !

Elle leva les yeux vers lui et pendant quelques instants, il soutint son regard. Puis il se tourna vers son fils.

— Très bien, Zoé. Tu as gagné. Noah, on s'en va.

Et malgré les protestations du petit garçon, elle les vit disparaître l'un après l'autre.

Quand Tony referma la porte derrière eux, elle aurait dû être soulagée.

Mais au lieu de cela, elle ne ressentait qu'un grand vide, qui lui brûlait la poitrine.

- 7 -

Sans prêter la moindre attention aux palmiers et aux boutiques de souvenirs qui bordaient le trottoir étroit, Zoé se dirigeait d'un pas vif vers l'arrêt d'autobus. Décidée à oublier Tony, elle venait de passer une heure ou deux à lire des guides touristiques sur Rhodes. Non qu'elle ait fait preuve d'une grande concentration ! En fait, son esprit revenait toujours à Tony, à la nuit merveilleuse qu'ils avaient passée ensemble, et à leur petite aventure de ce matin dans la cuisine — une aventure qui lui avait mis les nerfs à vif.

Elle dut descendre du petit trottoir pour contourner quelques motos stationnées en face d'un café. Elle goûtait la merveilleuse caresse du soleil sur son dos et ses bras… Oui, elle allait visiter le fort de Rhodes. Elle penserait aux guerres passées entre chrétiens et musulmans, et oublierait un certain cow-boy à la trop belle prestance…

Une moto la frôla à toute allure. Poussant un cri, Zoé lâcha ses guides touristiques et son sac. Elle se hâta de les ramasser afin de regagner le trottoir le plus vite possible. Ce qui n'empêcha pas un autre motocycliste de passer à quelques millimètres d'elle.

Qu'avaient-ils donc, ces Grecs, avec leurs motos ? C'étaient des gens charmants — tant qu'ils n'étaient pas à califourchon sur leurs deux-roues. Un Klaxon la fit se retourner nerveusement : sans doute encore une satanée moto. En réalité, il ne s'agissait que d'une petite voiture rouge. Mais elle aussi fit une audacieuse embardée en direction du trottoir, et une main bronzée ouvrit la portière à la volée.

— Tu es vraiment certaine de ne pas vouloir venir avec nous ? gronda la voix profonde et séduisante qui lui donnait le mal du Texas et transformait ses jambes en guimauve.

— Non. Vraiment. Pas question d'aller où que ce soit avec toi !

La voix de Zoé était forte et claire, bien qu'elle sentît une paire d'yeux rivée sur ses jambes nues…

Non, elle ne devrait pas commettre l'erreur de regarder la paire d'yeux en question !

Trop tard.

— Tu rougis ! murmura-t-il. Allez, je sais que tu en meurs d'envie…

Elle se perdit dans la profondeur de son regard. Ses yeux sombres parlaient un langage qui n'était pas précisément celui d'un gentleman, mais qui éveilla en elle d'étranges sensations. Comme si le feu qu'il avait allumé en elle le matin même était loin d'être éteint.

— Allez, tante Zoé, je t'en prie ! ajouta Noah, les yeux brûlant d'un désir innocent.

Un silence vibrant les reliait tous les trois. La jeune femme passait interminablement la langue sur ses lèvres.

Elle ne devait pas y aller, elle le savait. Après l'épisode de la nuit, et celui de la cuisine ce matin même, elle risquait de perdre le peu de sang-froid qui lui restait encore. Et pourtant, malgré les avertissements de sa petite voix intérieure, elle capitula.

Elle glissa une longue jambe nue dans la petite voiture rouge, et claqua la portière arrière avec enthousiasme.

— Et ne t'avise surtout pas de quitter la route des yeux ! ordonna-t-elle d'une voix faussement autoritaire. Au fait, où allons-nous ?

S'efforçant de cacher son sourire en coin, Tony se tourna tout de même vers elle.

— Papa ! N'oublie pas ce qu'a dit le monsieur !

— Quel monsieur ? s'enquit Zoé.

— Celui qui a loué cette voiture à papa, répondit Noah.

— Le pauvre diable ne possède que trois voitures, expliqua Tony. Il ne pouvait s'arrêter d'astiquer les phares et les pare-chocs, même après m'avoir donné les clés. Il a presque pleuré en me voyant rouler trop vite à la sortie de son garage, et il m'a crié de ne pas entrer à Rodos avec la voiture.

— Comment ? Mais c'est là où se trouve la forteresse des chevaliers ! Un touriste qui se respecte ne peut pas aller ailleurs !

— Exactement.

— Il t'a dit aussi de ne pas te garer près des rochers ! rappela Noah.

Zoé se pencha vers le siège avant.

— Pourquoi cela ?

— Pour ne pas que les chèvres montent dessus ! répondit la voix flûtée de Noah.

Tous trois éclatèrent de rire.

— Alors, finalement, où allons-nous ? demanda Zoé.

— Lindos.

Ils ne tardèrent pas à longer la côte Est de l'île, là où les hautes falaises rocheuses plongeaient directement dans la mer. Une heure plus tard, ils atteignaient le village de Lindos, petit bijou blanc inondé de soleil dont les petites maisons carrées, perchées sur les rochers, dominaient de très haut la mer scintillante.

Tony se gara à l'entrée du village, derrière une file de bus touristiques. Puis tous trois descendirent une petite rue étroite, sans quitter le bas-côté à cause des motocyclistes. L'un d'entre eux les ayant rasés de trop près, Zoé prit instinctivement la main de Noah.

Refermant ses doigts sur les siens, le petit garçon leva les yeux vers elle en souriant.

Le cœur de Zoé tressaillit, tandis qu'une étrange nostalgie s'emparait d'elle. Il lui tenait la main avec une confiance si totale. Il était si adorable… Et il avait tant besoin d'une mère !

— J'en veux une comme cela quand je serai grand, dit-il.

— Une moto ? répliqua son père. Tu te souviens de ce garçon unijambiste que nous avons vu à Athènes ?

— Ne l'effraye pas ! murmura Zoé avec un petit rire tandis que le petit garçon lui lâchait la main et se mettait à courir quelques pas devant eux.

— Tu sais, je suis heureux que tu sois venue, dit Tony.

— Eh bien je ne sais pas vraiment pourquoi, mais je suis contente d'être là, moi aussi, malgré tout… A croire que j'ai perdu tout sens commun, non ?

— C'est parfait, répliqua-t-il en souriant. C'est comme cela que je te préfère.

Pourquoi se sentait-elle si heureuse en parcourant ces rues étroites qui traçaient leur chemin sinueux entre les petites maisons blanches ?

Ce n'était pas seulement parce qu'elle se trouvait en Grèce, non. Elle se sentait si vivante, si débordante de joie, dans cette rue grouillante de touristes venus du monde entier, et qui se dirigeaient tous vers l'acropole dominant le village.

Parfois, Noah s'arrêtait, attendait qu'elle le rejoigne, et lui prenait la main, avant de la lâcher de nouveau pour repartir en éclaireur. Et, toujours, elle était bien trop consciente de la présence de Tony à côté d'elle. Sans cesse il trouvait une bonne excuse pour l'effleurer, et chaque fois, elle tressaillait de plaisir.

Oh, elle savait bien qu'elle n'aurait pas dû se trouver avec lui. Elle était venue en Grèce pour l'oublier. Il appartenait à son passé. A Shady Lomas. A Judith. Au scandale qui les avait meurtris tous les deux. Elle avait brûlé tous les ponts en épousant Duncan. Sa mauvaise réputation était solidement ancrée à Shady Lomas. Comment pourrait-elle retourner là-bas ? Comment pourrait-elle aimer Tony Duke… son neveu ?

Et pourquoi pensait-elle à ces choses impossibles ?

La ruelle s'était muée en chemin rocheux, glissant par endroits. Lorsque Zoé s'arrêta pour admirer une nappe brodée qu'une femme avait étalée sur les pierres, elle faillit trébucher. Instantanément, la main bronzée de Tony se porta à sa taille. Pour lui permettre de retrouver son équilibre. Et pour la serrer contre lui.

Elle sentit les doigts brûlants sous sa robe légère. Comme toujours, un courant impérieux traversa son corps, la faisant tressaillir.

Alors, il frotta légèrement sa jambe contre la sienne. A pleins poumons, elle huma son parfum, ce parfum qui n'appartenait qu'à lui — si net, si viril. En une fraction de seconde, elle se retrouva en pensée dans la cuisine, éprouva de nouveau la sensation de sa bouche, de sa langue…

Elle sentit ses mains devenir moites. Ainsi que d'autres parties de son corps.

Oh, mon Dieu !

Un chuchotement rauque se fit entendre tout près de son oreille.

— Cette nappe te plaît ?

— Non.

Elle se mordit la lèvre. Elle avait espéré une autre sorte de question. Pourtant, elle savait bien qu'elle ne pourrait jamais avoir ce qu'elle espérait. Elle serait toujours la veuve noire de Shady Lomas. Celle qui était devenue trop riche à la mort de son époux bien plus âgé qu'elle…

D'une certaine manière, elle avait aimé Duncan, à la fin de sa vie. Rien à voir, bien sûr, avec l'amour qu'elle éprouvait pour Tony. Mais, contrairement à lui, Duncan ne lui avait pas fait de mal. Sachant sa mort prochaine, il avait voulu profiter au maximum du temps qui lui restait à vivre.

— Je veux montrer à tous ces petits saints que je garde la forme, lui avait-il dit un soir. Quant à toi et au petit prétentieux qui ne veut pas me reconnaître comme son oncle, vous êtes trop jeunes pour vous apprécier l'un l'autre. Les gens ont besoin de souffrir un peu avant de se marier. Retiens bien ce que je te dis : un jour tu seras heureuse de m'avoir épousée.

Duncan, lui, ne l'avait pas rendue folle de jalousie et de doutes… Au contraire, il s'était montré sage et compréhensif. Bizarrement, il avait joué le rôle du père qu'elle n'avait jamais eu. Mais personne ne la croirait. Surtout pas Tony.

En tout cas, ni elle, ni Tony ne pouvaient revenir en arrière. Elle appartenait à Manhattan, à présent. Elle était éditrice dans la mégapole.

Vraiment ? A chacune des réunions éditoriales, se rappela-t-elle, elle n'était qu'une petite souris affolée. Et elle venait juste de laisser tomber Véronica. Or, qui était-elle sans Véronica ?

Il faisait très, très chaud lorsqu'ils atteignirent la cité antique. L'acropole grouillait de touristes bronzés. Noah, qui voulait grimper sur tous les rochers, nécessitait une surveillance constante. Pourtant, même si elle adorait le voir s'amuser, et la solliciter, chaque fois qu'il la regardait ou lui prenait la main, Zoé souffrait. Elle savait bien que c'était Judith qu'il aurait voulu avoir à ses côtés.

Judith garderait toujours sa place dans le cœur de Noah et de Tony. Il ne restait pas de place pour elle. Il n'y en aurait jamais.

Et pourtant… Comment se faisait-il que, ce jour-là, l'impossible paraissait presque à portée de main ?

En contrebas, les fenêtres des petites maisons blanches miroitaient au soleil comme autant de joyaux d'or.

— Tout est si beau ici, dit-elle à Tony.

Il répondit par un hochement de tête et plongea ses yeux dans les siens.

Elle soutint son regard tandis qu'il replaçait tendrement en arrière quelques mèches soyeuses que le vent avait égarées sur son front. Il lui sourit. Le cœur battant, elle tourna la tête.

Plus tard, ils se restaurèrent dans un jardin suspendu protégé d'un auvent, admirant la mer, l'acropole et le village réunis en un panorama à couper le souffle. Il y avait même une chatte qui ressemblait fort à Pacha, et se régalait des reliefs de leur casse-croûte. Sur le chemin du retour, Noah et Zoé prirent place à l'arrière de la voiture et actionnèrent le toit ouvrant, peu soucieux du vent qui les décoiffait tandis que Tony les conduisait sur la petite route sinueuse.

Quelle journée idéale ! Chaque instant avait été parfait, était parfait... pour combien de temps encore ?

Quand ils traversèrent le dernier village grec avant la station où ils logeaient, le couchant les nimbait de son rougeoiement magique. Sans oublier les montagnes pourpres à l'horizon — magiques elles aussi...

Tony se gara dans le parking de leur résidence, coupa le moteur et sourit à Zoé.

Que pouvait-elle dire ?

— Merci, murmura-t-elle enfin.

— C'est moi qui te remercie.

Il sortit de la voiture et alla ouvrir la portière arrière. Il aida Zoé à sortir, et tous deux rassemblèrent les affaires de la jeune femme.

Les pensées de Zoé était encore plus embrouillées que le matin même. Elle ne pouvait plus se mentir. Elle était folle du père et du fils. Elle soupira. Un jour de passé, et il en restait encore six ! Sans parler des nuits… Comment résisterait-elle ?

— Et notre dîner ? lui murmura Tony dans le creux de l'oreille.

— Ce soir ? demanda-t-elle d'une voix suraiguë.

— Il y a un pique-nique sur la plage avec tous les enfants de la station, dit Noah. Je ne peux pas dîner avec vous.

— Je sais, fiston. Je demandais seulement une date à Zoé.

Le sourire de Noah dévoila toutes ses nouvelles dents. Tandis qu'il considérait les deux adultes, ses immenses yeux bleus brillaient d'enthousiasme.

— Evidemment, je… je devrais dire non, bredouilla-t-elle.

— Ni l'un ni l'autre n'avons fait ce que nous étions censés faire, ces derniers temps, murmura-t-il.

Le souvenir de leur petit intermède dans la cuisine empêcha Zoé de répondre.

— Chez toi ou chez moi ? chuchota-t-il.

— A 7 heures, dit-elle. Chez moi.

Zoé était inquiète. Très inquiète. Elle se sentait tellement vulnérable. Elle tremblait chaque fois que Tony la regardait — ou s'approchait trop d'elle. Maintenant qu'elle se retrouvait seule dans la cuisine avec lui, l'air semblait grésiller.

Salade grecque, poulet rôti et vin rouge avaient constitué l'essentiel de leur dîner. Et, de nouveau, elle et Tony se trouvaient assis à la table, l'un en face de l'autre.

— Il nous reste une heure et demie avant que Noah ne revienne, dit-il. Que désires-tu faire à présent ?

Se détournant de Tony, le regard de la jeune femme se mit à vagabonder dans la cuisine — en prenant bien soin d'éviter *la* chaise sur laquelle elle s'était trouvée lorsque Tony l'avait fait monter au septième ciel...

— Nous pourrions faire une petite promenade sur la plage, dit-elle.

— Oui, nous pourrions faire cela.

Il se leva et débarrassa la table.

— Noah adore ces petites pierres si parfaitement rondes, dit-elle.

Lorsqu'elle se leva, il était juste derrière elle.

— Je ne suis pas Noah.

Il lui effleura les cheveux. Instinctivement, elle pencha la tête en arrière pour le regarder. Il prit cela pour une invitation et passa les bras autour de sa taille. Elle avait tant besoin de cette chaleur magique qui l'enveloppait au moindre contact physique avec Tony… C'était toujours pour elle un profond réconfort. Elle sentit ses lèvres se promener dans ses cheveux, et leur chaleur se conjuguer. De petits frissons la traversèrent.

Oh, mon Dieu !

— Comment pourrais-je être sûre que tu ne penses pas surtout à récupérer le ranch ? dit-elle d'une voix à peine audible.

Il prit ses seins dans ses mains.

— Et moi, comment pourrais-je être sûr que tu n'aimes pas que mon corps ?

— Je serais bien folle !

Elle sentit ses mains descendre jusqu'à sa taille.

— Pourquoi pas ? C'est peut-être pour cela que c'est si agréable. J'adore te voir frissonner chaque fois que tu sens le contact de mon corps, et chaque fois que je te regarde. J'adore aussi te voir rougir dès que mes yeux se posent sur tes jambes.

Le problème, c'était qu'elle aimait cela aussi.

— Eh bien moi, je déteste cela. Je me sens…

Vulnérable, incapable de se maîtriser. Folle de désirer la seule chose qu'elle fuyait depuis des années.

152

— Toute ma vie j'ai cherché à t'oublier, dit-elle.

— Nous nous sommes peut-être trompés tous les deux, fit-il d'une voix douce en resserrant son étreinte. Tu sais, j'ai passé des années et des années à travailler, à prendre soin d'autrui, à faire ce que j'étais censé faire. Des années à ne jamais céder à mes sentiments !

Il posa la tête sur son épaule, et lui murmura à l'oreille.

— Je n'aurais pas dû épouser Judith. J'aurais dû accepter ce que j'éprouvais pour toi.

— Mais ton mariage était parfait ! protesta-t-elle.

— Tu peux continuer à croire à ce mythe si cela te chante.

Il s'interrompit un instant avant de poursuivre :

— Ici, en Grèce, quand je t'ai vue pour la première fois, cela m'a rendu fou furieux. Au point que j'ai fini par me rendre compte que, depuis des années, je n'éprouvais plus guère de sentiments. Lorsque je t'ai rencontrée à Athènes, j'ai ressenti un élan si puissant vers toi… Pourquoi ?

— La Veuve Noire dans ses œuvres…

— Ne dis pas ça ! Ce que j'essaye de te dire, c'est que, grâce à toi, je me sens vivant.

— Moi aussi Tony, je me sens vivante, grâce à toi…

— C'est peut-être seulement parce que tu es dangereuse et interdite, et que je sais que je ne devrais pas te faire confiance.

— C'est exactement la même chose pour moi ! dit-elle, osant à peine respirer.

— Ou alors, c'est peut-être...

La voix de Tony ne fut plus qu'un murmure à son oreille.

— Zoé, peut-être qu'on devrait cesser d'analyser et qu'on devrait se laisser aller. Voir simplement où cela nous mène. Et peut-être que nous découvrirons ce qui nous pousse l'un vers l'autre... C'est terrible quand la vie est trop prévisible, non ?

— La mienne ne risque pas de le devenir, murmura-t-elle.

Il se mit à rire.

— Je veux te faire l'amour. Mais, cette fois, tu dois reconnaître que je ne t'impose rien.

— Tony, j'étais venue ici pour faire le point sur ma vie, pour écrire...

— Peut-être que ce que tu fais avec moi n'est-il pas si différent. Tu vis ta vie. Ton corps a décidé à ta place.

Elle inspira profondément pour se calmer.

— On ne devrait pas...

— Ton corps a toujours été plus intelligent que ton cerveau, mon petit rat de bibliothèque ! fit-il avant de l'embrasser dans le cou. N'as-tu pas envie que nous achevions ce que nous avons commencé ce matin dans ta cuisine ?

Elle se libéra de son étreinte et le regarda d'un air hésitant.

— Eh bien, il faut que je demande à mon corps.

— Comment ?

Sans répondre, elle gagna le comptoir de la cuisine et brancha la radio. Un flot de musique grecque envahit le studio, et elle se mit à se balancer à son rythme.

— Que fais-tu ?

— Tu as posé une question à mon corps. Il réfléchit. Veut-il ou non te faire l'amour ?

— J'attends.

— Regarde ! chuchota-t-elle.

Tournoyant au rythme de la musique, elle abaissa la bretelle de sa robe légère… Une ou deux minutes plus tard, elle actionna la fermeture Eclair à l'arrière de sa robe, qui glissa, dévoilant sa poitrine, sa taille, ses hanches… et tomba à terre.

Il ne restait plus sur elle qu'un tout petit soutien-gorge noir et un minuscule string noir de dentelles.

Elle augmenta le son et son corps se mit à onduler davantage, et Tony s'approcha d'elle, se mettant lui aussi à danser au rythme de la musique. Zoé se sentait en harmonie avec l'instant, parfaitement à l'aise, dansant sans pudeur devant cet homme qui lui faisait tourner la tête, et dont le regard enflammé la consumait.

Elle dégrafa son soutien-gorge, et le lança au visage de Tony… dont l'excitation se fit évidente. Il ne quittait pas des yeux les seins de Zoé qui, eux, rebondissaient chaque fois que son corps marquait le rythme…

Lorsque la musique commença à s'estomper, Zoé gagna la chambre. Sans cesser de danser. Tony s'empressa de la suivre. Elle ôta son dernier vêtement, et son string atterrit, lui aussi, sur le visage de Tony. Puis, à sa grande surprise elle lui claqua la porte au nez.

Il actionna frénétiquement la poignée.

— C'était oui ou c'était non ? cria-t-il.

— Tu m'as torturée ce matin. A présent, c'est mon tour.

— Laisse-moi entrer, espèce d'allumeuse !

— Mon corps a encore besoin de réfléchir.

Mais à l'évidence, il ne réfléchit pas longtemps. D'une main frémissante, Zoé ouvrit la porte.

Haletants, ils se dévorèrent des yeux pendant quelques instants — qui leur parurent une éternité. Puis il la saisit dans ses bras et la souleva de terre.

— As-tu fait une école de strip-tease ? Quelles autres ruses as-tu encore dans ton sac ?

— Ce n'était pas une ruse, répondit-elle d'une voix un peu étranglée. Je te désire plus que je ne peux le supporter, c'est tout.

Il glissa la langue dans la douceur de miel de sa bouche, et, déjà, Zoé sentit qu'elle se consumait à petit feu. Puis il se pencha vers sa poitrine, et du bout de la langue, il parcourut les contours de ses seins. Elle poussa un long soupir de pur plaisir.

— Pas mal pour une entrée en matière, dit-elle d'un ton mutin.

Il l'excita ensuite en couvrant sa gorge et son cou de morsures légères. Puis il joua avec ses cheveux comme il le faisait autrefois, les enroulant autour des doigts et les portant à ses lèvres.

— Comme tu es belle ! s'exclama-t-il.

— Nous allons manquer de temps…

Il la serra davantage contre lui, puis la relâcha pour se débarrasser à la hâte de ses vêtements. Elle ne le quittait pas des yeux, consumée de désir pour ce corps si parfait, pour cet homme qui semblait né pour lui donner du plaisir…

Il lui prit la main et la guida sur le lit. Et là, avec des gestes tendres, doucement, intensément, il lui fit l'amour, comblant tous ses désirs.

Lovée dans ses bras, Zoé se sentait aussi détendue et paresseuse que possible lorsque le téléphone sonna.

— Je sens que tu ne devrais pas répondre ! murmura-t-il.

En vain.

— Allô ?

Reconnaissant la personne qui était au bout du fil, Zoé se redressa brusquement et s'assit sur son lit. Elle émit un gémissement de désespoir, tout en serrant très fort le combiné entre ses doigts.

Plongeant sous les couvertures, Tony plaça la langue entre les cuisses de la jeune femme, qui tressaillit.

— Qui t'a donné ce numéro ? demanda-t-elle.

Elle posa sa main libre sur l'épaule brûlante de Tony et tenta de le repousser.

Mais, de ses petites caresses affolantes, la langue de velours continuait de la mener vers l'extase… Et pourtant, c'était la voix à l'autre bout du fil qui s'affolait, se faisait frénétique.

— Tony ! Je ne peux pas me concentrer !

Puis, s'adressant au combiné, elle ajouta :

— Tu es ici, à Rhodes ? Maintenant ?

La langue de Tony dessinait lentement sur elle de petits cercles concentriques. Zoé frissonna de pure félicité.

— Non ! Tu ne peux pas venir ! s'écria-t-elle d'une voix affolée.

Puis elle tapota la nuque de Tony :

— Tony, lui dit-elle, il vaudrait mieux que tu t'arrêtes… Tout de suite !

— Qui est-ce ? demanda-t-il d'un ton bourru.

— Je… je ne peux pas te le dire. Mais c'est une urgence !

Il écarta vivement les draps.

— C'est Noah ? Il ne lui est rien arrivé ? s'écria-t-il, les sourcils froncés.

En secouant la tête, elle posa la main sur le récepteur.

— Tony, laisse-moi seule maintenant. Je t'appellerai plus tard.

— C'est un homme ?

— Pire, répondit-elle en lui faisant signe de partir. C'est pour le boulot. Je t'en prie, pars maintenant ! ajouta-t-elle en désignant ses vêtements d'un geste.

Dérouté et quelque peu contrarié, il se leva.

— Je suis certain que c'est un homme, grommelat-il, l'air renfrogné, tout en enfilant son pantalon.

— Mais non, je te le promets ! S'il te plaît, laisse-moi toute seule, je te promets que je t'expliquerai tout plus tard. Fais-moi confiance.

Il lui jeta un regard plein d'une colère retenue.

— Après ce qui s'est passé entre nous autrefois, tu voudrais que je te fasse confiance ?

Estomaquée, elle le regarda saisir le reste de ses vêtements et sortir du studio.

— Je t'appellerai ! fut tout ce qu'elle trouva à dire alors qu'il avait déjà fermé la porte.

- 8 -

— Allô ? Il y a quelqu'un ?

Véronica était à bout de nerfs. Son accent du Texas en était encore accentué.

— Aurais-je appelé à un mauvais moment ?

— Ne sois pas ridicule, dit sèchement Zoé. C'est un moment idéal. Qu'est-ce qui ne va pas ?

— Quand j'ai appris que tu étais à Rhodes dans un studio hideux, j'ai loué une villa en haut d'une colline, avec une oliveraie et des citronniers qui couvrent les pentes jusqu'à la mer. Cela me rappelle Delphes.

— Je ne suis jamais allée à Delphes.

— Eh bien, tu devrais. C'est magique. Les muses adoraient cet endroit. Enfin, c'est du passé. Me voilà. Tu peux t'installer dans la villa avec moi. Pour m'aider à démarrer ce roman… Il s'appelle *Disparu*. La femme recherche son ancien petit ami.

— Tu en es toujours aux amours de jeunesse ?

— Ne le sommes-nous pas toutes ? Alors, mes personnages se donnent un grand rendez-vous de retrouvailles. Ils font l'amour. Tout est parfait. Trop parfait. Sauf que… maintenant, c'est elle qui disparaît. Sa sœur jumelle entreprend des recherches. Elle rencontre cet homme. Le problème, c'est que je suis bloquée là. Je réécris sans cesse la même phrase.

— Non. Je ne peux pas t'aider. Manhattan, Abdul, Pacha ? Souviens-toi…

— Cette nullité ? Pas ton chat, Abdul ! Il a enfermé ton chat dans la penderie, puis s'est jeté sur moi. Franchement, tu ne vas tout de même pas m'en vouloir à cause de ce zéro ? Tu sais bien que tu te portes beaucoup mieux sans lui !

— Conversation terminée.

Zoé raccrocha.

Le téléphone sonna de nouveau. Seulement, cette fois, c'était Tony.

— Que se passe-t-il ? demanda-t-il d'un ton quelque peu hargneux, tandis que l'on frappait à la porte.

— Je ne peux vraiment pas parler maintenant.

— Il s'agit d'un homme ?

— Non, je te l'ai déjà dit. Excuse-moi, mais il faut que je raccroche.

Ce qu'elle fit. Puis, sans prêter attention aux coups redoublés que Véronica assénait à sa porte d'entrée, Zoé reposa lentement le combiné, et prit tout son temps pour s'habiller. Elle ouvrit un tiroir, trouva un pull de coton blanc. Ensuite, elle se peigna soigneusement, et se mit du rouge à lèvres. Et puis, bien entendu, il fallut à tout prix qu'elle refasse le lit.

Ce qui lui prit un bon bout de temps, car les draps étaient enchevêtrés par terre. Lorsque le studio fut impeccablement rangé, Zoé alla ouvrir la porte. Véronica la regarda bouche bée.

— Tu… tu as une mine splendide ! Tu t'es fait refaire le nez ?

Zoé fit bouffer ses cheveux.

— Non. Je suis toujours la même. Mais toi aussi, tu as une mine splendide.

— Tu aimes mes nouveaux seins ? fit Véronica en gonflant la poitrine.

— Impressionnants ! Et tu es redevenue blonde ?

Véronica secoua ses longs cheveux bouclés.

— Pour aller avec mon nouveau look de star d'Hollywood. J'adore. C'est vraiment ce que je suis, au fond.

— Mais maintenant, tu devrais arrêter avec la chirurgie esthétique ! Tu en as fait plus qu'assez.

— C'est ce que dit ma mère. Le nez est réussi, et les seins sont parfaits. Et pourtant, elle m'envoie sans arrêt des photos d'opérations ratées. Des visages de stars qui ressemblent à des poupées de cire en train de fondre.

— Ta mère a raison. Tu es très bien comme ça, il faut juste que tu finisses par t'en rendre compte…

— Depuis que tu m'as laissée tomber, je fais une psychothérapie, dit Véronica en se dirigeant vers la cuisine. Oh ! Cela fait beaucoup de vaisselle…

Elle se retourna vivement, et sa voix se fit douce-reuse :

— … pour une femme qui passe ses vacances toute seule !

— Véronica, pourquoi es-tu venue ici ?

— Pour que tu me pardonnes.

— Je t'ai pardonné, mais cela ne veut pas dire que je suis de nouveau disposée à travailler avec toi. Après tout, tu m'as trahie.

— Cela ne se reproduira plus jamais ! Tu comptes plus pour moi que n'importe qui… à l'exception de ma mère. Je jure que je ne te ferai plus jamais de peine. J'ai été abominable, je le sais. Moi, jamais je ne me pardonnerais, mais tu es meilleure que moi. Et si tu ne m'aides pas, je ne m'en relèverai jamais.

— C'est du chantage, Véronica ! protesta Zoé, en sentant ses défenses faiblir.

— Je sais, répondit-elle en se jetant à ses pieds. Je suis prête à m'abaisser autant qu'il le faudra pour que tu me reviennes. Ecoute…

— D'accord, d'accord, la coupa Zoé, avant de se diriger d'un air las vers la cuisinière. Tu veux du thé ?

Véronica fit un signe d'assentiment. Zoé remplit la théière d'eau et alluma un brûleur.

— Pour ma défense, poursuivit Véronica, j'étais toute seule à New York. Je ne pouvais pas affronter Ursula sans avoir fini mon livre. Mais j'étais inca-pable de l'écrire. A-t-on déjà vu un écrivain qui ne respecte jamais ses délais ? De plus, j'avais reçu une énorme avance… et je l'avais déjà entièrement dépensée ! Tant de choses dépendaient de cette fin. Et puis, il y avait eu cette méchante femme qui avait écrit des choses horribles sur Internet. Je me sentais si seule, si désespérée…

— Tu te répètes ! répliqua sèchement Zoé.

— C'est vrai. Le fait est que je n'étais plus moi-même. Je me suis détestée aussitôt après avoir fait l'amour avec cet avorton, bien avant que tu découvres le pot aux roses. Je t'en supplie, essaye de comprendre. Je suis vraiment, totalement, éternellement désolée.

Zoé ne put s'empêcher de sourire.

— Au moins, pour les excuses, tu es inspirée.

— C'est vrai ! Je suis vraiment désolée.

Zoé servit le thé, et toutes deux s'attablèrent.

— Bon, je te crois, mais tu ne peux pas rester ici, poursuivit Zoé. J'ai ma propre vie à mener. Je ne peux pas non plus m'installer dans ta villa.

— Mais mon livre…

Zoé but une grande gorgée de thé brûlant avant de regarder Véronica droit dans les yeux.

— Je me demande si tu m'as écoutée. J'ai dit que, moi aussi, j'ai ma vie. Je suis venue à Rhodes avec un programme très précis.

— Mais… Et moi ?

— Nous verrons cela demain. Nous déjeunerons ensemble en ville.

Zoé trouva un guide touristique jaune au milieu de la pile de livres érigée sur la table, et le feuilleta vivement.

— Cet endroit est réputé tranquille, dit-elle en montrant à Véronica la photographie du restaurant panoramique de la forteresse des Chevaliers. N'oublie pas ton bloc-notes. Je sens que nous serons inspirées.

— Je me demande ce que je ferais sans toi, dit Véronica en notant l'adresse du restaurant.

— Tu t'en tirerais très bien.

— Pas sans ma muse !

Elles gagnèrent la porte et s'embrassèrent.

— Je suis vraiment heureuse que tu fasses une psychothérapie, assura Zoé.

Zoé voulait partir pour ne pas faire attendre Véronica au restaurant, mais Tony semblait rivé au téléphone.

— Pourquoi ne veux-tu pas me dire avec qui tu vas déjeuner ? demanda-t-il.

— Je t'ai déjà dit que je te verrais ce soir.

— Et ton déjeuner avec cette personne va durer tout l'après-midi ?

— Je t'expliquerai plus tard.

— Est-ce un homme ?

— Non, pour la millième fois !

— Zoé…

— Fais-moi confiance.

— Faire confiance à la veuve noire de Shady Lomas ?

— Combien de fois vas-tu me porter ce coup bas ?

— Je te demande pardon !

— Cette excuse n'a rien de sincère.

— En effet, elle ne l'est pas.

— Parce que tu es aussi têtu que macho !

— J'ai d'autres défauts que tu aurais envie d'énumérer ?

— Oui. Obsédé sexuel.

— C'est un défaut, ça ?

— Un défaut bien agréable. Ecoute, ajouta Zoé en jetant un coup d'œil à sa montre, je dois y aller. Sinon, je vais être en retard pour le déjeuner.

— Il n'est que 10 heures du matin.

— Il se trouve que la personne avec qui j'ai rendez-vous est des plus impatientes.

D'accord, elle aurait pu lui dire qu'elle avait rendez-vous avec Véronica. Mais un peu de suspens ne lui ferait pas de mal. Après tout, il l'avait bien cherché, songea-t-elle avec un petit sourire.

— Je veux faire la connaissance de cette... très impatiente personne !

— Et moi, je veux que tu t'occupes de tes affaires ! lança-t-elle en levant les yeux en l'air.

— Mais tu fais partie de mes affaires !

— Une nuit ensemble, et tu crois déjà avoir tous les droits sur moi ?

— Deux nuits et une matinée. Tu sais bien que trois est un chiffre magique.

— Je ne t'appartiens pas, Tony.

— Zoé...

— Au revoir.

— Zoé !

— Oublie tout cela. Joue aux jeux électroniques avec Noah. Et profites-en pour l'embrasser sur le front de ma part.

— C'est toi que je préférerais embrasser. Et à un autre endroit.

— Ce soir. Je suis aussi impatiente que toi !

Elle lui envoya un baiser et raccrocha lentement le téléphone.

Noah pique-niquait de nouveau sur la plage, et Tony ne tenait plus en place. Il avait ouvert toutes les fenêtres du studio, afin de humer le parfum des roses, et celui, salé, de la mer. Cependant, la luxuriance du décor ne faisait qu'accentuer sa nervosité. Chaque fois qu'il imaginait Zoé en train de déjeuner avec cette mystérieuse personne dans un décor romantique, il ne pouvait réprimer un juron. Qu'est-ce qu'elle manigançait encore ?

Il sortit dans le patio et regarda sans les voir les montagnes bleues au-delà de la mer. Dire que ce matin même, il avait failli envoyer Zoé au septième ciel rien qu'en l'embrassant... Et l'instant suivant, c'était elle qui l'avait envoyé sur les roses sous prétexte que quelqu'un lui avait téléphoné. Lui avait-elle dit de qui il s'agissait ? Pas le moins du monde ! Et à présent, ce mystérieux déjeuner...

Adolescente, elle lui avait — passionnément — fait l'amour. Puis elle avait vu Judith dans ses bras et imaginé le pire sans même écouter ses explications... avant de s'enfuir avec Duncan, causant le plus grand scandale jamais connu à Shady Lomas.

Dévoreuse de livres ? Bombe sexuelle ? Veuve noire ? Qui était-elle vraiment ? Avait-elle seulement consommé son mariage avec Duncan ?

Noah la connaissait à peine ; pourtant, il l'adorait déjà. Comme les chiens, les enfants savaient instinctivement à qui ils avaient affaire. N'étant pas encore complètement endoctrinés, ils portaient sur le monde un regard innocent. Aussi Tony faisait-il davantage confiance à l'intuition de son fils qu'à la sienne propre.

Mais au fond, il le savait, une seule question comptait : voulait-il dans sa vie — et peut-être pour toujours — la brebis galeuse de Shady Lomas, la femme qui l'avait humilié et ridiculisé de si belle façon ?

Et pourtant, sa propre mère et tante Peggy avaient manigancé ce traquenard... Elles étaient donc favorables à ce mariage ! Noah — et lui-même — adoraient

Zoé. Après tout, qui d'autre comptait pour lui à Shady Lomas ?

Tout de même… Pourquoi déjeunait-elle avec cette mystérieuse personne au lieu de passer la journée avec lui ?

— Fais-moi confiance, lui avait-elle dit.

Tony lui faisait confiance. Enfin, plus ou moins. Il lui aurait suffi de savoir avec qui elle était et où elle se trouvait !

Dès qu'il entendit la porte du studio voisin s'ouvrir et se refermer, il écarta les rideaux de sa fenêtre. Zoé portait une robe rouge extrêmement légère fendue jusqu'à mi-cuisse, et ses sandales à lanières — rouges également — soulignaient la longueur et le dessin de ses jambes.

Ces jambes lui appartenaient ! Il devait les suivre. Malgré la violence de son indignation, il demeura dissimulé derrière le rideau jusqu'à que Zoé disparaisse derrière une grande haie verte. Puis il se lança à sa poursuite.

Une petite voix au fond de son esprit lui criait qu'il n'avait pas le droit de faire cela. Mais une autre lui trouvait tout un tas de bonnes raisons pour le faire. Après tout, ils avaient couché ensemble. Et elle fondait chaque fois qu'elle l'apercevait. Elle lui appartenait donc, quelle que soit l'identité de son mystérieux invité.

Les neuf années qu'il avait passées sans elle avaient été tristes et sans vie. Tout le monde — sauf sa mère — l'avait cru si heureux avec Judith… sans se douter qu'il mentait, qu'il se jouait la comédie, à lui-même et aux autres !

Tandis que Zoé hélait un taxi, il se glissa dans sa voiture de location et mit le contact.

Il ne permettrait plus jamais à quiconque de lui enlever Zoé. Car il l'aimait.

Il l'aimait.

Tony ne voulut pas s'attarder sur la pensée dérangeante qui venait de lui traverser l'esprit. De toute façon, le chauffeur de taxi ne lui en laissa guère le temps, brûlant des feux rouges, empruntant des sens interdits. Si bien qu'en plein milieu de la ville de Rhodes, il perdit définitivement la trace de Zoé.

Les encombrements et les touristes étaient si nombreux qu'il mit une heure à trouver une place libre dans un parking. Une fois garé sous un palmier, il frappa le volant des deux poings, si intense était sa frustration. Puis il leva les yeux : l'imposante forteresse des Chevaliers semblait le narguer de ses remparts colossaux, de ses énormes tours de guet, de ses ponts-levis.

Et dire que quelque part à l'intérieur de ce lieu très romantique, Zoé déjeunait en tête à tête avec une mystérieuse personne ! Tony eut soudain l'impression de se trouver sur un navire disloqué en train de sombrer très, très vite dans un insondable océan.

L'aimait-il donc *vraiment* ?

Oui, vraiment.

Ebahi par sa découverte, il coupa le contact et posa la tête sur le volant, comme pour se forcer à raisonner. Il devait absolument la retrouver, colmater les brèches de leur relation avant qu'ils ne se noient tous les deux.

Mais comment convaincre Zoé de quitter son travail prestigieux à Manhattan pour venir affronter avec lui les commérages de Shady Lomas ?

Avec un soupir, il sortit de la voiture et s'approcha des murs dorés de la vieille ville. Le château fort était impressionnant, avec ses murs épais et ses vastes douves remplies de boulets de canon. En d'autres circonstances, Tony aurait sans doute apprécié de remonter ainsi le temps. Mais aujourd'hui, toutes ses pensées étaient tournées vers un seul but : retrouver Zoé.

Si seulement elle s'était trouvée à ses côtés, avec Noah trottinant de ci, de là… Prenant appui contre la rambarde d'un pont, il aurait soulevé son fils pour lui permettre de mieux voir les boulets de canon rassemblés en petites pyramides dans les douves, sur les ponts, sur les pelouses, partout. Il lui aurait parlé des chevaliers en armure, des Croisés qui ne voulaient pas que Jérusalem tombe entre les mains des musulmans — dans un sens, cette guerre durait toujours.

Pendant deux longues heures, Tony parcourut les ruelles pavées à la recherche de Zoé. La faim le tenaillait. L'angoisse et la jalousie aussi.

Où pouvait-elle bien être ?

Si elle était partie avec un autre homme…

Tony l'imagina au lit, fondant sous les lèvres de cet homme, et sa souffrance se teinta de rage.

« Fais-moi confiance », avait-elle murmuré.

S'accrochant à cette promesse comme à une bouée de sauvetage, Tony poursuivit sa marche le long des remparts et des tours de pierre.

Il la retrouverait. Quoi qu'il en coûte.

- 9 -

— Tu es vraiment géniale !

Les mèches dorées de Véronica virevoltaient sur ses épaules nues. Deux voluptueux seins roses semblaient prêts à s'échapper de sa robe verte trop serrée.

— Tu as relancé mon inspiration. Tu es pour moi comme… un phare dans la nuit !

— Cela s'appelle une *muse*, précisa Zoé en riant.

Comme l'avait indiqué le guide touristique, le restaurant grec était calme et charmant. Sa terrasse offrait une vue imprenable sur la forteresse et le port de plaisance. En se levant, Zoé pouvait apercevoir les deux cerfs de bronze qui semblaient monter la garde à l'entrée du port.

Comme à l'accoutumée, Zoé venait de commander une salade grecque et un Coca light, et Véronica, complexée à cause de son vorace appétit, en avait fait autant. Auparavant, une réunion d'environ une heure avait permis à l'auteur de noircir une vingtaine de pages de son bloc-notes.

— Tu es naturellement portée sur les régimes, dit Véronica. Moi, c'est seulement pour ma ligne.

— Qui déborde littéralement de ta robe bain de soleil.

— A cause de ma chirurgie esthétique, j'ai dû changer toute ma garde-robe. Du moins, tous les hauts.

Après avoir fini les deux bols de salade, Véronica appela le serveur et commanda un autre verre d'ouzo.

— Tu as déjà bu deux verres ! lui rappela Zoé.

— Arrête de compter ! Si je ne peux pas manger, il faut bien que je fasse quelque chose. Et puis l'ouzo, ça n'a jamais fait de mal à personne !

— A ta place, je me méfierais de l'ouzo, répliqua Zoé. C'est trop délicieux.

— Vu la manière dont tu rougis en disant cela, cela ressemble plus à une incitation à boire qu'à un avertissement !

Véronica vida jusqu'à la dernière goutte le verre que le serveur venait de poser devant elle avant d'en commander aussitôt un autre.

Zoé se souvint alors de son premier dîner à Rhodes. Elle était seule, et avait trop bu de ce délicieux breuvage... Aurait-elle couché avec Tony si elle n'avait pas été aussi pompette ?

Tony, l'homme qu'elle était censée oublier pendant ses vacances en Grèce !

— Je l'aime, murmura Zoé pour elle-même.

— Tu parles encore toute seule, fit remarquer Véronica.

Zoé se mordit la lèvre et reposa sa fourchette.

— Mauvaise habitude.

— Et, en plus, tu rougis ! dit Véronica d'un ton espiègle. Moi aussi, je me parle sans arrêt. C'est comme cela que je commence tous mes livres. Je me mets à écrire ce que dit cette petite voix. Je déteste qu'elle s'arrête de parler ! Je pense que cette boisson délicieuse m'inspire, ajouta-t-elle en faisant tourner son verre dans sa main. A moins que ce ne soit simplement toi, ma muse. Eh ! Te revoilà en train de rougir ! Mais tu ne m'as pas répondu : as-tu rencontré quelqu'un ?

— Je te répète que je suis venue ici pour réfléchir… et pour écrire un peu.

— Et tu as écrit ?

— Une seule phrase, qui revient sans cesse.

— Je connais ça. Alors, qu'est-ce que tu as fait d'autre ?

De nouveau, Zoé sentit son cou devenir brûlant.

— Nous sommes censées travailler sur *Disparu.*

— Tu rougis encore, ma belle !

— C'est à cause du soleil.

— A d'autres ! Tu es à l'ombre, et il fait plutôt

frais ici, avec cette merveilleuse brise marine. Allez, moi, je sais parfaitement pourquoi tu rougis. Qui est-ce ? Quand vas-tu me le présenter ?

— Après ce qui s'est passé dans mon appartement ? Je ne suis pas folle ! Tu ne t'imagines quand même pas que je vais te présenter tous mes amis ? Evidemment, je veux dire, heu… si j'avais un ami masculin !

— Il ne s'agit pas d'un simple ami, tu le sais très bien ! Et cela me fait mal que tu ne me fasses pas confiance.

— Véronica ! Nous avons déjà abordé ce sujet cent fois ! J'en ai la nausée !

— Je sais. Ce n'est pas une chose facile à pardonner.

— Tu m'as fait souffrir davantage qu'Abdul. Tu comptais vraiment beaucoup pour moi. Je prenais des risques pour toi. Je croyais en toi.

Le visage de Véronica s'adoucit. Elle prit la main de Zoé.

— Je suis tellement désolée ! Tu es si précieuse pour moi… Je ne pouvais plus m'arrêter de manger après t'avoir fait cela. J'ai pris dix kilos en une semaine, et, depuis, il faut que je suive le régime le plus abominable qui soit. Je t'aime tant ! Je jure que je ne te trahirai plus jamais ! Même si tu sors avec le Prince charmant en personne !

Zoé avala difficilement sa salive.

— Ecoute, je crois que je commence à te croire.

En tout cas, depuis une seconde. Mais restaurer une confiance perdue, cela prend du temps, pas vrai ? Du moins avec moi. Je peux être très jalouse… lorsqu'il s'agit de certaines personnes.

— Ton nouveau petit ami, par exemple ?

Zoé hocha la tête.

— Je t'aime, répéta Véronica. Je ne te trahirai jamais plus.

— Dans ce cas, remettons-nous au travail ! Il ne nous reste plus que quelques heures.

— Et pourquoi donc ? Que fais-tu ce soir ?

— J'ai ma vie, répliqua Zoé. Pourquoi as-tu tant de mal à l'accepter ?

— Chacun a droit à son jardin secret, c'est cela ? Mon psy essaye de me fourrer ça dans le crâne. D'accord, tu as ta vie, et j'arrête de te poser des questions. Au travail !

Cependant, tandis que toutes deux noircissaient les pages de leurs blocs-notes, Véronica ne cessait de lui adresser des coups d'œil espiègles. Curiosité professionnelle des écrivains, pensa Zoé.

— Je vais me dégourdir les jambes, dit Véronica quelque temps plus tard.

Elle se dirigea vers le muret de la terrasse et porta les yeux sur la rue dallée. Son regard s'éclaira aussitôt.

— Arrive, Zoé ! Cela vaut le déplacement !

Zoé se leva et rejoignit son amie.

— Le voilà, le Prince charmant ! s'écria Véronica

en désignant un homme aux larges épaules et à la plastique superbe.

Tony leva les yeux juste au moment où Véronica se penchait encore davantage par-dessus le muret, en lui adressant de grands signes frénétiques. Ses seins semblaient décidés à s'échapper pour de bon de sa robe verte.

Zoé avala sa salive.

— Pas touche ! Il est à moi !

Véronica ne l'entendit même pas. Et Tony lui répondit de façon aussi enthousiaste qu'elle. Zoé eut envie de l'étrangler. Et soudain, la réalité lui sauta au visage : Judith était aussi blonde et généreuse de poitrine que Véronica… Mais elle ne pouvait pas laisser faire ça. Non, elle ne pouvait pas.

— Tu as dit que même si je sortais avec le Prince charmant, commença Zoé.

— Oh ! la coupa Véronica, tout excitée. Il rentre dans le restaurant. Il prend l'escalier ! Où est mon rouge à lèvres ?

— Véronica, il y a quelque chose que je dois te dire…

— Pas maintenant ! Il faut que j'aille aux toilettes pour me refaire une beauté !

— Véronica, il est à moi !

Mais Véronica était déjà loin. Si elle avait entendu Zoé, elle ne lui avait pas prêté la moindre attention.

Et elle voulait que Zoé lui fasse confiance ?

Tony était si heureux d'avoir trouvé Zoé en compagnie d'une femme qu'il ne cessait de gratifier Véronica du plus large des sourires.

— Eh bien, c'est là ton rendez-vous secret ? demanda-t-il à Zoé.

— Vous vous connaissez, tous les deux ? s'inquiéta Véronica.

— On peut le dire comme ça, dit Tony en se tournant vers Zoé.

— Nos studios sont mitoyens, précisa Zoé, la gorge sèche.

— Et moi qui lui ai demandé si elle avait fait une touche ici ! s'exclama Véronica.

— Et qu'a-t-elle répondu ? demanda Tony en coulant un regard de côté à Zoé.

— Rien, elle n'a pas fait la moindre allusion à vous ! répliqua Véronica, sans percevoir le moins du monde la gêne qui s'installait entre eux. Elle avait un petit ami à Manhattan : Abdul. Il vous ressemblait beaucoup, d'ailleurs, à croire qu'elle adore les beaux gars musclés et bronzés ! Enfin, qui ne les aimerait pas, hein ? ajouta-t-elle avec un petit rire qui donna envie à Zoé de lui arracher les yeux.

Un drôle de silence tomba entre eux, jusqu'à ce que ce que Tony le rompe.

— Je meurs de faim, dit-il enfin, tandis que Zoé

fusillait Véronica du regard. Accepteriez-vous que je me joigne à vous ?

— Avec plaisir ! dit Véronica d'une voix chaude et sirupeuse.

Souriant de toutes ses dents, elle se pencha vers lui, pointant dans sa direction sa poitrine généreuse. Le sourire de Tony s'élargit encore, et Zoé dut lutter contre une furieuse envie de le gifler.

Une fois que Tony se fut assis, Véronica expliqua qu'elle devait sa célébrité et sa fortune à Zoé, qui l'avait découverte.

— Elle a été longtemps la seule à croire en moi, dit-elle. Personne n'avait jamais pensé que je valais quoi que ce soit. Et maintenant, je suis une vedette. Mais je n'ai jamais écrit un seul livre sans son aide. C'est pour cela que je l'ai suivie jusqu'ici. Je ne pouvais pas mettre mon nouveau roman sur les rails.

Tony jeta un coup d'œil sur les blocs-notes. Cette blonde décolorée avait peut-être un peu trop forcé sur les implants, mais elle prenait son travail au sérieux. Comme beaucoup de gens. La patronne de Zoé, par exemple. Ou Zoé elle-même, qui l'avait planté entre deux rapports sexuels brûlants pour s'occuper de son auteur en panne. Comme c'était gentil de la part de Zoé…

Puisque Véronica était si importante pour Zoé, Tony décida d'être aimable avec elle, quoi qu'il puisse lui en coûter. Aussi, lorsque la pulpeuse blonde lui fit du pied et posa la main sur son genou, il se contenta de la repousser doucement en souriant d'un air gêné.

Il fallait absolument rester aimable avec la collaboratrice de Zoé, n'est-ce pas ?

Aussi s'engagea-t-il de bonne grâce avec elle dans une conversation pleine de traits d'esprit lorsque Zoé les laissa seuls quelque temps. Puis, à la fin du repas, il voulut prendre congé.

— Non ! supplia Véronica. On commençait tout juste à s'amuser !

Zoé se leva.

— Nous avons fini de travailler, n'est-ce pas ? dit-elle.

— Oh oui ! s'exclama Véronica. C'est vraiment le moment de se détendre !

Au moment où Tony voulut se lever à son tour, il sentit de nouveau les doigts de Véronica serrés sur sa jambe. S'il persistait à vouloir se lever, Dieu seul savait ce qu'elle ferait. Il resta donc sur sa chaise.

— Je m'en vais, dit Zoé.

— Je suis en voiture, dit Tony. Je peux te reconduire chez toi ?

— Non. Je prendrai un taxi. Restez tous les deux, et amusez-vous bien !

— Zoé !

Ignorant son appel, Zoé se précipita vers l'escalier. Aussitôt, Tony voulut se lever, mais Véronica le retint par le bras. Le temps qu'il échappe à son étreinte et descende l'escalier, le taxi de Zoé s'éloignait déjà.

Un serveur le rejoignit sur le trottoir.

— Monsieur, votre amie ! La femme blonde qui était avec vous sur la terrasse, avec une robe verte, elle vient de tourner de l'œil !

Tony grimpa l'escalier quatre à quatre. Véronica était étendue sur la table, en chien de fusil, les cheveux blonds étalés sur les couverts et les bols de salade, le visage enfoui dans la corbeille à pain, les doigts toujours serrés sur son dernier verre d'ouzo.

Cinq serveurs se précipitèrent à la rencontre de Tony. Il les foudroya du regard, mais eux se contentèrent de hausser les épaules et de lever les yeux vers le ciel bleu. Tony étouffa un juron. Il brûlait d'impatience de retrouver Zoé, mais il ne pouvait pas laisser Véronica toute seule, dans cet état.

Il secoua doucement ses épaules nues.

— Véronica…

La jeune femme murmura quelque chose d'incohérent. Il lui souleva la tête, et elle battit des cils… sans oublier de lui adresser un sourire ensorceleur. Puis elle aperçut un serveur et souleva son verre vide.

— I-il est v… vide… Un-un autre !

— Vous en avez eu assez pour aujourd'hui, ma belle, murmura Tony en reposant délicatement sa tête sur la table. Descendez-la au rez-de-chaussée pendant que je vais chercher ma voiture, dit-il aux serveurs.

— Vous n'avez pas payé, monsieur…

Tony porta aussitôt la main à la poche arrière de son pantalon, tandis que le plus costaud des serveurs calait Véronica sur ses épaules avant de se diriger vers l'escalier, la portant à peu près comme l'aurait fait un homme des cavernes : la tête de la jeune femme pendait sur son torse, et ses cheveux blonds lui caressaient les genoux. Elle avait vraiment des seins énormes, que sa taille fine rendait encore plus incroyables.

Elle était très attirante, mais trop peu discrète. Ce n'était pas du tout son type. Zoé, elle, l'était tout à fait.

Dès qu'il aurait ramené Véronica chez elle, il retournerait chez Zoé.

Lorsqu'il revint au volant de sa petite voiture rouge de location, les serveurs déposèrent Véronica à côté de lui, sur le siège avant. Une Véronica complètement flasque et sans vie. Cependant, ils avaient à peine claqué la portière que la jeune femme ouvrait les yeux et adressait à Tony un sourire vorace.

— Où se trouve votre hôtel ? demanda ce dernier.

— Z'est une villa-a-a…

— A quelle adresse ?

— Où voulez-vous qu'elle zoit ? zézaya-t-elle.

— Je vous en prie, pas de devinettes !

Pour toute réponse, Véronica se mit à rire. Puis, de nouveau, elle lui adressa un sourire béat.

— Quelle adresse ? insista-t-il.

— Z'avais bien entendu.

— Vous devez vous reposer.

Ses lèvres sensuelles s'arrondirent.

— Z'ai une meilleure idée.

— Où se trouve votre villa ?

— Z'ai oublié.

Avec un petit rire, elle posa la main sur la jambe de Tony.

Il la repoussa.

— Zoé et moi, c'est sérieux ! protesta-t-il.

Elle rit comme si elle venait d'entendre une blague hilarante, puis se pencha vers lui — les seins en avant.

— C'est exactement ce que disait Abdul !

— Qui diable est Abdul ?

— Le petit ami de Zoé.

- 10 -

Je jure que je ne te trahirai plus jamais ! Même si tu sors avec le Prince charmant en personne !

Zoé ramassa l'un de ces petits galets ronds qui recouvraient la plage et le lança aussi loin que possible dans la mer. Pourquoi avait-elle accepté de s'occuper de Véronica ? Elle aurait bien dû l'envoyer sur les roses !

Elle regarda la surface de l'eau jusqu'à ce qu'elle soit redevenue lisse et étincelante comme du cristal. Puis elle lança un autre galet.

— Comment as-tu osé, Véronica ? Je t'avais pourtant dit qu'il m'appartenait !

Mais était-ce vraiment le cas ? Zoé sentit une douleur lui déchirer la poitrine. D'un geste rageur, elle envoya un autre petit galet très haut dans le ciel. Lorsqu'il fut retombé, elle regarda les petits cercles concentriques se multiplier avant de s'effacer lentement.

Comment Véronica avait-elle pu faire une chose pareille ?

Zoé ne pouvait effacer le souvenir lancinant de la belle et parfaite Judith qui lui avait fait perdre Tony une première fois. C'était pourtant la trahison de Tony qui la faisait le plus cruellement souffrir. Comment avait-il pu flirter avec Véronica, alors qu'elle avait si ostensiblement jeté son dévolu sur lui ? Il aurait dû comprendre à quel point la jeune femme était déboussolée et vulnérable. Elle n'avait aucune idée de qui elle était. Et encore moins de ce qu'elle voulait.

Soudain, une idée la frappa. Comment pouvait-elle se faire du souci pour Véronica, alors que c'était sa rivale ?

Submergée de colère et de souffrance, Zoé s'assit sur les galets de la plage, les yeux rivés sur les montagnes magiques embrasées par le couchant. A mesure que le soleil sombrait lentement dans les flots rougeoyants, elles passaient du violet le plus sombre au plus lumineux des oranges.

Enfin, la nuit fut complètement noire, et Zoé se retrouva dans l'obscurité. Et toujours pas de Tony.

Lorsque les étoiles percèrent la voûte céleste de leurs points lumineux, Zoé se drapa dans une serviette oubliée sur la plage et regagna son studio à pas lents, comme un animal blessé.

Elle ne jeta pas même un coup d'œil à la corbeille de fruits, ni au réfrigérateur. L'heure de dîner était dépassée depuis longtemps, mais la douleur l'empêchait de sentir la faim.

Seule dans sa chambre, elle s'assit à son bureau et s'abîma dans la contemplation de son bloc-notes jaune, presque vierge. Enfin, elle prit un stylo et leva les yeux vers le miroir — sans réellement y voir le pâle reflet d'elle-même, ni ses yeux marron si ternes, ni ses cheveux ébouriffés par le vent.

Car elle se revoyait au restaurant, sous la tonnelle de la terrasse, en plein centre de la forteresse des Chevaliers. Les seins plantureux de Véronica ne cessaient de rebondir comme des pommes mûres roulant dans un cageot sur un chemin cahoteux, et le sourire de Tony devenait plus éclatant et plus audacieux chaque fois qu'elle les faisait ballotter.

Avec un petit gémissement, Zoé secoua la tête. Elle devait se forcer à réagir. Et ne surtout pas s'apitoyer sur elle-même. En mâchonnant l'extrémité de son stylo, elle se mit à écrire. Elle noircit des pages et des pages de sa peine, jusqu'à ce qu'elle se sente un peu mieux, au bout d'une heure.

Elle relut la première phrase, et se sentit prise de nausée. Comment avait-elle pu se croire l'étoffe d'un écrivain ? Jamais elle ne serait capable de traduire avec style ce qu'elle ressentait au fond de son cœur. Véronica, elle, en était capable. Sans doute était-ce pour cela qu'elle se laissait écraser par Véronica.

Au fond d'elle, une part d'elle-même voulait continuer à prendre la défense de Véronica. C'était une femme si fragile, si perdue, si misérable. La moindre contrariété l'annihilait complètement.

Mais l'autre part, la plus vive, aurait voulu l'étrangler si elle l'avait eu sous la main. Car toute faible qu'elle soit, cette saleté de Véronica s'était encore débrouillée pour lui piquer son amant. Lequel amant, songea-t-elle avec un pincement douloureux dans la poitrine, le seul homme qu'elle ait jamais aimé, bavait littéralement devant les seins plantureux de Véronica.

Avec un petit cri de rage, Zoé arracha les pages de son bloc-notes et en fit une boulette serrée qu'elle jeta dans la corbeille. Puis elle demeura longtemps immobile, les yeux rivés sur son reflet dans le miroir.

Soudain, la sonnerie du téléphone résonna dans la pièce.

Tony ? Elle se détesta de ressentir un minuscule soupçon d'espoir. Elle plongea néanmoins sur le lit afin de saisir le combiné.

C'était une dame à l'accent britannique.

— Votre neveu a appelé. Il dit qu'il a un petit problème.

— Qui est à l'appareil ?

— Bridget, de l'accueil. M. Duke ne peut rentrer à temps pour prendre son fils à la fin de notre pique-nique. Il nous a demandé de vous appeler…

Le mufle n'avait même pas eu le courage de l'appeler directement !

— Bien sûr, je vais venir chercher Noah.

Elle trouva le petit garçon à l'entrée du camp.

Il tenait serrés contre lui trois dessins et son jeu portable.

— Où est papa ? s'inquiéta-t-il.

— Il est sorti avec une amie.

— C'est qui ? Tu es sa seule amie ici.

— Il s'est fait une nouvelle amie aujourd'hui.

— C'est qui ?

— Hé ! Tu as de bien jolis dessins ! C'est toi qui les as dessinés ?

— Nous sommes allés dans une auberge. J'ai dessiné des bateaux de pêche. Quand papa va-t-il… ?

Zoé ne lui laissa pas le temps d'achever sa question.

— Il sera là bientôt. Qu'est-ce que tu as fait toute la journée dans ce camp ?

Avec force gestes de la main, il lui fit un récit très détaillé et pittoresque de sa journée. A l'auberge, il avait fait la connaissance d'un cycliste allemand qui portait un bandana noir et fumait cigarette sur cigarette. Puis les enfants étaient allés visiter les ruines de Kamiros, la plus petite des trois cités antiques de l'île de Rhodes.

— Tu aurais dû voir ça, Zoé ! Il y avait des tas de petites maisons sans toit ! Où étaient-ils passés ? Et les chaises, et les tables, et les lits ? Dis, les toits de nos maisons partiront, eux aussi ?

— Que de questions ! dit Zoé en riant.

Elle réfléchit un instant avant de poursuivre :

— Je ne suis pas archéologue, mais je crois que

ces maisons de pierre se conservent plus longtemps que celles dans lesquelles nous vivons.

Lorsqu'elle eut achevé son explication, Noah leva la tête. Ses yeux la transpercèrent comme deux rayons laser.

— Qui ?

Zoé fit mine de n'avoir pas compris sa question.

— Quoi, qui ?

Il refusa de détourner les yeux.

— Que veux-tu dire ? chuchota-t-elle.

— Qui est avec lui ? Pourquoi papa n'est pas avec nous ? Pourquoi tu ne veux rien m'expliquer ?

— Oh, Noah… Noah ! dit-elle en le serrant dans ses bras.

Il pâlit et sembla se replier sur lui-même. Puis il rougit fortement. Elle lui avait fait peur. Il se souvenait de Judith et craignait que son père ne soit mort, lui aussi.

— Il va très bien. Il ne s'est rien passé… Noah, ton père va très bien.

— C'est vrai ? Au début, personne ne voulait me dire que ma maman était morte. On me regardait seulement d'un drôle d'air, comme tu le fais maintenant.

— Tu crois ?

De nouveau, elle le serra dans ses bras. Elle écarta ses mèches de son front brûlant. Elle non plus n'avait pas tout de suite appris la mort de ses parents.

— Pourquoi est-il parti avec une autre amie alors que tu es là ?

Zoé le serra encore plus fort contre elle.

— Oh, Noah ! Ne nous inquiétons plus pour lui, amusons-nous !

— Oh, oui ! Si on jouait au jeu électronique ?

— Et comment ! Aussi longtemps que tu voudras !

— Super !

Ils dînèrent ensemble et jouèrent jusqu'à ce qu'il soit l'heure pour Noah d'aller se coucher.

— Tu n'es pas très douée, dit-il en bâillant. Tu as perdu quatre fois !

Et certes, elle avait eu le plus grand mal à se concentrer.

— C'est peut-être toi qui es très, très bon ! dit-elle.

— Tu crois ?

— Oui. Tu es un champion !

Elle lui fit boire un verre de lait et l'envoya se laver les dents. Puis elle lui donna l'un de ses T-shirts en guise de pyjama. En le bordant, elle s'efforça d'oublier qu'il allait dormir dans le lit où elle et Tony avaient fait passionnément l'amour. La nuit précédente.

Elle s'assit près du lit, dans l'obscurité, écoutant le tic-tac impitoyable du réveil de sa table de nuit, pour ne pas imaginer Tony dans le lit de Véronica. Peine perdue. Sans cesse elle se représentait Tony et Véronica en train de rouler l'un sur l'autre sur un épais tapis persan, dans une chambre luxueuse dominant les oliveraies et la mer Egée. Elle se sentit bientôt folle de jalousie. Si Noah n'avait pas été là, elle aurait fracassé contre le mur son maudit réveil et son incessant tic-tac...

A minuit, la sonnette de la porte d'entrée retentit.

Zoé courut regarder par le judas. La lentille arrondie faisait ressembler Tony et la femme aux cheveux d'or qu'il tenait dans ses bras à deux gros nains prisonniers d'une bulle de verre.

— N'ouvre pas ! dit une voix dans sa tête.

Zoé ouvrit pourtant la porte à la volée.

— Bonsoir, Tony...

Leurs regards s'accrochèrent. Elle vit tout de suite les cernes sombres autour de ses yeux, entendit son silencieux appel à l'aide et à la compréhension. Il avait l'oreille et les épaules basses, comme s'il s'était battu. Zoé sentit fondre son cœur. Mais la vision de ce couple roulant sur un tapis persan s'imposa de nouveau à son esprit, et elle se raidit.

— Maintenant, je comprends pourquoi tu as été prise de panique la première fois qu'elle t'a téléphoné, hier soir. Tu ne me croiras jamais si je te raconte tous les tours qu'elle m'a joués !

— Essaye tout de même, murmura Zoé d'une voix blanche et torturée.

— Il est tard. Tu n'as pas besoin de savoir tout ça.

Zoé hocha la tête.

— Tu as raison, dit-elle d'une voix étranglée.

Malgré l'évidente trahison de Tony, Zoé le désirait. Il avait beau tenir dans ses bras une femme à moitié nue — une femme qu'elle avait protégée, qu'elle croyait son amie —, et Zoé avait beau les imaginer sans cesse en train de faire l'amour, elle brûlait encore du désir d'être dans ses bras.

Quelle idiote elle faisait !

Zoé se mordit la lèvre, baissant la tête pour dissimuler le besoin irrépressible qu'elle avait de Tony. Elle recula d'un pas pour leur permettre d'entrer.

— Noah est dans mon lit. Tu peux coucher Véronica sur le divan, dit-elle d'une voix sèche.

Zoé s'efforçait de garder la tête haute. Elle ne voulait rien lui laisser soupçonner de ses véritables sentiments, ni de la colère et de la souffrance qu'elle éprouvait, et dont il se réjouirait sans doute. Sous aucun prétexte elle ne le laisserait l'humilier de nouveau, l'amener une fois de plus à commettre un acte insensé !

Il étendit Véronica sur le divan. Puis il sortit de sa poche une paire de hauts talons verts, un soutien-gorge, et une minuscule petite culotte verte, et plaça le tout au pied du divan.

Incapable de se contrôler davantage, Zoé ramassa vivement la petite culotte verte et la brandit sous le nez de Tony.

Son visage tanné reflétait la contrition et l'embarras.

— Ton amie est dans un état de… confusion.

— Je t'en prie !

Zoé ne cessait d'agiter frénétiquement la petite culotte devant son nez.

— Elle est à toi, grinça-t-elle. Tu l'as gagnée.

— Quoi ?

Il la considéra bouche bée.

— Tu ne crois tout de même pas que je… ?

— Je ne suis pas aveugle !

— Je reconnais que les apparences sont contre moi.

— Elle s'est déshabillée toute seule, pas vrai ? Puis elle t'a attaqué si sauvagement que tu n'as pas pu te défendre, n'est-ce pas ?

— Pire que cela !

— Alors tu t'es défendu, mais tu as dû capituler après une longue bataille ?

— Comment peux-tu dire des choses pareilles ? Tu la connais. Et tu me connais.

— Je crois ce que je vois !

— Ecoute-moi, Zoé, fit-il en essayant de lui prendre les mains. Je t'aime.

— Tu m'aimes ?

Elle se libéra de son étreinte et lui lança un regard assasin.

— Tu dois vraiment me prendre pour une idiote !

— Je t'aime ! répéta-t-il.

— Ne mens pas ! cria-t-elle. Oh, et puis de toute façon, je m'en moque !

Il la regardait aller et venir dans la pièce, comme s'il attendait qu'elle se calme.

— Je ne te crois pas, murmura-t-il. Et je t'aime.

— Je ne veux pas d'un homme qui couche avec l'une des mes amies et qui jure ensuite qu'il m'adore ! cria-t-elle d'une voix hystérique. Cela me rend folle ! Et j'ai passé assez de temps à être folle de toi, tu comprends !

— Tu étais folle de moi ? demanda-t-il avec une lueur d'espoir dans la voix.

— Neuf années interminables ! répondit-elle sans réfléchir. Et je ne parle même pas de nos années de lycée !

Tony s'avança vers elle et la prit dans ses bras. Elle essaya de se débattre, mais il la maintint contre lui et la força à le regarder.

— Tu étais folle de moi quand tu vivais à Manhattan ?

— Oui ! Oui ! Mille fois oui !

Elle se tut un instant, avant de lever les mains en signe de dégoût.

— Tout ça est bien fini maintenant, ajouta-t-elle. J'étais venue ici pour tourner la page. Eh bien, c'est ce que je viens de faire. La première fois, j'étais stupide et innocente. Je t'aimais tant… J'ai tant souffert.

— Tu as souffert ? Et moi, as-tu seulement idée

de ce que j'ai souffert ? Sans parler de la culpabilité que j'ai éprouvée !

La voix de Tony était empreinte d'angoisse, et Zoé sentit son cœur se serrer. Il avait au fond des yeux une lueur qui la glaça.

— J'ai épousé Judith, avoua-t-il, alors que je ne l'aimais pas, pour cesser d'être la risée de toute la ville après que tu as épousé mon oncle Duncan. Et cela a marché.

Il s'interrompit un instant, comme si le souvenir était encore trop douloureux. Comme s'il se sentait encore trop coupable.

— Mais je l'ai payé au prix fort, reprit-il. Je n'ai jamais aimé Judith. Je l'ai rendue malheureuse. Oh, j'ai fait tout mon possible pour être un bon époux. Et pour l'aimer. Mais cela n'a suffi ni à elle, ni à moi. Sans amour, elle s'est comme étiolée. Elle s'est laissée aller, elle a pris du poids. Jusqu'à tomber malade. Après sa mort, tout le monde a dit que j'avais très bien pris soin d'elle. Mais je lui devais bien plus encore que cela. Elle était la mère de mon fils — et une merveilleuse mère… Pourtant, dans l'intimité, notre mariage était un enfer. Nous dormions séparément depuis des années. Elle m'avait parlé de divorce juste avant de tomber malade. Lorsque j'ai pris connaissance du diagnostic, j'ai juré que je prendrais bien soin d'elle. Elle a accepté pour rester auprès de Noah le plus longtemps possible. Je n'ai jamais rien dit de tout cela à personne.

— Tony, je suis désolée…

— Apparemment, elle m'avait toujours aimé. Je l'ai donc fait souffrir. Elle était douce, maternelle… elle aurait pu rendre un homme parfaitement heureux. Mais pas moi. Tout cela à cause de toi. Je t'aimais alors, et je t'aime toujours.

— Et Véronica ?

— Oui, et moi ? dit Véronica en bâillant, avant de s'étirer comme une chatte.

Elle se figea en apercevant Zoé.

— Oh non ! Cela ne va pas recommencer ! dit-elle.

Puis, se tournant vers Tony, elle ajouta :

— Je vous avais pourtant dit de ne pas lui parler de ce qui s'était passé entre nous. C'est ma muse. J'en ai besoin. Je vous avais dit qu'elle était d'une jalousie maladive.

— Je me moque bien de ce que tu lui as dit ! cria Zoé en lui jetant un regard noir. Maintenant tu reprends tes hauts talons, ton damné cache-sexe et tes faux seins, et tu les rapportes dans ta villa ! Toute seule. Et à partir de maintenant, tu les écriras toute seule, tes satanés bouquins !

— Mais j'en suis incapable ! protesta Véronica d'une voix geignarde.

— Eh bien il fallait y penser avant de faire l'amour avec Tony sur ce tapis persan !

Elle hurlait presque, et Tony dut hausser la voix pour se faire entendre.

— Quel tapis persan ? demanda Tony.

— Peu importe le tapis ! Ouste, dehors ! Tous les deux !

— Mais il ne s'est rien passé entre nous ! protesta Tony.

Pour toute réponse, Zoé ouvrit sa porte à la volée.

— Tu dois me croire, insista-t-il.

— Je ne dois… rien du tout !

Zoé inspira profondément avant d'ajouter :

— Oh ! N'oublie pas Noah. Il dort dans mon lit.

Lorsque Véronica, Tony et Noah furent sortis, Zoé résista à la violente envie de claquer la porte. Par égard pour Noah, elle la ferma au contraire très doucement. Cependant, de retour dans sa chambre, elle entreprit de fourrer dans son sac à dos tous ses vêtements et son nécessaire de maquillage.

Alors qu'elle avait presque fini ses valises, son téléphone sonna.

Elle ne put s'empêcher de décrocher.

— Quoi que tu en penses, je t'aime, dit doucement Tony.

Zoé poussa un profond et douloureux soupir.

— Quand mes parents sont morts, dit-elle, j'ai souffert si fort, si longtemps… Je ne veux pas t'aimer de nouveau pour ne pas risquer de revivre une telle souffrance. Alors ne me rappelle pas. Plus jamais.

Sur ces mots, elle raccrocha violemment.

- 11 -

Même aux premières heures de la matinée, le soleil grec était éblouissant.

Du bout de la clé de son studio, Zoé cogna contre le comptoir de l'accueil.

— Il y a quelqu'un ?

Une grande femme mince en tailleur bordeaux sortit d'un bureau et s'avança, en souriant à Zoé.

— Votre neveu n'a pas dû s'ennuyer hier soir ! fit la femme avec un magnifique accent britannique.

Ignorant la remarque, Zoé lui tendit sa carte bancaire d'un geste sec.

— Vous prenez les cartes American Express ? dit-elle d'un ton acerbe.

L'employée introduisit la carte dans le lecteur et poursuivit, presque avec nostalgie :

— Lorsque votre neveu a fait irruption dans le parking, sa petite amie était debout sur la banquette arrière, les cheveux au vent. La voiture était décapotée… et pas seulement la voiture ! Je veux dire… sa petite amie avait les seins nus et s'amusait à agiter les bras vers le ciel. J'ai eu peur que quelqu'un les voie et appelle la police. Votre neveu aurait pu être arrêté.

— Si je les avais vus, j'aurais moi-même appelé la police.

L'employée lança à Zoé un drôle de regard en lui tendant sa note. Zoé s'en saisit sans mot dire et sortit vivement pour héler un taxi.

Juste au moment où un taxi jaune arrivait à sa hauteur, Noah la rejoignit en courant.

— Attends ! Attends ! Nous partons, nous aussi ! Tu as de la place pour nous ?

Zoé s'agenouilla, et Noah se jeta dans ses bras.

— Pas aujourd'hui, mon chéri.

Elle le regarda dans les yeux en lui caressant les cheveux, s'efforçant de photographier sa frimousse. Belles dents. Yeux bleu clair. Cheveux blonds en bataille. Taches de rousseur.

— Oh, Noah ! dit-elle en le serrant contre elle.

Il posa la tête sur son épaule.

— Tu pars parce que papa a une nouvelle amie ?

Zoé étouffa un profond soupir.

Il s'écarta doucement d'elle pour mieux voir son visage.

— C'est pour ça ? insista-t-il.

Sentant une profonde nostalgie l'envahir, la jeune femme le considéra sans répondre. Il portait un T-shirt blanc, un short beige trop grand pour lui et des sandales usées. Sans parler d'un collier de bonbons aux vives couleurs — dont un sur deux était déjà mangé. Par ailleurs, il tenait deux petits animaux en peluche et une feuille de papier jaune.

— Qu'est-ce que tu as dans la main ?

— C'est un papier que j'ai trouvé dans ta corbeille. Tu écris une histoire ?

— Oh, mon Dieu !

Il avait la feuille sur laquelle elle s'était épanchée la veille !

— C'est mon secret. Tu peux me le rendre ?

Son regard s'éclaira d'une lueur espiègle et il dissimula la feuille derrière son dos. Zoé s'apprêtait à le supplier de la lui rendre lorsque Tony sortit de l'immeuble avec deux valises.

Elle en oublia aussitôt ses stupides gribouillages. Elle devait s'esquiver — et vite.

— Au revoir, Noah, dit-elle en le serrant dans ses bras.

A peine s'était-elle redressée que Tony lui criait de l'attendre. Elle serra les doigts de Noah dans les siens et lui tapota la joue.

— Au revoir, répéta-t-elle. Je ne t'oublierai jamais.

Les yeux de Noah brillaient, mais ses joues étaient pâles.

— Hé ! Je vais te donner un de mes porte-bonheur, dit-il en glissant dans sa main un petit galet parfaitement rond.

— Merci, murmura-t-elle.

Soudain, il éclata en sanglots.

— Oh, mon chéri, ne pleure pas !

Elle s'agenouilla de nouveau, puis ajouta :

— Je voudrais bien pouvoir rester, mais c'est impossible.

— Tu peux rester. Tu peux faire tout ce que tu veux. C'est ce que dit Mammy.

— Non, Noah, dit-elle en montant dans le taxi.

Serrant très fort le galet de Noah contre son cœur, elle dit au chauffeur qu'elle était en retard pour attraper son avion. Il démarra en trombe, juste au moment où Tony les rejoignait, en lui criant de l'attendre.

Dans l'avion qui la ramenait à Athènes, Zoé était placée près du hublot. Une petite dame âgée aux cheveux blancs occupait le siège situé à côté du couloir. Entre les deux femmes se trouvait une place vide.

Soudain, un petit garçon en beige et blanc se glissa devant les genoux de la vieille dame et sauta sur le siège du milieu.

— J'ai l'impression que nous avons encore un problème de numérotation de places, dit une profonde voix masculine vibrante de tension.

— Zoé, nous pourrons jouer ensemble dès que j'aurai fini cette partie, dit Noah.

Zoé ne leva même pas la tête en direction de Tony.

— Va-t'en et laisse-moi tranquille ! chuchota-t-elle en bouclant sa ceinture.

— Pas avant que je me sois expliqué.

— Je suis capable de reconstituer l'histoire toute seule, merci bien ! Véronica était debout à moitié nue dans ta voiture. Et sa petite culotte et son soutien-gorge étaient dans ta poche. Que veux-tu expliquer de plus ?

La dame aux cheveux blancs prit une profonde inspiration. Son regard passa de Tony à Zoé.

Heureusement, Noah était complètement absorbé par son jeu.

— C'est Véronica qui a eu cette idée. Pas moi.

— Mais c'est toi qui en as profité au maximum !

— Que voulais-tu que je fasse d'autre ? C'est *ton* auteur vedette !

— Plus maintenant !

— Je ne vois pas ce que tu pourrais me reprocher !

— Tu l'as laissée me trahir de nouveau.

— De nouveau ?

— Laisse tomber !

— C'est toi qui nous as présentés. Tu aurais pu me dire la veille de quel genre de personne il s'agissait.

— Je te rappelle que je ne t'ai jamais demandé de venir nous rejoindre, au contraire, même. Tu vois, je ne te faisais pas confiance, et j'avais raison ! Tu nous as suivies. Puis tu t'es emballé pour elle comme un adolescent boutonneux.

— Tout ceci est ridicule !

— C'est bien mon avis. Va-t'en !

Le nombre de passagers bloqués derrière Tony s'accroissait rapidement. Enfin, une hôtesse parvint à se frayer un chemin jusqu'à Tony et Zoé. Elle prit leurs billets, puis s'en alla compter les sièges. Une fois. Deux fois. Trois fois.

Lorsqu'elle revint, elle était visiblement très tendue.

— Monsieur, dit-elle en lui rendant ses billets, je suis désolée, mais nous n'avons pas assez de sièges.

— J'ai deux billets valides.

— Mais nous, nous n'avons plus qu'une place libre. Il en faut deux pour vous et votre fils.

Noah leva le nez de son jeu électronique.

— Je vais m'asseoir à côté de tante Zoé. Toi, papa, tu peux prendre l'avion suivant.

— Mais je vais à New York, mon chéri, dit Zoé.

— Nous aussi ! répliqua Noah.

— Quoi ?

Zoé lança à Tony un regard des plus noirs.

— Ne t'avise pas de me suivre jusqu'à New York !

— Si tu ne veux pas m'écouter, tu ne me laisses pas le choix. Il faut que nous parlions.

— Nous n'avons rien à nous dire. Je ne veux plus te voir, compris ? Tout est fini entre nous. Complètement fini !

L'hôtesse choisit cet instant pour intervenir.

— Monsieur, monsieur... Vous voyez bien que vous devez descendre de l'avion.

— Très bien, je m'en vais. Et toi aussi, jeune homme ! dit-il en détachant la ceinture de Noah. Zoé, tu as gagné cette manche.

— Tu pourrais descendre aussi, tante Zoé, et venir avec nous !

— Malheureusement, ce n'est pas possible...

— Tante Zoé...

— Arrête de l'appeler comme ça ! lança Tony. Elle n'est pas vraiment ta tante, nom d'un chien !

— C'est toi qui as dit qu'elle l'était !

— J'ai dit cela pour la faire enrager.

— Si tu voulais bien être gentil et lui dire que tu t'excuses, fit remarquer Noah, elle descendrait peut-être, elle aussi !

— Noah ! Nous devons partir ! gronda-t-il en obligeant Noah à se lever.

Tandis que son père le poussait vers la sortie, le petit garçon ne cessa de se retourner pour voir si Zoé ne changeait pas d'avis, ne décidait pas au dernier moment de les suivre...

Il n'en fut rien.

La dernière image qui s'imprima dans l'esprit de Zoé fut celle de Noah cramponné à une barrière, et faisant de grands gestes de bras en direction de l'avion.

La jeune femme posa les mains sur le hublot. Des gouttes de condensation y coulaient comme autant de larmes.

Père et fils s'estompèrent au loin.

— Il est mignon, ce petit ! dit la vieille dame. Adorable.

— Oh oui !

— Et cet homme est d'une beauté diabolique.

Diabolique. Oui, c'était le mot… Zoé fit mine de se plonger dans la lecture de son livre de poche, mais les mots se télescopaient devant ses yeux. Elle était incapable de lire, tant son esprit était confus. Elle ne pouvait rien faire d'autre que rester assise. Et penser à tout ce qu'elle venait de perdre.

A peine Zoé était-elle entrée dans son appartement que Pacha se précipita vers elle et se frotta contre ses jambes. Puis il se mit à renifler ses vêtements et son sac à dos, comme s'il cherchait à deviner où sa maîtresse était allée.

Trouvant à son goût l'odeur de la robe bain de soleil rangée dans le sac à dos, Pacha s'étendit dessus, regardant sa maîtresse en plissant les paupières et en remuant la queue, comme pour la mettre au défi de le déloger.

— J'ai l'impression qu'il ne me reste plus qu'à ouvrir une boîte de thon si je veux sortir un jour mes affaires de ce sac !

Au moment où Zoé prenait la boîte de thon dans le placard de la cuisine, la sonnette de la porte d'entrée retentit.

Le cœur battant, elle se précipita dans le vestibule. Le judas lui transmit l'image d'Abdul en train de se redresser et d'ajuster sa cravate. Lorsqu'elle leva le premier verrou, il avança virilement le menton. Il portait le costume bleu de laine peignée qu'il s'était fait confectionner sur mesure l'automne précédent à Londres.

Il ne le portait que dans les plus grandes occasions, elle le savait.

Lorsque Zoé lui ouvrit enfin la porte, elle s'aperçut qu'il tenait un bouquet de roses rouges et un petit coffret de velours noir.

— Qu'est-ce qui t'amène ? demanda-t-elle.

— Rien de particulier, dit-il en lui souriant gentiment. Je me suis seulement souvenu des tableaux que tu avais entreposés dans le hall. Il faudra bien les accrocher un jour ou l'autre. Tes plafonds sont hauts, et moi, je suis grand, expliqua-t-il en lui tendant le bouquet.

Elle se retint de lui rire au visage. Que croyait-il ? Qu'elle allait lui pardonner aussi sec ? Enfin, rien ne l'empêchait de le laisser lui rendre ce service, avant de le mettre dehors.

— Merci, fit-elle en prenant le bouquet, mais d'une voix délibérément froide. J'adore les roses. Ce sont les fleurs que je préfère.

Si l'on exceptait les lupins.

— Elles sont magnifiques, poursuivit-elle en humant leur parfum. Je vais chercher un vase. C'est aussi très gentil de ta part de t'être souvenu de ces tableaux.

— C'est la moindre des choses. Je t'avais promis de les accrocher, n'est-ce pas ?

— Il y a des mois de cela…

Elle apporta un tabouret et lui tint les outils pendant qu'il travaillait au-dessus de ses étagères. Lorsqu'il eut fixé les trois photographies — qui toutes représentaient Pacha dans des poses adorables —, Zoé prépara du thé au jasmin.

— Alors, c'était bien, Rhodes ? demanda-t-il en pressant la tranche de citron avec sa cuiller.

La jeune femme avala une gorgée, et reposa vivement sa tasse pour ne pas se brûler.

— Je préfère New York.

— Tes vacances n'étaient pas terribles ?

— Rhodes est une très jolie ville, mais je n'ai pas vraiment envie d'en parler.

Ils n'avaient pas fini de boire leur thé que la sonnette retentissait de nouveau.

— Tu attends quelqu'un ?

— Non. Cela fait à peine une heure que je suis rentrée, et on se croirait déjà dans le métro à 6 heures !

— Tu as dû manquer à beaucoup de gens. Moi, en tout cas, tu m'as manqué.

Soulagée de ne plus se trouver seule face à Abdul et à son petit écrin noir, elle se leva.

De nouveau, elle regarda par le judas.

— Noah ! Tony ! s'écria-t-elle en ouvrant la porte.

Noah bondit dans l'appartement, mais Tony s'arrêta brutalement en voyant Abdul et ses fleurs. Et l'écrin de velours noir à côté des tasses à thé presque vides.

Abdul se leva.

— Qui est-ce ? dit-il, comme s'il avait encore le droit de poser cette question.

— Qui est-ce ? s'enquit Tony d'un ton aussi possessif et désagréablement surpris que celui d'Abdul.

— Je suis son petit ami, si vous voulez savoir ! gronda Abdul. Et vous ?

— Son petit ami ? Depuis quand ?

— Depuis un an.

Le regard de Tony était rivé à Zoé, dans l'espoir de lire sur son visage livide qu'Abdul mentait.

Mais elle fit « oui » de la tête.

— Je t'avais pourtant dit ne pas me suivre jusqu'ici !

— Alors, moi, je ne compte pas pour toi ? Il ne s'est rien passé entre nous à Rhodes ?

— Pas plus qu'entre toi et Véronica !

— Mais il ne s'est rien passé avec Véronica ! C'est ce que je me tue à te dire !

— Justement ! Il ne s'est rien passé non plus entre nous à Rhodes !

Elle ouvrit davantage la porte.

— S'il te plaît, va-t'en !

— J'ai compris, fit-il enfin. Viens, Noah.

— Mais nous venons à peine d'entrer, papa ! Et elle a un gros chat génial ! dit le petit garçon en reniflant.

— Laisse ce chat tranquille. Tu es allergique. Il pourrait te mordre.

— Sûrement pas ! s'écria Zoé, toutes griffes dehors. Il a très bon caractère !

Tandis que Noah s'agenouillait pour chouchouter Pacha, Tony se tourna vers Zoé.

— Une dernière chose avant que je parte.

— Contente-toi de t'en aller !

Sans laisser à Zoé le temps de se rendre compte de ce qui lui arrivait, Tony la rejoignit d'une grande enjambée et la prit brusquement dans ses bras. Pendant quelques instants — qui parurent à Zoé une éternité —, il laissa planer sa bouche au-dessus de la sienne. Puis il poussa la jeune femme contre le mur.

— Ne fais pas cela ! supplia-t-elle, alors même

que la violence de son propre désir faisait battre son cœur à toute volée.

— Je t'aime, petite idiote ! murmura-t-il. Cela ne compte pas pour toi ?

D'un air buté, elle secoua la tête.

— Cela ne compte pas si tu triches et si tu mens !

— Allons ! Tu présumes toujours le pire de moi. Et de toi-même. Même lorsque nous étions adolescents, tu n'as jamais voulu croire que nous étions faits l'un pour l'autre. Tu te croyais ringarde. En réalité, tu étais adorable, douce, intelligente... Je t'aimais, mais tu n'as jamais voulu me croire.

— Tu es passé de mes bras à ceux de Judith !

— Ce n'est pas vrai. C'est ce que tu as cru, et c'est pour cela que tu as épousé mon oncle. Ensuite, c'est moi qui ai été stupide d'épouser Judith sur un coup de tête. Je l'ai rendue malheureuse parce que je t'aimais. Mais à quoi bon t'expliquer ? Tu as si peu confiance en toi que tu préféreras croire ta propre version négative !

Il la serra davantage contre lui. Puis, avec une passion désespérée, il fit pleuvoir un déluge de baisers sur son visage, ses joues, l'amorce d'ivoire de ses seins.

Elle se raidit et tenta de le repousser. Ses baisers pressants faisaient resurgir en elle des sentiments qu'elle aurait voulu oublier, des sentiments et des vérités qui ne cesseraient que s'il s'arrêtait de la tenir ainsi dans ses bras.

— Tu m'as humiliée à Rhodes, et tu recommenceras ! dit-elle. Tu n'aurais pas dû venir ! Tu n'as pas le droit de me faire cela ! Nous n'avons pas le droit de faire cela !

— Je t'en prie, Zoé ! Si je suis venu, c'est pour te demander de m'épouser. Nous pourrions sauter dans un avion et nous marier aujourd'hui même à Las Vegas !

— Je ne veux pas t'épouser, Tony. Tu dois m'oublier.

La langue de Tony se glissa entre ses lèvres, et elle gémit.

— T'oublier est la dernière chose dont je sois capable dans cette vie, dit-il.

— Vraiment ?

La souffrance qu'elle lut dans ses yeux lui déchira le cœur. Il l'embrassa de nouveau, tendrement cette fois, et avec tant d'amour qu'elle se sentit fondre.

Et pourtant, elle ne lui avait pas dit qu'elle l'aimait. Elle ne lui avait même pas rendu son baiser. Car elle ne serait jamais capable de le garder. Elle le savait, à présent. Il y aurait toujours une Judith ou une Véronica entre eux.

Lorsqu'il s'écarta d'elle, elle détourna la tête.

— Epouse-moi, murmura-t-il.

— Non.

Elle garda les yeux rivés au sol jusqu'à ce que Tony et Noah aient quitté son appartement.

— Qui était cet olibrius ? demanda Abdul d'un ton grincheux, sans quitter sa chaise.

Zoé poussa un soupir. Elle avait totalement oublié la présence d'Abdul.

— Toi aussi, Abdul.

— Quoi, moi aussi ?

— Va-t'en.

— Moi ?

— Oui, toi et ton petit écrin à bijoux.

— Tu ne sais même pas ce qu'il contient !

— Ce que je sais me suffit, répliqua-t-elle en prenant le coffret pour le lui remettre. Je sais que nous ne sommes pas faits l'un pour l'autre, expliqua-t-elle. Je… je crois que je suis sortie avec toi uniquement parce que tu lui ressemblais.

— Moi, je ressemble à l'homme des cavernes qui était ici avec le gamin ?

Zoé soupira.

— Tu es un homme bien. Trouve une fille bien comme toi, et ta vie sera belle.

— Qu'est-ce que tu vas faire, maintenant ?

— Aucune idée. J'ai besoin d'être seule quelque temps… pour réfléchir.

— Tu m'en veux toujours pour Véronica, c'est ça ?

Il ne pouvait pas le savoir, mais ces mots résonnèrent amèrement en elle. Comme elle ne répondait pas, il enchaîna :

— Ecoute, Zoé, c'est humain ! Et puis, toi et moi, nous n'étions pas mariés. Et tu étais toujours tellement occupée.

— C'est vrai. Je passais mon temps à lire et à m'inquiéter pour mon travail.

— Et pour cet auteur frappadingue. Tu ne m'accordais guère d'attention !

— Alors trouve-toi une gentille fille qui t'en accordera assez, dit Zoé d'une voix lasse.

Abdul se dirigea vers la porte, puis il se retourna.

— Tu sais Zoé, ça me fait mal de l'admettre, mais l'homme des cavernes a eu raison de dire que tu ne crois pas assez en toi. Tu devrais l'écouter. Je t'ai souvent dit la même chose.

— Je n'ai vraiment pas besoin de tes conseils !

— Tu devrais essayer d'écouter les autres, parfois.

Elle posa la main sur son bras.

— Au revoir, Abdul.

Après un dernier regard, il sortit et la laissa seule.

Bel et bien seule, cette fois.

Ses lèvres brûlaient encore au souvenir des baisers de Tony. Et son cœur brûlait d'envie de le revoir… Pourtant, l'intensité même du désir qu'elle éprouvait

renforçait encore sa détermination à oublier Tony
Duke à jamais…

Las Vegas ? Il lui avait demandé de l'épouser. Il
avait dit qu'il l'aimait.

Elle promena ses doigts sur ses lèvres meur-
tries.

— Moi aussi, je t'aime ! murmura-t-elle en
essuyant les larmes brûlantes qui s'amoncelaient
dans ses yeux.

- 12 -

Tony ne quittait pas des yeux le cheval sauvage qui ruait au centre du corral.

— Je t'interdis de remonter sur cet animal fou furieux ! dit Henrietta. Je ne veux pas rester ici à ne rien faire pendant que mon fils unique se suicide !

— Alors, rentre à la maison ! répliqua Tony en s'adossant à la clôture de bois.

— Ne fais pas l'insolent !

Tony se mordit la lèvre pour s'empêcher de répondre. Depuis son retour de Rhodes, il en voulait furieusement à sa mère de l'avoir remis en présence de Zoé.

— Pourquoi tu ne peux pas le monter, papa ? s'enquit Noah. Tu dis toujours que tu pourrais chevaucher n'importe quoi !

— C'est pourtant vrai ! Vous n'êtes plus vous-même depuis votre retour, patron !

Frank cracha une chique à deux centimètres des bottes de Tony.

— Vous n'êtes plus dans le coup ! insista-t-il.

Faire semblant. Tony n'avait rien fait d'autre depuis son retour de New York. Sans Zoé, il ne vivait plus réellement. Et il n'y pouvait rien, sinon subir les journées interminables et les nuits infernales.

Sinon espérer, envers et contre tout, qu'un jour...

— Tu as mieux à faire que monter cette furie, dit Henrietta. Faire un tour aux écuries, par exemple, ou réviser ces nouveaux baux de chasse.

Bien sûr, elle avait raison. Mais lutter avec ce cheval sauvage était pour lui le seul moyen d'oublier Zoé — d'oublier qu'il l'avait perdue. Grâce aux blessures qu'il se faisait en le chevauchant, il ne sentait plus celles de son cœur. Pour survivre, il lui fallait ignorer sa souffrance et aller de l'avant.

Il enfonça son chapeau jusqu'aux sourcils et s'empara des épaisses rênes de coton tressé que le cheval traînait à terre. A sa grande surprise, l'animal se tint tranquille lorsqu'il mit le pied à l'étrier. Puis Tony se hissa vivement en selle. Quelques secondes plus tard, il avait glissé son autre botte dans le deuxième étrier.

Le cheval ne réagissait toujours pas.

— Ne restez pas tranquillement assis comme une mauviette, patron !

— Fermez-la, Frank ! cria Henrietta.

— Avance, papa !

Tony éperonna doucement l'animal, qui se déchaîna aussitôt, passant des ruades à la posture debout sur les pattes de derrière, puis plongeant de nouveau en avant… Plusieurs fois, le cheval tomba de tout son poids à terre, avec un bruit sourd à vous glacer les os.

— Vous l'avez eu, patron !

Trouvant sans doute cette affirmation un peu prématurée, le cheval baissa la tête d'un air obstiné.

— Relevez-lui la tête, patron !

— Plus facile à dire qu'à faire ! fulmina Tony en tirant de toutes ses forces sur les rênes.

L'animal se remit à ruer dans tous les sens, et Tony ne tarda pas à avoir mal partout. Ce qui était une très bonne chose, car, par moments, cela l'empêchait de se souvenir de Zoé.

Soudain, Frank proféra une bordée de jurons : Tony venait d'être projeté dans les airs et jurait encore plus fort que Frank.

Il retomba durement sur le sol, s'égratignant le menton et la mâchoire contre une pierre. Sa douleur fut si vive qu'il cessa totalement de penser à *elle*.

Zoé détestait les printemps pluvieux.

Et il pleuvait sur les baies vitrées des bureaux de Field and Curtis. Les immeubles sombres alignés de l'autre côté de la rue semblaient supporter le ciel bas et noir.

— Tu dois parler à Véronica, dit Ursula.

— Je ne suis plus son éditrice !

Ursula haussa les sourcils, et Zoé croisa les bras sur sa poitrine, en espérant que la directrice éditoriale ne soupçonnerait pas l'intense panique qui s'insinuait en elle.

Ursula était toujours si calme, si maîtresse d'elle-même. Ses cheveux noirs et brillants, coupés au carré, étaient parfaitement peignés, comme à l'accoutumée. Elle portait des talons hauts et un tailleur de soie bleu marine.

En comparaison, avec son pantalon froissé et son pull de coton, Zoé se sentait bien peu séduisante. En révisant un manuscrit, elle avait planté un stylo rouge dans son chignon en bataille et l'y avait oublié.

— Crois-moi, je ne te demanderais pas de le faire si j'avais le choix. Mais nous avons tous essayé de travailler avec Véronica. Elle est…

— Impossible, souffla Zoé.

— Entre elle et toi, il y a une affinité spéciale.

— C'était ce que je croyais, *avant*…

Derrière Ursula se profilaient les tristes gratte-ciel nimbés de brume. Comment avait-elle jamais pu avoir envie de travailler à New York ? La vie qu'on y menait était artificielle et vide. Tout compte fait, elle ne lui convenait absolument pas.

— Qu'est-ce qui s'est passé à Rhodes, exactement ? demanda Ursula d'une voix radoucie.

Le stylo rouge tomba du chignon de Zoé, qui se pencha pour le ramasser.

— C'est compliqué.

— Véronica et toi, vous avez fait là-bas un merveilleux travail. Elle a écrit les trois quarts d'un livre génial !

— Le reste viendra, ne t'inquiète pas.

— Pourquoi ne peux-tu pas juste lui parler ?

— Parce que je… je…

Quelqu'un frappa à la porte, et Zoé leva les yeux vers Ursula, qui se mit à rougir.

— En fait, je voulais te prévenir…

Mais elle n'eut pas le temps de finir qu'une jeune femme blonde — plutôt mince malgré ses seins plantureux — entra dans le bureau. Véronica était sobrement vêtue d'un tailleur de soie noire.

Zoé se retourna vers la directrice éditoriale, et soutint son regard sévère.

Ursula haussa de nouveau les sourcils.

— Elle m'a suppliée de pouvoir te parler. Pourquoi ne profiteriez-vous pas de mon bureau pour régler votre petit différend ?

— Petit différend ? répéta Zoé, sidérée.

— Vous vous sentirez mieux après, toutes les deux. Je vous laisse, j'ai un rendez-vous…

— Ursula, tu ne vas tout de même pas me laisser seule avec elle ? supplia Zoé.

Sans répondre, Ursula prit son sac à main et son porte-documents, avant de se glisser hors de son bureau.

— Tu aimes ça ? demanda Véronica en tapotant le pudique chignon qui emprisonnait ses cheveux blonds. Je veux dire… mon nouveau look plein de réserve ?

— Tu sembles peut-être réservée… Mais ça ne trompe personne !

— Pourquoi n'es-tu pas avec lui et Noah ? demanda Véronica.

— Qui, Tony ? Tu connais la réponse mieux que moi !

— Mais nous n'avons… Nous n'avons rien fait… Il n'a pas voulu !

— Il n'a pas voulu ? Comment espères-tu me faire croire une chose pareille ? Comment veux-tu que je te croie ?

— Tu ne crois pas non plus en toi-même ! riposta Véronica. Comme je suis dans ton cas, c'est sans doute pour cela que nous travaillons si bien ensemble… Et que nous accouchons de petits miracles littéraires.

— Il n'a pas voulu ?

— Non. Alors que j'étais déchaînée…

— Mais cette petite culotte dans sa poche ?

— Je ne me souviens pas de l'avoir ôtée, je le jure. Cet ouzo… Mon analyste me conjure de ne plus boire… et de renoncer aux hommes ! Du moins jusqu'à ce que je sache de nouveau me contrôler. Et, depuis mon retour de Rhodes, je m'y tiens ! Je m'excuse de tout mon cœur, Zoé. J'ai gâché ce qui se passait entre vous deux. J'ai vu Noah. Il est adorable. Il a besoin de toi. Je suis désolée pour lui aussi. Et pour avoir tout gâché entre toi et moi.

— Tu te rends compte que cela ne sert à rien de dire que tu es désolée si tu ne changes pas de conduite ?

— Je me suis évanouie au restaurant, après ton départ. Tony n'a rien fait d'autre qu'essayer de me ramener chez moi pour m'éviter des ennuis. Mais je ne voulais pas lui dire où se trouvait ma villa. De toute façon, je ne suis pas sûre que j'aurais pu m'en souvenir... Alors, j'ai essayé de le séduire, et il m'a dit qu'il t'aimait, qu'il t'avait toujours aimée... même lorsqu'il était marié.

— Il n'a vraiment rien voulu faire ?

— Combien de fois vais-je être obligée de te le dire ? Il s'est comporté en parfait gentleman. Il prenait soin de moi parce que j'étais ton principal auteur. C'était par loyauté pour toi.

Zoé se leva d'un bond et gagna la porte.

— Où vas-tu ? Et mon livre ?

— Rentre chez toi et écris-le. Ecris n'importe quoi. Crois en toi. L'inspiration viendra.

— Mais...

— Fais-le. Tu as écrit quatre best-sellers.

— Grâce à toi ! Arrête ! Où vas-tu ?

— J'ai un coup de téléphone à donner et un avion à prendre.

— Où...

— Las Vegas. Je me marie.

— Tony est au courant ?

225

— Il le sera dès que j'aurai donné ce coup de téléphone.

Zoé sortit son portable de sa poche avant de poursuivre :

— Je vais immédiatement le demander en mariage.

— Génial ! Vraiment génial ! Je l'ai !

— Qu'est-ce que tu as ?

— La fin de mon bouquin ! Toute cette passion ! Je sens que ça vient ! s'écria Véronica en se jetant dans les bras de Zoé.

— Ce qui vient aussi, c'est ta confiance en toi. Je n'ai rien fait pour t'aider à trouver la fin de ton livre. Tu as seulement débarrassé ton esprit de toutes tes peurs. Et c'est aussi ce que tu m'as aidée à faire, ajouta-t-elle en se libérant de son étreinte et en se précipitant vers la porte. J'avais peur de croire Tony. J'avais peur de croire en moi. Peur d'aimer. Mais je l'aime ! Je l'aime !

Le téléphone collé à l'oreille, Zoé s'assit à son bureau. Dehors, la pluie venait de cesser.

— Las Vegas ? murmura lentement Tony, sans vraiment comprendre. Pourquoi grands dieux irais-je te rejoindre là-bas ?

— Tu m'as demandée en mariage.

— Tu as répondu non.

— Eh bien, je le regrette.

Il y eut un long silence au bout du fil.

— Je viens de lire ce que tu as écrit à mon sujet en Grèce, dit-il enfin. Noah avait trouvé cela dans ta poubelle.

Zoé eut soudain le plus grand mal à respirer.

— Avant de le lire, ajouta-t-il, je pensais que tu me détestais.

Oh mon Dieu ! Maintenant, il savait qu'elle l'aimait désespérément !

— Oui ou non, murmura-t-elle, veux-tu m'épouser ?

— Tu es sérieuse ? Pour toujours ? Tu étais bouleversée en Grèce… Malgré ton amour pour moi, tu ne voulais plus jamais me revoir. Tu disais que l'amour te rendait trop vulnérable, que tu ne voulais plus jamais souffrir comme tu avais souffert quand tu avais perdu tes parents. Que si tu évitais d'être intime avec les gens que tu aimais, tu ne risquerais plus de souffrir à ce point, en cas de trahison… Puis, à New York, tu m'as encore repoussé. Pourquoi as-tu changé d'avis ?

— Parce que je t'aime. Je t'ai toujours aimé, et je t'aimerai toujours. Il faut seulement que je me mette à croire en moi et en nous. Je n'aurai sans doute jamais le chagrin de te perdre.

— Je suis si heureux ! s'exclama-t-il. J'ai failli me faire tuer sur un cheval sauvage il y a quelque temps. Sans toi, ma propre vie ne vaut pas grand-chose à mes yeux.

— Je connais ça.

— Et ton métier d'éditrice ?

— Je peux travailler en free-lance tout en vivant au Texas. Peut-être pourrais-je même écrire autre chose que des radotages intimes.

— Hé ! C'était bien, ta page !

— Tu dis ça parce que, grâce à ce gribouillis, tu sais maintenant que je suis folle de toi ! répondit-elle avec un petit rire. Oh, Tony, ajouta-t-elle tandis qu'une bouffée de bonheur l'envahissait, tu es tout pour moi. Oh… toi et Noah. J'ai hâte de lui parler.

— Il n'est pas loin, attends un instant.

En attendant qu'il trouve Noah, Zoé regarda par la fenêtre et se sentit tout à coup sur un petit nuage. Elle était si totalement aimée. Avant même d'être mariée, elle était déjà certaine de former une vraie famille avec Tony et Noah…

L'amour. Ce simple mot recélait toute la magie du monde.

La voix de Noah la fit sursauter.

— Dis donc ! C'est vrai que tu vas être ma nouvelle maman ?

Le cœur de Zoé s'enfla dans sa poitrine, tandis que des larmes de bonheur coulaient sur ses joues.

— Oui mon chéri !

— Tu sais quoi ? Mammy dit que, quelquefois, les horoscopes se réalisent.

— Les horoscopes ?

— Tu sais, sur les cookies. Le nôtre s'est réalisé. J'ai une nouvelle maman. Et papa, il t'a, toi.

— Oh, Noah ! Comme il me tarde de te revoir !

— Papa veut te parler encore.

— Il y a une chose que j'aimerais savoir, dit Tony.

— Tout ce que tu voudras.

— Est-ce que toi et l'oncle Duncan… Je veux dire, a-t-il été capable de consommer le mariage ?

— Je ne sais pas. Il n'a jamais voulu me le dire.

— Que veux-tu… ?

— Je n'ai absolument aucun souvenir de notre nuit de noces.

— Eh bien, moi, je jure sur ce qu'il y a de plus sacré au monde que tu te souviendras de *notre* nuit de noces !

— Dans ce cas, il ne faut pas que je boive d'ouzo ! le taquina-t-elle.

Épilogue

La suite des jeunes mariés était dotée de murs dorés, d'un tapis rouge et d'une terrasse avec vue imprenable sur Las Vegas. De riches arrangements floraux encadraient le lit géant.

Zoé se lova contre son époux. Tout en frottant paresseusement son corps contre le sien, elle lui effleura d'un doigt l'arête du nez.

— Tu es si beau... Je n'arrive pas encore à croire que tu sois tout à moi ! dit-elle.

— Tu peux pourtant le croire.

— Comme je n'arrive pas à croire que tu m'aies fait l'amour toute la nuit !

— Pourtant, je m'en souviens moi... Et j'ai bien l'intention de recommencer souvent !

Il enroula une mèche de cheveux auburn autour de son doigt.

— Je n'arrive pas non plus à croire que tous les citoyens de Shady Lomas nous aient envoyé des fleurs ! dit-elle.

Le visage de Tony s'éclaira d'un large sourire.

— Ton ancienne mauvaise réputation est oubliée. Tu as épousé un homme bien, et tu es devenue maman, par-dessus le marché.

— A propos, je me demande où est passé Noah.

— Véronica a intérêt à bien le surveiller, avec toutes ces machines à sous.

Tante Peggy et Henrietta avaient loué une immense suite. Avec Véronica, elles étaient censées se relayer pour avoir l'œil sur le petit garçon, tandis que les deux autres allaient tenter leur chance au casino du rez-de-chaussée. L'ennui, c'était que les machines à sous exerçaient une véritable fascination sur Noah, qui ne pensait plus qu'à descendre retrouver les deux autres femmes.

— Moi, ce que je n'arrive toujours pas à croire, c'est que tu aies pris Véronica comme demoiselle d'honneur.

— Elle m'a tout expliqué. Elle m'a dit que tu t'étais comporté avec elle comme le plus merveilleux des gentlemen.

— Comment se fait-il que tu l'aies crue, elle ? Moi, tu ne voulais même pas m'écouter !

— C'est peut-être que j'étais trop malheureuse sans toi. Je me rendais compte que mon entêtement ne payait guère !

— C'est incroyable comme elle s'est montrée discrète et bien élevée pendant la cérémonie. Son tailleur lui montait jusqu'au cou. Et elle est si gentille avec Noah.

— Elle a bien changé, dit Zoé. Elle a changé de psy. Elle répète qu'elle adore les enfants. Et qu'elle a banni l'ouzo de sa vie ! ajouta-t-elle en riant.

— Tant mieux. Derrière tous ses masques, c'est sans doute une personne merveilleuse.

— C'est vrai.

— Mais c'est toi qui es vraiment merveilleuse ! s'exclama Tony en embrassant son épouse sur les lèvres, puis sur la joue.

Le feu de la passion se réveilla aussitôt en elle.

— Attends un peu, murmura-t-elle d'un ton espiègle.

— Quoi ?

Zoé passa les bras autour de ses larges épaules et roula sur lui.

— Cette fois, c'est moi qui vais te faire l'amour.

Des lèvres et du bout de la langue, elle lui effleura habilement le cou, la poitrine. Tony n'émit pas l'ombre d'une protestation. Et pas davantage lorsqu'elle descendit encore...

— Tu sais, dit-elle en relevant la tête, je rêvais de réussir brillamment à New York, pour te prouver que je valais quelque chose ! C'est drôle, mais en t'épousant — et en t'embrassant —, je sais que tous mes rêves se sont réalisés !

— Les miens aussi, murmura-t-il d'une voix rauque.

— Je crois pleinement en toi et en moi, à présent.

— Il était temps !

Il la prit dans ses bras et roula sur elle.

— Tu ne veux pas que je te fasse l'amour ? murmura-t-elle.

— J'ai trop envie de te faire l'amour, moi. Je t'aime. Oh, je t'aime tant !

Le visage rayonnant de Zoé s'éclaira encore davantage.

— Je t'aime, moi aussi.

Ils s'embrassèrent, se serrant très fort l'un contre l'autre, comme pour faire durer éternellement cet instant.

Puis il s'écarta légèrement d'elle, les yeux plongés dans les siens, et lui sourit.

LEANNE BANKS

Le souffle du désir

éditions Harlequin

Titre original : THE LONE RIDER TAKES A BRIDE

Traduction française de FRANÇOISE HENRY

Prologue

Petit matin. Dimanche.

Le visage dissimulé sous un maquillage de camouflage, Ben Palmer, dix ans, était paré pour sa mission.

— Quand faut y aller, faut y aller, dit-il en pointant le faisceau de sa lampe torche sur le graffiti peint par Butch Polnecek sur la cabane dans les arbres du Club des Mauvais Garçons.

En grosses lettres s'étalait le pluriel d'un mot capable de mettre hors de lui l'homme le plus paisible de la terre.

MAUVIETTES.

— Je pense toujours qu'on devrait le ligoter, l'enduire de miel et l'abandonner aux abeilles, dit Nick.

De tous les membres du club, Nick était probablement celui qui avait le plus cruellement ressenti cette injure. Petit, maigrelet et affligé de lunettes, il se rapprochait assez par son aspect physique d'une mauviette. Il possédait toutefois un noble esprit masculin. Et du caractère.

— On aurait des ennuis, nota Ben.

Et, entre son expérience et celle de Maddie, sa sœur aînée, il s'y connaissait en ennuis.

Il rajouta un peu de maquillage kaki sur le nez de Nick.

— Le but, c'est que Butch ait des ennuis ; pas nous.

— Ben a raison, intervint Joey, qui chevauchait sa vieille bicyclette à côté de Stan.

Joey était le seul à ne pas habiter Cherry Lane. Ses parents semblaient toujours absents. Ben n'avait même jamais vu son père. Mais Joey était un type super, bon en maths et évitant soigneusement les ennuis.

Quant à Butch, c'était une brute. Il se moquait toujours des Mauvais Garçons, visitait en douce leur cabane et ne ratait jamais une occasion de tabasser Nick. C'était le genre de gosse à faire des coups en douce, comme mettre des boules puantes dans les casiers. Mais il ne se faisait jamais prendre. Les Mauvais Garçons étaient d'accord : Butch était un être détestable et il méritait une bonne leçon.

— D'accord, dit Stan, le chef. Ben ouvrira la voie à travers les haies avec son vélo. Vous les gars, vous suivrez pendant que, moi, je vous couvrirai.

— Et nous laisserons à Butch un beau cadeau, dit Ben d'un air ravi.

Les garçons échangèrent des sourires complices.

— Le père de Butch tient beaucoup à l'aspect de ses haies, dit Stan. Et comme il a confié leur entretien à son fils, ce sale môme va devoir les tailler au lieu d'aller faire la fête à la piscine !

— Ouais, fit Joey.

Il jeta un regard admirateur à la bicyclette de Ben.

— Tu as un chouette vélo. J'aimerais bien en avoir un pareil.

— Tu devrais demander à ton père de t'en rapporter un de ses voyages, dit Ben.

Il se demanda pourquoi Joey avait de nouveau l'air si sombre.

— Allez ! ajouta-t-il. Quand on aura nos permis de conduire, on pourra tous avoir des motos et des tatouages !

— Ta mère te tuerait si tu rentrais tatoué ! dit Stan. Et puis, quand tu auras ton permis, ton père te fera conduire sa grosse familiale. Même qu'il te fera sûrement porter un costume pour passer l'examen.

Ben grimaça. Pourquoi fallait-il que ses parents soient les gens les plus aisés du quartier ? Et qu'ils se préoccupent autant de l'opinion de leurs voisins ? D'aussi loin qu'il se souvienne, il avait été en conflit avec leur autorité. Sa mère le coiffait méticuleusement, et la seconde d'après, il s'ébouriffait les cheveux. Elle rentrait sa chemise dans son pantalon, il la sortait et la laissait pendre. Son père réglait son transistor sur une station, il se dépêchait d'en capter une autre. Ses parents n'étaient pas méchants ; seulement, si c'était ça la vie d'adulte, Ben n'avait vraiment pas envie de grandir.

— Le jour où tu me verras porter un costume, c'est que les poules auront des dents ! répliqua-t-il. Et quand je serai grand, je ne conduirai pas de voiture, juste une moto.

— Et quand tu auras une petite amie ? objecta Stan. Et des enfants ?

— Une petite amie ! s'exclama Ben avec un frisson de dégoût.

Les filles, c'était mignon, mais ça jouait à des jeux mortellement ennuyeux comme la poupée. Pourtant, même si Ben n'en comprenait pas la raison, il fallait reconnaître que la plupart des garçons plus âgés s'encombraient de petites amies.

— Si j'ai une petite amie, elle devra conduire sa moto.

— D'accord, d'accord, concéda Stan. Bon, nous avons du pain sur la planche. Est-ce que tout le monde a pensé à se débarrasser de sa sonnette ?

Les garçons vérifièrent et hochèrent la tête.

— Nous sommes prêts à te suivre, Easy Rider ! s'exclama Joey.

Ben dirigea la troupe vers le jardin des Polnecek. A pied d'œuvre, il se mit à faire des zigzags dans la haie. Il adorait rouler à bicyclette et, de l'avis général, c'était le meilleur cycliste du quartier. Il pouvait exécuter les pires acrobaties sans jamais se casser la figure. Son occupation favorite était de dévaler Snake Road, les mains au-dessus de la tête, avec le vent qui lui fouettait le visage.

En entendant les branches bruire sur son passage, il eut un sourire. Il ne s'agissait pas de détériorer les arbustes mais de donner du travail supplémentaire à Butch. M. Polnecek avait été absent toute la semaine. Quand il découvrirait le carnage, Butch passerait un sale quart d'heure.

L'opération ne prit que quelques minutes.

— Vous êtes sûrs que ça a marché ? demanda Stan.

Ben hocha la tête tout en tirant un paquet de sa poche.

— Vous feriez mieux d'y aller. Ce produit est garanti douze heures. Pendant que nous ferons les fous dans la piscine, le petit Butch taillera les haies en respirant l'odeur…

— … des œufs pourris ! termina Nick, le visage fendu d'un sourire.

Ben détestait peu de choses sur terre mais les brutes épaisses venaient en tête de sa liste. Bien qu'il enfreigne de temps à autre les règlements, Ben avait un sens aigu de la justice, même s'il devait payer les pots cassés.

Il salua de la main ses amis qui s'éloignaient puis alluma la bombe puante. L'odeur nauséabonde se dispersa instantanément et Ben s'enfuit en pédalant à toutes jambes.

Mission accomplie !

C'était presque aussi réjouissant que de dévaler Snake Road.

- 1 -

Ben la repéra tout de suite, si différente de celles qui fréquentaient le Thunderbird Club, le vendredi soir.

Au lieu d'un jean moulant ou d'une jupe très courte, elle portait une robe noire à fleurs avec de la dentelle au col et un ourlet qui lui arrivait sous le genou. Ses cheveux châtains bouclés étaient attachés sur sa nuque. Et, même à distance, sa peau semblait de porcelaine.

Il eut un bref rictus. Beaucoup trop fragile pour son goût ! Un siècle plus tôt, cette fille se serait pavanée en robe à crinoline, l'ombrelle sur l'épaule, sur la plantation de son père. Probablement la raison pour laquelle la bouteille de bière qu'elle tenait à la main paraissait tellement déplacée.

Perchée sur un tabouret dans un coin reculé, elle posa sa bouteille sur une table, à côté de deux vides, et les contempla comme si elles pouvaient lui apporter des réponses.

Ben aurait pu lui expliquer que la bière n'avait pas

beaucoup de conversation mais, après tout, qu'une néophyte ait mis les pieds ce soir au Thunderbird Club ne le regardait pas. Il avala une longue gorgée de bière et reporta son regard sur elle comme le D.J. lançait un air de Van Halen.

Malgré l'aura de tristesse qui l'environnait, cette jeune femme était agréable à regarder. La robe cachait mal ses formes voluptueuses et sa cheville était assez délicate pour donner à un homme l'envie de voir à quoi sa jambe ressemblait. Certains considéraient sa réserve comme une provocation. Sa propre curiosité était d'ailleurs piquée, mais pas suffisamment pour le pousser à agir.

Elle ne partirait pas seule. Ben l'avait peut-être remarqué le premier mais d'autres se trouvaient dans la salle pour draguer. Il avait vu juste, se dit-il quelques instants plus tard, quand un type joua des coudes dans la foule pour la rejoindre.

Ben la vit secouer poliment la tête. Sans insister, l'homme s'éloigna mais un autre apparut comme par enchantement. Elle secoua de nouveau la tête et se laissa glisser du tabouret. Après avoir adressé un signe de la main à une jeune femme, elle frôla Ben pour gagner la sortie. Au passage, il nota son subtil parfum, si différent des odeurs d'eaux de toilette et de bière qui imprégnaient la salle.

Il supposa qu'elle quittait le club et hocha la tête d'un air approbateur. Elle n'avait rien à faire ici. Du coin de l'œil, il la vit pourtant faire les cent pas devant l'entrée. Le second de ses admirateurs semblait avoir également remarqué sa présence car il se dirigea vers elle d'un pas assuré.

Ben avala une gorgée de bière et tourna délibérément son attention vers la foule. Il ne se sentait plus l'âme d'un videur jetant dehors les trouble-fête. A présent, il avait les tracas et les satisfactions d'un directeur d'une florissante affaire de voitures étrangères.

Pourtant, en dépit de la musique, il ne put s'empêcher d'entendre l'échange devant la porte.

— Allez, venez danser avec moi, disait l'arrogant personnage.

— Merci, je veux juste prendre l'air, répondit-elle d'une voix teintée du doux accent du Sud.

— Laissez-moi vous offrir une bière.

— J'en ai suffisamment bu.

— Si vous recherchez la tranquillité, je peux vous emmener ailleurs.

— Non, je…

— Allons ! Belle comme vous êtes, vous devez avoir envie de profiter des plaisirs de la vie…

Ben reposa sa bière et, avec un soupir, se dirigea vers la sortie.

L'homme continuait son baratin. Par-dessus son épaule, Ben planta ses yeux dans ceux de la néophyte. Il croisa un regard bleu, élargi par l'inquiétude, et un grondement intérieur l'agita.

Devinant la présence de Ben, l'homme se retourna et le dévisagea.

— Qu'est-ce que vous voulez ?

Ben s'adossa au mur de l'immeuble.

— Prendre l'air.

L'homme se rembrunit.

— Vous pouvez pas aller ailleurs ?

Ben haussa les épaules.

— Si.

— Ecoutez, cette jeune dame et moi avons une conversation privée, alors…

— Je vous dérange ? demanda Ben à la jeune femme.

Elle le considéra avec circonspection. Ben attendit le verdict, sachant que son apparence n'avait rien pour inspirer confiance. Ses cheveux étaient trop longs, il avait un anneau d'or dans l'oreille et se séparait rarement de son cher blouson de cuir noir. De toute façon, même quand il ne l'endossait pas, le serpent tatoué sur son bras ne lui attirait pas vraiment la sympathie des gens.

Elle semblait du genre à s'évanouir, pensa-t-il.

Pourtant, elle finit par secouer la tête.

— Non, pas du tout.

L'homme se raidit et marmonna :

— Bon courage !

En le voyant s'éloigner, la jeune femme laissa échapper un soupir de soulagement.

— Pourquoi ne quittez-vous pas cet endroit ? demanda Ben.

Elle hésita une fraction de seconde.

— Je suis venue avec une collègue de travail et je ne veux pas lui gâcher son plaisir.

Elle esquissa un petit sourire.

— Elle n'avait que de bonnes intentions en m'invitant.

— Mais vous ne vous sentez pas à l'aise ici.

— Pas même après trois bières ! répliqua-t-elle avec un rire moqueur.

Elle porta une main à son front.

— D'ailleurs, c'était une erreur.

— Mal à la tête ?

— Plutôt. C'est surtout pour ça que je suis sortie.

Il la regarda et ressentit l'étrange impression d'être sur la même longueur d'ondes qu'elle. Peut-être parce qu'il n'était pas non plus à sa place au Thunderbird Club.

— Vous voulez marcher un peu ? Il y a des rues tranquilles à deux pas d'ici.

Elle le jaugea de nouveau du regard.

— Je crains que Sherry s'inquiète.

Ben haussa les épaules.

— Je ne propose pas de vous raccompagner, à moins que vous ayez envie de faire un tour en moto.

Elle baissa les yeux sur sa robe.

— Ma tenue n'est pas très adaptée…

Elle demeura quelques instants songeuse.

— Vous savez, je ne suis jamais montée sur une moto, avoua-t-elle enfin.

Ben fut amusée de l'entendre chuchoter comme si elle lui confiait ses mensurations. Il la parcourut du regard. Ses mensurations, il les devinait facilement. Elle possédait un très joli petit corps et peut-être valait-il mieux qu'elle le dissimule sous sa robe à fleurs si elle voulait éviter les ennuis.

— Vous voulez jeter un coup d'œil à ma moto ? Regarder ne coûte rien.

Elle hocha la tête et le dévisagea avec curiosité.

— Qu'êtes-vous venu faire ici ?

Avec un haussement d'épaules, Ben se dirigea vers sa Harley.

— J'étais désœuvré. D'habitude, je m'occupe de mon neveu les vendredi et samedi soirs mais ma sœur et mon beau-frère l'ont emmené en week-end.

Il ne voulait pas avouer à Maddy qu'il s'ennuyait de son neveu. Quand donc avait-il viré ermite ? Il fallait qu'il sorte davantage.

— Quel âge a votre neveu ?

— Davey a quatre ans.

— Pas un âge facile, non ?

Il sourit.

— Non.

Il s'arrêta près de sa moto.

— Voici ma Harley.

— Grosse, noire et, je parie, bruyante.

Il acquiesça de la tête.

— Je me présente : Ben Palmer.

— Amelia Russell.

— Vous n'êtes pas de Roanoke.

— Je viens de Caroline du Sud. Il paraît que j'ai un accent prononcé.

— C'est très joli.

Il vit qu'elle examinait sa moto avec une fascination teintée de méfiance.

— Vous pouvez la toucher, vous savez. Elle ne mord pas.

Amelia lui jeta un regard de biais.

— C'est ce qu'on dit, fit-elle en souriant.

Elle savait donc plaisanter ? Provoquer même. Ce constat lui causa une étrange émotion. Il la regarda avancer une main hésitante vers le guidon.

— Depuis quand l'avez-vous ?

— Celle-ci, depuis deux ans.

Elle toucha le guidon. Quand elle laissa glisser sa main sur le flanc de l'engin, il ressentit une déconcertante crispation dans son ventre.

— Vous en avez d'autres ?

— Depuis que j'ai le permis, je ne conduis pratiquement que des motos.

Elle le dévisagea.

— Vous n'avez jamais eu de voiture ?

— Il y a deux ans, je me suis résolu à en acheter une mais je ne la sors presque jamais.

Ben se rappela son serment d'enfant à Cherry

Lane. Ce n'était pourtant pas à cause de cela qu'il se cantonnait aux motos, mais juste parce qu'il les aimait.

— Et quand il pleut ?

— Je me mouille ou bien je passe une combinaison imperméable !

— Et la neige ?

— C'est un peu plus délicat, admit-il avec un sourire.

Elle caressa le long siège comme si elle explorait un territoire interdit.

— Ça vous ennuierait de la faire démarrer ?

Bien qu'innocente, la requête lui parut avoir une connotation sexuelle.

— Pas du tout.

Il sortit sa clé de sa poche, enfourcha la moto et lança le moteur.

— Vous voulez vous asseoir ?

Amelia hésita, puis une étincelle s'alluma dans son regard.

— Vous croyez que c'est possible ?

— Bien sûr !

Il l'aida à grimper sur le siège. Elle demeura quelques instants immobile sur l'engin qui grondait puis leva la tête et adressa un sourire à Ben. Un *vrai* sourire qu'il reçut comme un coup dans le plexus solaire. Et son expression, subtil mélange d'émerveillement et de séduction, le troubla davantage qu'une invite explicite.

— Est-ce que ça secoue autant quand on roule ? demanda-t-elle, élevant la voix pour couvrir le vrombissement du moteur.

Il secoua la tête.

— Non. On a l'impression de chevaucher le vent !

Il la devinait tentée par l'expérience.

— J'ai deux casques, dit-il.

— Je ne devrais pas…

— Nous resterons aux alentours du parking.

Comme elle regardait sans répondre la moto avec envie, Ben se garda d'insister. Elle en avait assez vu pour ce soir.

Elle désigna la voie qui longeait le parking.

— On pourrait rester sur cette route ?

— Nous n'irons nulle part ailleurs, assura-t-il.

Il sentit qu'elle le jaugeait de nouveau. Visiblement, elle le redoutait plus que sa moto.

— C'est le blouson ou les cheveux qui vous dérangent ?

Elle tressaillit et se joues se colorèrent.

— Je ne sais pas. Vous êtes tellement différent des autres…

Par le passé, il avait pourtant été semblable à eux, et il pouvait l'être encore. Il aurait volontiers essayé de la séduire mais la fragilité de la jeune femme le retenait. Non, décidément, mieux valait rester prudent.

Après avoir examiné tour à tour la moto et Ben, Amelia sourit timidement.

— Vous pourriez m'emmener faire un petit tour, pas *trop* vite ?

Refoulant ses instincts primitifs, Ben hocha la tête. Il posa le casque sur sa tête et boucla la jugulaire.

— Tenez-vous bien, conseilla-t-il avant de grimper sur le siège.

Pour plus de commodité, elle releva sa jupe sur ses cuisses et posa maladroitement ses mains sur ses flancs.

Ben sourit en lui-même. Sa retenue s'envolerait vite. Et, effectivement, au premier bond en avant, elle referma ses bras sur sa poitrine et se serra contre lui. Il sentait ses seins pressés contre son dos, ses mains délicatement manucurées s'accrocher à son blouson, et ses cuisses épousant les siennes lui évoquaient un autre genre de sport. Il l'imagina le chevauchant, nue, les yeux pleins de lumière aventureuse, ses seins contre sa poitrine pendant qu'il la guiderait des mains sur ses hanches. Et cette vision émoustilla ses sens.

Avec un bref soupir de frustration, il se concentra sur sa conduite. Il parcourut plusieurs fois la rue à allure modérée avant de se garer.

— C'était formidable ! s'exclama-t-elle, tout excitée. Vraiment, je me suis éclatée. Merci !

Elle rit.

— J'avais l'impression d'être une enfant ! J'aimerais bien recommencer, ajouta-t-elle d'un air pudique.

— Si vous voulez, je vous ramène chez vous.

Le regard d'Amelia s'élargit et elle demeura un moment silencieuse.

— Je dois être devenue complètement folle ! murmura-t-elle enfin.

— Pourquoi ?

— Parce que je réfléchis à votre proposition !

— Il faut prévenir votre amie, dit-il en roulant vers l'entrée du Thunderbird. Donnez-lui mon nom : Ben Palmer.

Il descendit de la moto et l'aida à faire de même. Quand il lui retira son casque, il dut résister à l'envie de toucher sa chevelure ébouriffée. Elle paraissait si douce… Quant à ses yeux, ils brillaient d'une insouciante témérité.

Il devrait se montrer prudent pour deux, conclut-il.

— Vous êtes sûre de vous ?

— Non, mais tant pis !

Et elle s'élança vers l'entrée du club.

Peu de temps après, elle réapparaissait et tendait la main vers le casque.

— Vous avez parlé à votre amie ?

— Oui. Nous y allons ?

Elle était pressée de fuir. Quoi ? Mystère. En d'autres circonstances, Ben aurait probablement posé la question.

— Où habitez-vous ?

Elle lui donna son adresse avant d'enfourcher la moto.

Il tourna la tête pour la regarder.

— Vous voulez prendre la route la plus directe ou faire un petit détour ?

Amelia ferma les yeux, comme pour cacher sa lutte intérieure.

— Combien d'accidents de la circulation ?

— Aucun depuis trois ans. Beaucoup trop auparavant.

— Vous êtes devenu adulte ?

Il sourit.

— Le ciel m'en préserve ! Prudent seulement.

Elle poussa un long soupir.

— Je n'arrive pas à croire que je me conduis ainsi, murmura-t-elle pour elle-même.

Et elle ouvrit les yeux.

— Le chemin le plus long !

Il hocha la tête d'un air approbateur.

— On ne vit qu'une fois.

L'émotion assombrit le regard d'Amelia.

— Je sais.

Les questions se télescopaient dans l'esprit de Ben mais il remit à plus tard de satisfaire sa curiosité. Pour l'heure, il s'agissait d'offrir à Miss Amelia une chevauchée mémorable.

*
* *

Amelia apprécia chaque seconde de leur périple. Le vent chassait sa tristesse — une sensation bien meilleure que celle provoquée par les manèges, en ce sens qu'elle durait.

Sa tête et son cœur étaient plus légers. L'impression d'avoir repoussé certaines limites lui donnait un enivrant sentiment de liberté. A cet instant précis, son seul point d'ancrage était la puissante machine qui rugissait sous elle et celui qui la maîtrisait.

Elle inspira l'odeur musquée de Ben Palmer et savoura la force émanant de son corps. Elle pouvait compter ses côtes du bout du doigt et sentir les battements de son cœur sous sa paume. Le vent froid la faisait frissonner mais elle se réchauffait à sa chaleur. Son dos offrait refuge à ses seins, ses fesses s'imbriquaient dans son entrejambe. Aussi choquant et fou que ça paraisse, elle vibrait d'excitation. Elle n'avait pas été aussi proche d'un homme depuis un an.

Depuis une heure, elle n'était plus veuve, ni professeur d'histoire à la faculté des sciences humaines. Pour la première fois depuis trop longtemps, elle n'éprouvait plus uniquement une sensation de perte ou de vide. Elle se sentit comme prise de vertige. Oubliée la sage, si sage Amelia. L'Amelia désespérément terre à terre, conformiste, prudente, celle qui ne faisait jamais de vagues.

La bière et l'aventure libéraient son imagination. En d'autres temps, Ben aurait été un hors-la-loi l'emportant sur son étalon noir. Le galop fou sur les sombres routes de campagne l'obligerait à se cramponner à lui. La peur et l'exaltation lui couperaient le souffle. Dans ce rêve, l'enlevait-il ou se portait-il à son secours ?

En voyant approcher son quartier, Amelia fut rudement ramenée à la réalité. Le cœur serré, elle souhaita que l'escapade ne prenne jamais fin. Ben tourna néanmoins le coin de sa rue et s'arrêta devant chez elle. Quand il coupa le moteur, ils restèrent quelques instants silencieux. Puis Ben retira son casque.

— Vous êtes toujours là ?

Amelia s'éclaircit la gorge.

— Je suis toute retournée.

Il rit et les vibrations de son corps se répercutèrent en elle. Il descendit de l'engin, le maintint fermement en équilibre et la regarda.

— En bien ou en mal ?

— Je ne sais pas mais la virée était fantastique.

Il sourit tout en la débarrassant de son casque. Puis, la prenant sa main, il l'aida à descendre. Alors, Amelia se rendit compte que, malgré tous ses efforts, ses jambes ne la portaient plus.

Avec consternation, elle se raccrocha instinctivement à Ben et laissa échapper un cri de dépit.

— Vos genoux vous trahissent, murmura-t-il d'un ton amusé. Vous m'en voyez flatté.

— Vous n'en êtes pas la cause ! répliqua-t-elle très vite.

La remarque de Ben, trop proche de la réalité, l'embarrassait.

— Je n'ai pas l'habitude de la moto, ajouta-t-elle, les joues brûlantes.

— C'était une plaisanterie, Amelia.

S'agrippant à ses bras, soulagée qu'il la soutienne, elle prit une profonde inspiration et croisa son regard. Il était franc et bon, différent de son allure de mauvais garçon. En d'autres temps, Ben aurait été un bandit au grand cœur.

— Ah…

Commentaire profond s'il en fût. Plus solide sur ses jambes, elle se serait botté les fesses.

— Accrochez-vous. Je vous raccompagne à votre porte.

Il était si gentil. Elle en était encore à s'éclaircir les idées qu'ils se dirigeaient déjà vers son porche. Elle parvint à tirer une clé de son sac et à l'introduire dans la serrure.

— Café ? demanda-t-elle, se rappelant ses bonnes manières.

Il secoua la tête.

— Non, merci. Je…

— Je peux aussi vous offrir un soda. Ou du thé glacé. Oh ! Je crois avoir du vin.

— Je n'ai besoin de rien. Vraiment, je vous assure. Je vais rentrer chez moi.

Enfin capable de tenir debout par ses propres moyens, Amelia fut submergée par l'émotion. Il avait chassé sa tristesse et, maintenant, elle se sentait toute perdue.

— Je tiens à vous remercier...

Seigneur ! Ça semblait si piètre, si banal.

— Je ne n'ai rien éprouvé de tel depuis longtemps, reprit-elle.

— Vous avez l'impression d'être tourneboulée ? demanda-t-il, les yeux pétillant de gaieté.

— Non, je me sens vivante.

Tout en secouant la tête, Amelia jura de ne plus boire trois bières d'affilée. Elle se sentait sentimentale et impulsive, avec toutes sortes de pensées imprudentes lui traversant l'esprit.

Etait-ce la bière, le tour à moto ou le cocktail Ben Palmer, menaçant et rassurant à la fois, qui la poussait hors de ses retranchements ? Ou bien l'approche de la date anniversaire de l'accident qui avait coûté la vie à son mari en l'épargnant ? Les paroles de Ben ne cessaient de résonner dans sa tête.

« On ne vit qu'une fois. »

Brusquement, son esprit se rebella à la pensée de son existence si raisonnable.

Elle s'approcha et l'embrassa au coin des lèvres.

— Je vous en prie, promettez-moi de m'enlever encore !

- 2 -

— Tu as l'air différente, dit Sherry, le lendemain matin, après avoir minutieusement étudié son amie.

Amelia *se sentait* différente. Elle s'était réveillée bien décidée à cesser de porter le deuil de son mari. C'était comme si, après avoir été enfermée dans une cave, elle venait d'inhaler une première bouffée d'air si frais qu'il lui donnait le vertige.

— Merci, dit-elle avec un sourire furtif tout en prenant place pour la réunion matinale avec ses collègues de la faculté.

Les yeux de Sherry s'écarquillèrent.

— Dis donc, j'espère que tu ne t'es pas conduite imprudemment avec ce motard rencontré hier soir ?

— J'ai juste fait un tour.

Amelia soupira. Ses souvenirs de la veille remontaient, pareils à une image noyée dans un flou artistique.

— Un tour ? demanda Sherry, suspicieuse.

— Sur sa moto.

Amelia mit en veilleuse les fantasmes tissés pendant qu'elle chevauchait la moto de Ben. Elle ne courait aucun risque. Personne n'était au courant à part elle.

— C'était drôle, ajouta-t-elle.

— C'est très bien que tu t'amuses, mais ce Ben Palmer n'est pas très recommandable. Il a eu des démêlés avec la justice et les femmes qui le fréquentent le déclarent irrécupérable. De plus, c'est un ancien videur. Pas vraiment ton type.

Tout en assimilant ces informations, Amelia nota l'entrée de l'équipe enseignante du Salem College.

Elle jeta un regard incertain à Sherry.

— J'ignorais avoir un type.

— Bien sûr que si ! Ce qu'il te faut, c'est un homme cultivé, traditionaliste, doté d'un bon caractère, qui investisse dans des placements sérieux, tienne ses comptes, aime la musique classique et ne soit pas en perpétuelle demande côté sexe.

Amelia cligna des paupières.

— D'où tiens-tu cette liste ?

— L'autre jour, j'ai reçu par la poste un logiciel d'analyse des relations amoureuses, répliqua Sherry avec un grand sourire.

Amelia étouffa un soupir. Sherry était férue de science informatique.

— Si tu crois en ton analyse, pourquoi m'avoir traînée au Thunderbird ?

A ce moment, voyant des regards se tourner vers elle, Amelia baissa la voix.

— Ce n'est sûrement pas là-bas que je trouverai ce genre d'homme, termina-t-elle.

Sherry se fit grave.

— L'autre soir, il ne s'agissait pas de te faire rencontrer l'homme de ta vie mais juste de te changer les idées. En langage informatique : il fallait te réinitialiser.

Amelia secoua la tête. En moins de deux heures Ben Palmer l'avait mise sens dessus dessous. Alors, la réinitialisation…

Un homme pas très recommandable, qui avait eu des démêlés avec la justice, que les femmes jugeaient irrécupérable. Un ex-videur…

Amelia retourna les données du problème dans sa tête et décida finalement de ne plus revoir Ben Palmer.

Repenser à la soirée du Thunderbird Club lui donnait invariablement un coup au cœur. Elle avait toutefois reçu une éducation raisonnable, destinée à faire d'elle une jeune femme raisonnable. S'il était vrai qu'on ne vivait qu'une fois, se dit-elle, mieux valait respecter certaines limites.

De retour à sa routine habituelle, elle dîna légèrement, classa des papiers et fit un peu de couture tout en regardant les informations télévisées. Ensuite, pour rompre le silence, elle mit dans le lecteur un CD de musique classique ayant appartenu à Charles, son mari, et attendit que le charme opère.

L'agacement la fit bouillonner.

Rien de grave, se dit-elle. Si elle était un peu agitée en ce moment, c'était à cause du manque d'exercice. Une petite visite à la salle de gymnastique de la faculté lui ferait le plus grand bien.

L'idée que sa mère menait une existence plus excitante que la sienne lui traversa soudain l'esprit. Elle la repoussa avec irritation.

Elle ne parvenait pourtant pas à dissiper son envie de nouveauté. Elle avait connu son mari dès l'enfance et s'était toujours efforcée de devenir la femme idéale à ses yeux. Ses choix vestimentaires, la décoration de son intérieur, ses investissements prudents, même la couleur de son vernis à ongles, tout chez elle reflétait l'influence de Charles.

Au cours d'une de ces interminables soirées, Amelia posa son ouvrage, considéra son vernis à ongle sagement incolore et fronça les sourcils. Quel effet ferait du rose vif au bout de ses doigts ? Cependant, dégoûtée de sa futilité, elle soupira. Pourquoi rien de ce qui appartenait à sa vie passée ne la satisfaisait-elle plus ? Une promenade à moto ne l'avait tout de même pas métamorphosée à ce point ?

Une chance que Ben Palmer ait fait preuve d'assez de bon sens pour ignorer la requête d'une prof d'his-

toire un peu éméchée. Une chance, parfaitement !
Elle en était très soulagée.

Jusqu'à ce que le vrombissement caractéristique
d'une moto résonne dans la rue.

Le cœur d'Amelia bondit.

Le rugissement se tut au niveau de son allée et
elle retint sa respiration. Comment allait-elle réagir
face à lui ?

La sonnette tinta et ses idées se brouillèrent. Dans
un mouvement de panique, elle se leva et regarda
la porte.

La sonnette retentit de nouveau, l'arrachant à sa
stupeur. Tentant de se ressaisir, elle se dirigea vers
l'entrée. Quand la sonnette se fit une fois encore
entendre, elle ouvrit brusquement la porte mais
demeura bouche bée à la vue de Ben, en blouson
de cuir noir et jean ajusté.

Son regard brûlant lui donna l'impression d'être
restée trop longtemps au soleil.

— Vous m'avez fait une proposition impossible à
oublier, dit-il avec un sourire moqueur.

Amelia déglutit et pressa ses mains l'une contre
l'autre pour contenir leur tremblement. Ben paraissait plus grand que dans son souvenir. Plus fort.
Plus dangereux.

— Ma proposition…, répéta-t-elle en écho.

Il se pencha, et son odeur fraîche et épicée lui
rappela le vent sur son visage quand ils roulaient
dans la nuit.

— Vous m'avez bien prié de vous enlever ?

Le cœur d'Amelia bondit. Comment Ben parvenait-il à rendre si délicieuse l'idée d'un enlèvement ?

— C'est fou l'effet que peuvent produire trois bières...

Elle s'éclaircit la gorge.

— Je peux vous offrir un soda, proposa-t-elle, trop heureuse de saisir une occasion de disparaître.

Comme il acceptait, elle s'éclipsa. Dans la cuisine, elle ouvrit le réfrigérateur et y plongea la tête dans l'espoir de se rafraîchir les idées.

Elle revint avec un soda qu'elle tendit à Ben.

— Je n'étais pas moi-même, ce soir-là, déclara-t-elle.

Il s'accota au mur.

— Qui étiez-vous alors ?

Déconcertée, elle hésita.

— Je... euh, d'habitude, je ne suis pas aussi impulsive.

Il émit un grognement approbateur et but une longue gorgée de soda.

Fascinée par la vue de son cou puissant et le mouvement de sa pomme d'Adam, Amelia n'arrivait plus à détourner le regard. Quand il s'humecta les lèvres, elle se rappela y avoir déposé un baiser et son cœur se décrocha dans sa poitrine.

Il chercha son regard.

— Vous êtes presque en tenue pour un kidnapping. Il vous manque juste une veste et des chaussures.

Il distillait le danger par tous les pores et pourtant, paradoxalement, il lui inspirait confiance. Partagée, Amelia hésitait.

— Vous croyez que c'est le bon soir pour un enlèvement ?

Il leva un sourcil.

— Il vous faut une nuit de pleine lune ?

« Il me faut du courage », pensa Amelia. « Ou une bonne dose de folie. »

— C'est juste que…

Elle s'interrompit parce qu'il s'était rapproché et prenait entre ses doigts une mèche de cheveux échappée de sa coiffure.

— Vous regrettez d'être montée avec moi l'autre soir ?

— Non ! s'écria-t-elle sans réfléchir. C'était merveilleux.

Il laissa retomber sa main.

— Seulement, vous n'avez pas envie de recommencer.

Amelia ressentit un terrible tiraillement au niveau de l'estomac. Impossible pourtant de dissimuler ses doutes…

Ben dut lire ses pensées sur son visage. Il s'attarda un instant, comme pour lui laisser le temps de changer d'avis, et Amelia entendit le tic-tac de chacune de ces secondes résonner dans son cœur. Elle ferma les yeux, indécise. Quand elle les rouvrit, il était parti.

Ben aurait volontiers balancé tout le mobilier de son bureau par la fenêtre. Les clients se montraient impossibles, les ouvriers irritables, les vendeurs pleurnichards et, bien qu'il se refuse à l'admettre, il était lui-même d'assez mauvaise humeur. La raison de cette mauvaise humeur ?

Il serra les poings.

Une *femme*. Une femme qui n'était pas son genre et ne le serait jamais.

Ben avait eu des amies et quelques maîtresses, mais jamais aucune ne l'avait obsédé au point de l'empêcher de dormir. Si l'on exceptait, bien sûr, la petite amie de ses douze ans qui avait cassé sa bicyclette.

Les femmes exigeaient serments d'amour et passage à l'autel. Elles voulaient un homme qui rentre dans l'étroit moule de la respectabilité. Cette seule idée lui causant des étourdissements, il s'était donné pour règle de ne jamais aller trop loin avec ses compagnes.

En particulier, jugeant vain de confronter deux systèmes solaires, il se tenait éloigné des femmes d'affaires et des intellectuelles possédant des diplômes à rallonge. La seule fois où il avait eu une aventure avec ce type de femme, son ego en était ressorti sérieusement meurtri. Mais pas son cœur, bien sûr.

Aux yeux de Ben, les femmes étaient de mystérieux, parfois délectables mais toujours temporaires, dérivatifs.

Alors, pourquoi n'arrivait-il pas à chasser Amelia de ses pensées ? Elle ne lui convenait pas, même pour une liaison sans lendemain. Elle était prude et dénuée de toute imagination ou goût pour l'aventure.

Ah, oui ? Et la flamme dans son regard, la façon dont elle s'accrochait à lui, l'intonation âpre et sensuelle de sa voix, le doux, trop bref effleurement de ses lèvres ? Et son expression de doute, juste avant qu'il ne quitte sa maison ?

Il grimaça.

Il ne devait pas penser à elle.

— Monsieur Palmer ? appela une voix de l'extérieur de son bureau.

Avec un soupir, Ben fit jouer ses épaules pour en chasser la tension.

— Que se passe-t-il ?

Rick, le directeur du service clientèle, s'avança.

— Une cliente insiste pour vous voir.

Ben soupira derechef.

— Que veut-elle, Rick ?

Ce dernier haussa les épaules.

— Sais pas. Il s'agissait d'une simple vidange mais elle prétend qu'elle a une question à vous poser.

Ben fronça les sourcils.

— Un problème ?

— Je ne crois pas. Elle dit juste qu'il faut qu'elle vous voit.

Une timbrée pour clôturer la journée. Juste ce qui lui fallait.

— D'accord, envoyez-la-moi, dit-il, sentant le mal de tête le menacer.

Il se détourna et regarda par la fenêtre. Pourquoi pas une partie de camping le week-end prochain ? Il avait besoin de se détendre, pour se débarrasser de la pensée de…

— Ben ?

La voix fit irruption dans ses pensées. Une voix douce, sensuelle, une voix qui exacerbait sa libido. Amelia. Elle portait une jupe longue et une veste discrète et féminine. Sa mère aurait approuvé. Sa grand-mère aussi.

Quelques boucles s'échappaient de sa stricte coiffure. Ses joues étaient colorées ; il se demanda pourquoi.

— Oui, madame, répondit-il d'une voix exagérément traînante. Il paraît que vous voulez me voir ?

Elle lui adressa un sourire timide.

— C'est vrai. Je suis venue pour une vidange. Vos employés sont très aimables.

— Heureux de l'apprendre, dit-il, d'humeur assez perverse pour la laisser mijoter un peu sur le grill.

Elle hocha la tête, toujours sur la réserve, et détourna le regard tout en approchant.

— Je me demandais…, commença-t-elle.

Elle leva les yeux sur lui et s'interrompit. Quand elle lui toucha doucement la joue, Ben s'immobilisa. La caresse était douce comme une aile de papillon et la préoccupation et la gentillesse qu'il lut sur son visage lui firent l'effet d'une brise apaisante. Dans ses yeux, cependant, brillait une lueur de sensuelle curiosité.

— Que vous est-il arrivé ? s'enquit-elle.

Ben se demandait pourquoi son cœur battait si vite. Sans doute le résultat de tout ce café avalé, se dit-il.

— Juste une égratignure, répondit-il avec un haussement d'épaules. C'est le genre de journée…

— Difficile ?

— Oui.

Et un démon lui fit ajouter :

— Vous voulez y remédier ?

Elle battit des paupières et baissa la tête. Bravo, il lui avait rabattu le caquet. Il la regarda reprendre son souffle.

— Peut-être, dit-elle.

Ben fut à la fois surpris et émoustillé. Cette femme était le paradoxe incarné. Un instant timide, celui d'après presque provocante.

— Accepteriez-vous une invitation à dîner chez moi ?

De nouveau sur ses gardes, il haussa les épaules.

— Etes-vous sûre de ne pas changer d'avis ?

Le rire d'Amelia excita ses terminaisons nerveuses comme une caresse intime.

— Pour ça, je suppose que je vais changer d'avis une dizaine de fois au cours de l'heure qui suit ! Mais le dîner sera servi à 19 heures.

Quelle drôle de petite bonne femme, se dit-il, mais il sentait sa curiosité éveillée. Après tout, il s'agissait juste d'un repas et, après l'exécrable journée qu'il venait de passer, la perspective de n'avoir pas à cuisiner ou avaler un morceau sur le pouce était plutôt réjouissante.

— D'accord. Je peux apporter quelque chose ?

Amelia recula.

— Juste vous.

Elle sourit.

— Et peut-être votre moto...

Amelia se trompait. Après avoir quitté Ben, elle avait changé vingt fois d'avis. Quand le tintement de la sonnette retentit à 19 heures, son cœur bondit dans sa poitrine. Elle n'avait aucune raison de se mettre dans tous ses états, se réprimanda-t-elle en allant ouvrir. C'était un simple dîner et lui seulement un homme...

Elle ouvrit la porte et les battements de son cœur redoublèrent de violence. Ce n'était qu'un homme, soit. Mais quel homme ! Elle l'examina, se demandant comment il dégageait autant de… elle chercha en vain dans son esprit le mot approprié. Le regard sombre de Ben reflétait à la fois distance et amusement. Elle ne savait lequel des deux l'affectait le plus.

— Vous comptez me laisser à la porte ?

En s'apercevant qu'elle bloquait l'entrée, Amelia sentit ses joues s'embraser. Vivement, elle recula d'un pas.

— Désolée. Entrez, je vous en prie. Le dîner est prêt. Poulet *cacciatore*.

Les narines de Ben palpitèrent.

— Ça sent drôlement bon ! Et je parie que c'est également délicieux.

— Je l'espère, marmonna-t-elle.

Fin cordon-bleu d'ordinaire, elle s'était montrée si distraite pendant la préparation du repas qu'elle craignait d'avoir oublié un ingrédient essentiel.

— Je peux prendre votre blouson ?

Nouveau regard amusé.

— Je ne sais pas. Vous comprenez, il appartenait à Evel Kneivel.

Amelia examina de plus près le blouson au cuir éraflé et haussa les épaules, confuse.

— Pourquoi n'en achetez-vous pas un neuf ?

Ben éclata de rire.

— Voyons, Amelia ! C'est un objet de collection. Evel Kneivel était un cascadeur à moto de classe internationale. Et d'ailleurs, je suis plutôt exclusif.

— Oh, je vois ! fit Amelia. Les bijoux de la reine

Victoria, en somme. Dans un style plus contemporain.

Ben marqua un temps d'arrêt avant de hocher la tête.

— Quelque chose comme ça.

Ils gagnèrent la salle à manger. Ben prit un verre à pied et en tira un son cristallin en le faisant tinter. Il haussa les sourcils.

— Jolie table. Vous mettez les petits plats dans les grands tous les soirs ?

Amelia s'arracha à la contemplation de sa forte main tenant le délicat objet.

— Oh, non !

— Pourquoi ?

Elle haussa les épaules.

— Pénurie d'invités.

Elle sentit son regard interrogateur posé sur elle.

— J'ai perdu mon mari il y a un an.

La physionomie de Ben exprima la stupéfaction.

— Vous plaisantez ? Vous n'avez pas l'âge d'être veuve !

— Je n'imaginais pas que ça m'arrive et pourtant… Bref, voilà pourquoi je n'ai pas fait ce genre de chose depuis longtemps.

— Quel genre de chose ?

— Eh bien, dîner avec un homme… qui n'est pas mon époux.

Elle souhaita immédiatement s'être tue. Elle ne tenait pas à passer pour une femme accablée par la solitude.

— Combien de temps avez-vous été mariée ?

— Sept ans, dit-elle avec réticence.

Il émit un sifflement.

— Vous avez dû vous marier jeune.

Amelia acquiesça d'un signe de tête.

— A ma sortie de l'université. Charles et moi nous connaissions depuis l'enfance. Nous allions faire du vélo, camper, pêcher ensemble. Je sais amorcer un hameçon ! ajouta-t-elle, désireuse de changer de sujet.

— Bravo ! Je suppose qu'on vous a courtisée depuis le décès de votre mari ?

Amelia hocha la tête.

— Oui, mais le moment n'était pas venu.

— Alors, pourquoi moi ?

Elle frémit. Il avait posé sa question de façon si… attendrissante. Elle songea à ses raisons de l'inviter et sourit intérieurement.

— Je suis tombée l'autre jour sur une citation qui m'a marquée. « Pour vous sentir vraiment vivant, bravez chaque jour un danger. »

Elle croisa son regard.

— Vous représentez pour moi un danger.

— C'est ça ? Eh bien, dites-moi, Amelia, que projetez-vous de me faire subir ?

Dix possibilités, plus hardies les unes que les

autres, traversèrent l'esprit de la jeune femme. Elle les balaya avec un gros soupir.

— Vous nourrir, voilà mon intention.

Après le dîner, Ben l'emmena faire un tour à moto.

Il aimait le contact de son corps ferme et doux épousant le sien et sa façon de s'agripper à lui quand un virage un peu serré se présentait. Quand il s'arrêta devant chez elle, elle semblait transportée.

— Vous avez attrapé le virus, dit-il en l'aidant à descendre.

Elle leva son visage vers lui pendant qu'il lui ôtait son casque.

— Le virus ? répéta-t-elle d'un air perplexe.

— Le virus de la moto. Il est dans votre sang maintenant. Bientôt, vous vous rendrez à votre travail à moto, revêtue d'un blouson de cuir noir.

Amelia cligna des yeux comme si elle essayait de se représenter le tableau.

— Oh ! Je doute que la direction du Salem College apprécie.

Ben éclata de rire.

— Ce doit être terrible de devoir se soucier de son image. Je suppose que vous avez mené une vie protégée, Amelia.

— Plutôt, reconnut-elle.

— Jamais fumé de cigarettes ?

Elle parut penaude.

— En réalité, j'ai tiré une bouffée par-ci par-là mais je n'aime pas ça.

— Quel heureux hasard ! s'exclama-t-il d'un ton moqueur. Parce que, vous savez, Amelia, fumer n'est pas très bien vu.

Elle lui jeta un regard à la dérobée.

— Vous vous moquez de moi.

— Juste un peu. Je parie que vous n'avez jamais eu d'amende pour excès de vitesse.

— Non. Mais je ne respecte pas toujours les limitations.

— Jamais nagé nue par une chaude nuit d'été ?

Elle pinça les lèvres.

— Non.

Ils avaient atteint le porche. Le dos à la porte, Amelia l'examina.

Dans son regard, il lut une curiosité teintée d'appréhension. Elle l'attirait de façon surprenante et il joua avec l'idée de l'arracher à sa réserve, brouiller ses cartes, couper ses chaînes… Soutenant son regard, il avança.

— Avez-vous embrassé un ex-videur ?

— Jamais avant d'avoir bu trois bières.

Quand il approcha son visage du sien, elle leva la main.

— J'ai eu ma dose de frayeur pour aujourd'hui !

Avec un sourire, il arrêta ses lèvres à quelques millimètres des siennes.

— Vous avez peut-être rempli votre quota pour aujourd'hui mais songez aux arriérés à rattraper...

— Je suis sûr que vous n'avez jamais pénétré dans une propriété privée, dit Ben à Amelia, la semaine suivante, tandis qu'ils s'engageaient dans un chemin de terre.

Amelia resserra l'étreinte de ses bras autour de sa poitrine. Malgré elle, l'écho des interdictions qui avaient scandé son enfance résonnait dans sa tête.

— No-on. Est-ce vraiment nécessaire ?

— Oui, répondit-il gaiement.

Et il lança la Harley à l'assaut d'une colline. Au sommet, il coupa le moteur et aida Amelia à descendre.

— C'est d'ici qu'on a la meilleure vue sur la vallée, déclara-t-il en désignant les lumières qui scintillaient en bas.

— C'est magnifique, dit-elle, transportée par la sereine beauté de la nuit. Où sommes-nous ?

— Chez Buster Granger.

Il lui prit la main pour l'entraîner près du bord.

— Il ne nous fera pas trop d'ennuis s'il nous surprend. Il possède un fusil mais avec sa cataracte, il raterait une vache dans un couloir.

Amelia grimaça.

— Pourquoi est-ce que je ne me sens pas rassurée ?

En riant, Ben glissa un bras autour de sa taille.

— Parce que, je déteste vous le dire, vous êtes une mauviette.

Amelia fut submergée par un flot d'émotions contradictoires. La pression de la main de Ben sur ses hanches lui donnait le vertige et elle se demandait comment il parvenait à rendre une insulte aussi délicieusement troublante.

— Vous avez perdu votre langue ? s'enquit-il en se penchant sur elle.

Elle prit une profonde inspiration et le regarda du coin de l'œil. Elle aurait aimé se justifier mais, hormis le fait qu'elle savait accrocher un ver à un hameçon, elle ne disposait d'aucun argument pour le contredire.

— Si je suis une mauviette, pourquoi m'avoir amenée ici ?

Il s'immobilisa et parut réfléchir.

— Parce que c'est drôle. Vous avez tant de choses à découvrir alors que moi, j'en ai peut-être expérimenté un peu trop. Quand on repousse à l'infini les limites, ça devient ennuyeux.

Elle s'interrogea sur l'éclat tour à tour dur et vulnérable de son regard et se demanda pourquoi il l'attirait tout en lui faisant peur.

— Vous n'êtes pas facile à cerner, murmura-t-elle.

Un instant, vous êtes gai, le suivant, je vous devine plus profond.

— Possible. Mais ne vous y fiez pas trop.

Une mise en garde non voilée…

— Ainsi, je vous amuse ? reprit-elle, ne sachant trop que penser.

— Probablement comme je vous amuse, riposta-t-il, le regard intense.

« Touché », pensa-t-elle. Et elle reporta son regard sur le panorama.

Ben pressa sa taille.

— Dites ce que vous n'avez pas fait et que vous aimeriez faire.

— Quelle drôle d'idée !

— C'est vrai. Ce serait d'une imprudence folle, dit-il avec une feinte gravité.

Amelia soupira et essaya de réfléchir à un souhait anodin.

— Je n'ai jamais eu de chat. Ma mère et mon mari étaient allergiques.

— D'accord.

— Je ne suis jamais allée dans un institut de beauté new-yorkais me faire maquiller.

Ben émit un reniflement de dégoût.

— Qu'y a-t-il ?

— Ce sont des trucs de mauviette !

Elle se sentit blessée malgré elle. Elle était pourtant au-dessus de ça. Trop intelligente, trop mûre pour se laisser entraîner dans ce genre de conflit.

Elle s'écarta.

— Je n'ai jamais conduit de Harley.

Les lèvres de Ben se retroussèrent en un sourire sardonique.

— Là, vous vous vantez.

— Oui. Je cause. C'est tout.

— C'est ce que nous verrons.

- 3 -

— Je n'ai aucune envie d'aller à un rendez-vous arrangé, répéta Amelia pour la dixième fois peut-être.

Elle ouvrit un livre sur la Guerre de Sécession en vue d'un prochain cours.

— On ne désire pas toujours ce qui est mieux pour nous, répliqua Sherry.

Elle vint se placer devant le bureau d'Amelia.

— De plus, ne m'as-tu pas dit que tu allais essayer de braver chaque jour un danger ?

Amelia regretta d'avoir trop parlé.

— La perspective d'un rendez-vous arrangé ne me fait pas peur. Elle me déplaît.

— Tu coupes les cheveux en quatre ! C'est un garçon très bien. Selon mon logiciel d'évaluation, c'est exactement ce qu'il te faut. Beaucoup mieux que...

Sherry s'arrêta à mi-phrase et jeta à son amie un regard interrogateur.

— Tu ne vois plus Ben Palmer, j'espère ?

Amelia s'efforça de rester sereine.

— Je le vois de temps à autre. Mais il n'y a rien de sérieux entre nous.

Sherry soupira.

— Tu as le béguin pour lui, c'est ça ?

— Mais non ! se récria Amelia, étouffant la voix de sa conscience. C'est juste que… il est différent.

— Tu en pinces pour lui !

— Non !

— Alors, prouve-le en sortant avec Donald Lawrence ! Ça aura l'intérêt à la fois de te sortir de chez toi, de te permettre de rencontrer un type bien et de te remettre les idées en place !

Amelia écarta une mèche de cheveux de son visage. Le retour à la vie se révélait difficile. S'il n'était pas épanouissant, le coma affectif de l'année passée l'avait du moins protégée.

— J'y réfléchirai.

Cet après-midi-là, en rentrant chez elle, Amelia découvrit une boîte sous son porche. Quand elle l'ouvrit, elle y trouva un adorable chaton, effarouché mais plein d'entrain.

— Ben va m'entendre, marmonna-t-elle en examinant l'animal.

Il possédait de fortes pattes, laissant présager d'un gros matou adulte. Parfait. Juste ce dont elle avait besoin en ce moment. Deux gros mâles.

Le chaton planta ses griffes dans sa cheville et entreprit d'escalader son collant.

— Il va m'entendre, répéta-t-elle.

Elle passa la soirée à s'occuper du chaton.

Après son repas, quand il eut tout envoyé promener dans la cuisine et se soit oublié sur le carrelage, il finit par s'installer sur ses genoux pour un câlin. Quand il se mit à ronronner, à contrecœur, Amelia admit qu'elle avait décidé de le garder depuis le premier instant. Et elle résolut de l'appeler César parce qu'il était manifestement décidé à régner en maître dans la maison. Enfin, après force caresses, il s'endormit et elle le transféra précautionneusement dans un carton garni d'une chaude couverture.

Elle décida de se coucher également mais elle ne s'était pas plus tôt glissée entre les draps que le téléphone sonnait. C'était Ben.

— Je vais vous tuer.

Son rire grave la fit frémir de la tête aux pieds.

— Je m'en doutais ! C'est pourquoi je ne suis pas passé vous voir ce soir.

— Quelques instructions n'auraient pas été du luxe.

— Je pensais que les boîtes de nourriture et la litière couvriraient les premiers besoins.

— Il n'a pas arrêté de miauler pendant deux heures !

— Mais vous avez fini par l'amadouer. Je savais que vous auriez un effet apaisant sur lui.

Elle fit appel à toute sa patience.

— Ben, on ne doit pas offrir un animal à une personne qui ne s'y attend pas.

— Amelia, répliqua-t-il d'une voix tendre, « On ne doit pas », c'est pour les mauviettes. Bonsoir, mon cœur. Rêvez de moi.

Amelia se rembrunit. Elle rêverait de lui, certes, mais peut-être pas comme il l'entendait. Car elle l'étranglerait proprement dans son sommeil, décida-t-elle en tirant les couvertures sur sa tête.

Elle se trompait.

Elle rêva qu'elle était seule par une nuit froide et pluvieuse. Glacée jusqu'aux os, elle s'était réfugiée sous un arbre, recroquevillée sur elle-même. Elle se sentait affreusement seule et perdue, comme on doit l'être au fond de sa tombe.

Et puis, soudain, elle leva les yeux et il fut devant elle. Ben. Son cœur se remit à battre avec violence. L'air rentra en frémissant dans ses poumons.

— Je te cherchais, dit-il.

Et il s'accroupit pour la prendre dans ses bras.

L'odeur de cuir de son blouson mêlée à la sienne, propre, épicée, l'enivra. Il prit sa bouche et sa langue joua voluptueusement avec la sienne.

La pluie les inondait. S'abandonnant à l'ivresse du baiser, Amelia se reposait sur sa force, absorbait sa vitalité.

Il glissa un genou entre ses jambes et l'attira plus

intimement contre lui. Instinctivement, elle se frotta à sa virilité et il gronda contre sa bouche.

L'univers se mit à tournoyer. Ses vêtements coulèrent de son corps comme de l'eau. La bouche de Ben fondit vers ses seins, lui arrachant un cri. Puis il plongea sa main entre ses cuisses et la découvrit prête à le recevoir.

Amelia n'arrivait pas plus à reprendre son souffle qu'à contrôler les battements de son cœur. Son désir semblait insatiable. Toute honte bue, elle attirait Ben à elle, le pressait, l'implorait. Alors, son regard rivé au sien, il la pénétra et lui fit l'amour avec une passion qui la ramena des portes de la mort.

Le cœur battant follement, Amelia s'assit sur son lit et porta ses mains à ses joues brûlantes. Brisant le silence de la nuit, des gouttes de pluie s'écrasaient sur sa fenêtre.

Elle resta longtemps assise, attendant que se calment son corps et son esprit. Ce n'était qu'un rêve, se disait-elle. Un rêve idiot.

Pourtant, quand elle se rallongea, elle sentait encore Ben en elle.

Ben et son neveu Davey étaient si absorbés par leur bataille de céréales qu'ils n'aperçurent Maddie qu'au moment où elle interceptait un de leur projectile.

Elle regarda Ben d'un air réprobateur.

— C'est ce que tu apprends à mon fils ? A jouer avec la nourriture ?

— C'est mieux que de l'emmener dans les bars ou lui montrer des filles nues, non ?

Maddie ferma les yeux et se frappa le front.

— Possible. Sauf que ce n'est qu'une question de temps.

Davey lança un grain de céréale qui atteignit Maddie au menton.

— Tu n'aimes pas les céréales, maman ?

Maddie vint serrer son fils dans ses bras.

— Si je les aime, mon chéri. Mais pour les *manger*.

Davey haussa ses épaules dans un geste enfantin.

— Ben dit que les batailles de nourriture sont un truc d'hommes.

— C'est à voir... En tout cas, merci d'avoir gardé mon merveilleux petit garçon, Ben.

Maddie lui jeta un regard en coin en prenant son fils dans ses bras.

— Mon cher frère, quand vas-tu te ranger et avoir ainsi l'occasion de livrer ces batailles de nourriture avec une réplique miniature de toi-même ?

Ben renifla.

— Me ranger ? Moi ? Jamais !

Maddie soupira.

— Je suis sérieuse, Ben. En refusant l'amour, tu

rates quelque chose de grandiose. Et moi, je sais que sous tes airs rebelles, tu es un garçon bien.

Ben posa délibérément son pied sur la table basse et se renversa dans son fauteuil.

— Pourquoi les gens mariés ne peuvent-ils être heureux sans essayer de convertir les célibataires à leur bonheur ?

Maddie ignora la question.

— Vois-tu quelqu'un en ce moment ?

Ben haussa nonchalamment les épaules.

— Oui, mais rien de sérieux. Elle n'est pas mon type.

— Parce qu'elle préfère les Kawasaki aux Harley ?

Il rit.

— Elle ne saurait probablement pas faire la différence !

Maddie ouvrit de grands yeux.

— Elle n'est pas fan de moto ! Elle porte un tatouage, tout de même ?

La curiosité de sa sœur le mettant mal à l'aise, Ben se leva.

— Je n'en sais rien mais je suppose que non.

— Ne joue pas avec mes nerfs, Ben ! Tu ne fréquentes tout de même pas une fille *convenable* ?

Ben soupira.

— Elle est mignonne, mais pas mon type. Et je ne suis pas le sien. Nous…

Il hésita et dut chasser un vague remords pour poursuivre.

— Nous nous amusons mutuellement. C'est tout.

En tournant le coin de la rue d'Amelia, Ben remarqua une voiture inconnue garée dans l'allée. Relâchant la poignée des gaz, il s'arrêta et observa.

A la lumière du porche, il vit un homme sortir de la voiture et la contourner pour aller ouvrir la portière du passager. Amelia descendit de la voiture et il la raccompagna à sa porte.

Amelia avait un amoureux ?

Il ressentit un curieux mélange d'amusement teinté d'irritation. Quelle importance ? se dit-il. Rien ne les liait. Elle l'amusait, elle était douce, gentille, et quelque chose en elle éveillait son instinct de protection. Rien qui puisse l'empêcher de dormir.

Plissant les paupières, il vit l'homme pencher la tête comme s'il s'apprêtait à embrasser Amelia. Une pulsion primitive lui fit alors crisper les mains sur son guidon.

Amelia s'écarta en secouant la tête.

Ben se détendit légèrement. Néanmoins, il n'appréciait guère la sensation de crispation toujours présente au creux de son ventre. Il aspira une profonde gorgée d'air et redémarra. Le vrombissement du moteur lui éclaircirait les idées.

Durant une demi-heure, il roula sur des routes secondaires. La familière sensation du vent froid sur son visage lui éclaircissant peu à peu les idées, il se convainquit d'avoir été victime d'une aberration momentanée. Cependant, au lieu de rentrer chez lui, poussé par la curiosité, il se retrouva devant la porte d'Amelia.

Quand elle répondit à son coup de sonnette, il s'accota au chambranle de la porte et sourit à la jeune femme.

— Pourquoi ne l'avez-vous pas embrassé ?

Elle cligna des yeux de surprise puis rougit et se redressa.

— Je n'en avais pas envie.

— Vous m'avez embrassé.

Image de la pruderie offensée, elle projeta son menton en avant.

— Vous avez été plus convaincant.

Il arqua ses sourcils.

— Parce que je vous ai forcée ?

Avec un soupir, Amelia ouvrit grande sa porte.

— Voulez-vous entrer ?

— Volontiers. Avez-vous invité M. Mercedes à entrer ? Si vous le revoyez, dites-lui qu'il devrait faire réviser son carburateur.

— Je n'y manquerai pas.

Elle se dirigea vers le salon et prit place sur un fauteuil.

— Vous n'avez pas répondu à ma question, dit Ben. L'avez-vous oui ou non invité à entrer ?

— Non, dit-elle en plantant son regard dans le sien. Pourquoi cette question ?

Sous l'impact de ses yeux bleus, Ben lutta contre une étrange envie de se tortiller.

— Simple curiosité.

Elle hocha la tête.

— C'était un rendez-vous arrangé par mon amie Sherry. Elle possède un logiciel qui gère les relations amoureuses et a décidé que je devais sortir avec lui.

Ben pencha la tête.

— Que je sois damné ! Un logiciel qui gère les relations amoureuses ? Comment trouvez-vous le partenaire qu'elle vous a choisi ?

— Cultivé, gentil, bien élevé…

— Mortellement ennuyeux, c'est ça ? dit-il en s'installant sur l'accoudoir de son fauteuil.

Elle pinça les lèvres.

— Je n'ai pas dit ça…

— Mais puisque je le dis…

Amelia soupira. Ben était le plus dérangeant de tous les hommes.

— Puisque vous le dites, je suis d'accord. Il ne m'intéresse pas.

— Vous vous demandez pourquoi ?

— Je suppose qu'il ne représente pas un danger. Elle se leva.

Lui saisissant le poignet, Ben l'attira entre ses genoux.

— Dites-moi, Amelia, pourquoi m'avez-vous permis de vous embrasser ?

Il la serra contre lui. Les seins de la jeune femme effleuraient le torse de Ben et, à sa grande contrariété, elle en sentit les pointes se durcir. A sa grande contrariété et à son grand plaisir. Et le cocktail détonant l'enhardit.

— Vous a-t-on jamais dit que vous aviez du toupet ? demanda-t-elle en nouant ses bras à son cou.

Il esquissa un sourire incroyablement sensuel.

— En général, on ne me le dit pas avec autant de tact. Mais il faut dire que je ne fréquente pas de filles convenables.

Convenable. Amelia ressentait un élan de désir pas du tout convenable. Durant les vingt-huit dernières années, elle s'était parfaitement accommodée du qualificatif. Alors, pourquoi l'ennuyait-il soudain ?

Ben avait dû sentir son revirement. Son regard s'assombrit et, d'une main au creux de ses reins, il la pressa contre sa virilité dressée.

Le geste si évidemment sexuel fit bondir le cœur d'Amelia. A un autre moment, elle se serait reculée. Ou avec un autre homme. Cependant, le regard de Ben l'immobilisait et, instinctivement, elle se frotta contre le renflement de son pantalon.

Avec un soupir tremblé, Ben emprisonna un sein à travers le mince tissu du chemisier.

— Chercheriez-vous le danger ?

Du pouce, il caressa le mamelon durci et elle ferma les yeux.

— Je ne sais pas, réussit-elle à articuler.

Elle leva sa bouche vers la sienne.

— C'est votre opinion ?

Il prit ses lèvres. Comme il fouillait sa bouche d'une langue impérieuse, Amelia perdit tout contrôle d'elle-même. Se cramponnant à ses puissantes épaules, elle répondit avec fougue à son baiser.

Quand ils s'écartèrent, Ben prit la pointe d'un sein entre ses lèvres à travers le tissu et l'agaça sans ménagement.

Amelia gémit, de plus en plus excitée. Tous ces obstacles entre eux lui étaient insupportables. Elle tendit la main vers la ceinture de son pantalon.

Avec un juron, Ben se rejeta en arrière et la contempla avec des yeux brûlants.

— Ne me provoque pas Amelia. Que veux-tu ?

En frissonnant, elle tenta de remettre de l'ordre dans ses pensées.

— Je veux…, commença-t-elle d'une voix étranglée.

Elle déglutit.

— Je veux que tu me rendes vivante.

Il poussa un long soupir sans la quitter des yeux.

— Je ne suis pas le prince charmant, tu sais.

Elle hocha la tête.

— Et je ne suis pas la Belle au bois dormant.

Il eut un rire dépourvu de gaieté.

— Mais tu pourrais l'être, répliqua-t-il en l'éloignant de lui.

Elle ravala une protestation et pressa ses mains l'une contre l'autre pour se retenir de le toucher. Elle s'était sentie tellement à sa place dans ses bras…

— Je ne serai jamais ton prince, Amelia. Tu dois le comprendre. Le grand amour, ce n'est pas pour moi.

- 4 -

Ben éprouva la surprise de sa vie en découvrant
Amelia au stade où se déroulait un match de basket-
ball opposant Salem College et Randolph Macon.
Elle portait une de ses absurdes robes dont l'ourlet
arrivait sous le genou, des chaussures plates et ses
cheveux attachés sur la nuque.

Il se rappela instantanément le bonheur éprouvé
à la serrer dans ses bras. Et le désir fou qu'il avait
eu de la prendre dans le fauteuil de son salon. Il
savait toutefois qu'elle n'était pas pour lui. C'était
pourquoi il ne l'avait pas appelée depuis ce soir-là
et n'avait pas cherché à la revoir.

Tout en s'exhortant à détourner le regard, il se
retrouva en train de l'observer. Elle suivait attentivement le jeu. Il existait chez Amelia une douceur
combinée avec une flamme secrète qui l'attirait
énormément. Et il ressentit un pincement au cœur
à la voir debout sur la ligne de touche.

Il songea à l'éviter, comme les quinze derniers
jours. Cependant, le destin voulut qu'elle tourne

son regard vers lui. Elle le dévisagea un moment puis détourna la tête.

A l'idée qu'il venait d'être victime d'une rebuffade, Ben ressentit un mélange d'amusement et d'irritation.

Il supposa que le plus *convenable* serait qu'ils s'ignorent mutuellement. En vingt-neuf ans d'existence, cependant, il avait rarement opté pour le *convenable*.

Il se dirigea vers elle.

— J'ignorais que tu étais fan de basket, dit-il en l'abordant.

Amelia ne prit pas la peine de se tourner vers lui.

— Je ne le suis pas. Il se trouve juste qu'un de mes étudiants joueur de basket a besoin de cours de soutien. Et nous avons convenu qu'il réécrirait son devoir si j'assistais à son match.

— Tu continues chaque jour d'affronter un danger ?

— Regarder n'est rien. C'est jouer qui serait angoissant.

Une sonnerie annonça la mi-temps. Amelia adressa un signe de la main à l'un des joueurs qui, en retour, agita la sienne dans sa direction ainsi que dans celle de Ben.

— C'est Jerry, dit ce dernier. Un de mes jeunes.

Amelia le regarda enfin.

— Un de vos jeunes ?

Ben haussa les épaules.

— Oui. Toutes les semaines, j'entraîne au basket des gosses de la Ligue pour la jeunesse. C'est un de nos espoirs.

— Il s'agit de mon étudiant.

Elle fronça les sourcils d'un air troublé.

— Et vous jouez au basket avec lui ?

— Oui. Et je le mets en garde contre les mauvaises influences. C'est la technique adoptée par la Ligue pour la jeunesse pour garder les gosses sur la bonne voie.

Amelia demeura un moment silencieuse.

— N'avez-vous pas eu des démêlés avec la justice ? demanda-t-elle enfin.

Comment le savait-elle ? Ben remit à plus tard d'élucider le mystère.

— Si mais surtout pour des délits mineurs. L'éducateur pense que je suis un bon exemple de mauvais garçon rentré dans le droit chemin.

Amelia hocha la tête avec lenteur, comme si elle n'était pas entièrement convaincue.

— Eh bien, bon match, dit-elle d'un ton distant.

Voyant qu'elle s'apprêtait à se retirer, Ben se mit en travers de son chemin.

— Inutile de fuir. Où sont donc passées vos bonnes manières, Amelia ?

Elle lui jeta un regard assassin.

— *Mes* bonnes manières, vraiment ?

Elle prit une inspiration et se redressa de toute sa hauteur.

— Il me semble que vous me devez des excuses. Cependant…

Elle leva une main pour balayer son objection.

— … je suppose que vous ignorez jusqu'à l'existence du mot.

— Des excuses, répéta Ben, interdit. Au nom de quoi te devrais-je des excuses ?

Elle jeta des regards alentour mais surmonta apparemment sa réticence à s'expliquer en public.

— Vous avez fait une supposition blessante.

Ben se retint de lui avouer combien il la trouvait adorable quand elle était en colère.

— Laquelle ?

— Vous avez supposé que je voulais vivre un grand amour avec vous. Eh bien, permettez-moi de vous dire une chose, monsieur…

Elle secoua la tête, comme irritée de ne pas parvenir à se rappeler son nom.

En même temps, derrière la colère, Ben devina une souffrance qui lui fendit le cœur.

— Palmer, dit-il doucement.

— Monsieur *super étalon*, corrigea-t-elle. J'ai déjà vécu l'amour censé durer toujours, et je peux vous dire que ce n'est pas drôle. Alors, sachez que je ne cherche pas le grand amour. Avec personne, et surtout pas avec vous !

Quand elle tourna les talons, Ben sentit le courant

d'air provoqué par son départ précipité. Trop occupé à digérer son petit discours, il mit un certain temps à réagir. Quand il la rattrapa, elle s'apprêtait à quitter le stade.

— Maintenant, tu vas m'écouter.

— Je refuse de parler avec vous ! Vous m'avez insultée mais je sais que vous n'êtes pas du genre à reconnaître vos torts !

La remarque excita l'indignation de Ben.

— Tu m'as mal compris.

— Je ne parlerai pas avec vous !

Il se plaça devant elle.

— Oh, que si !

— Non ! Je vais à un endroit où même vous ne pouvez entrer.

Elle le contourna.

— Où allez-vous ?

— Aux toilettes.

Et elle poussa la porte puis la lui claqua au nez.

Très énervé, Ben posa ses mains sur ses hanches. Leur conversation lui restait en travers de la gorge. Leur relation, si tant est qu'elle existât, lui restait en travers de la gorge. Amelia n'était pas son type. Trop « dame », trop vulnérable, trop sensible.

Il détestait l'idée de l'avoir blessée. D'ailleurs, c'était pour éviter cela qu'il l'avait repoussée, l'autre soir. Rien à voir avec les sentiments déroutants qu'il pourrait éprouver pour elle.

Ben jura. Il détestait l'admettre mais Amelia avait

raison sur plusieurs points. En même temps, elle se trompait sur d'autres et il comptait bien l'éclairer là-dessus.

Tout d'abord, sa certitude qu'il ne pouvait rentrer dans les toilettes des dames.

Il poussa la porte.

— Un homme dans la place ! cria-t-il.

Une femme qui se tenait près d'Amelia devant les lavabos s'enfuit sans demander son reste.

Amelia ouvrit de grands yeux.

— Vous êtes fou ? Vous n'avez rien à faire ici !

Il eut un rire cynique.

— Ce ne sera pas la première fois.

Elle porta les mains à ses oreilles.

— Je ne veux rien entendre !

— Mais si ! Vous allez m'écouter attentivement. Pour commencer, je vous prie de m'excuser de m'être conduit comme un goujat.

Elle abaissa ses mains.

— Pardon ?

Ben poussa un soupir de lassitude.

— Voilà bien les femmes. Une fois ne leur suffit jamais, il faut toujours répéter. Je vous demande de m'excuser pour mon comportement de l'autre soir.

Elle ouvrit de grands yeux, visiblement à court de mots.

— Sortons d'ici, murmura-t-elle enfin.

En sortant, Ben tint la porte ouverte à une femme qui le remercia d'un air interloqué.

— A votre service, dit-il simplement.

Amelia secoua la tête d'un air incrédule. Cependant, comme elle s'éloignait, Ben la rattrapa.

— Il faudrait peut-être respecter le marché.

Amelia le regarda, bouche bée.

— C'est-à-dire ?

Il haussa les épaules.

— Tu dois me parler.

Elle hésita d'une manière peu flatteuse mais finit par hausser les épaules.

— D'accord.

— Je t'emmène manger une glace au Salem Ice Cream Parlor.

Amelia secoua la tête.

— Je ne suis pas équipée pour…

— … un enlèvement ? demanda-t-il, sentant son démon familier revenir à la charge.

Comment une femme aussi douce arrivait à le provoquer sur tant de plans restait pour lui un mystère.

Elle lui jeta un regard sévère.

— Pour un tour en moto.

— Excuse de mauviette.

— Nous sommes en novembre. Il fait trop froid pour manger des glaces.

— Encore plus mauviette.

— J'ai promis à Jerry d'assister à son match.

Elle détourna le regard. Ben, cependant, n'avait pas l'intention d'abandonner la partie.

— D'accord. Nous irons après.

— Que veux-tu ? demanda Ben.

Tout en examinant la décoration rétro de l'établissement, Amelia ne pouvait s'empêcher de claquer des dents.

— Une tasse de chocolat chaud et un bain brûlant.

Ben la détailla du regard.

— Cette robe est jolie mais trop légère pour la saison.

Il entreprit de lui frotter les bras.

— Je vous avais dit que je n'étais pas vêtue pour une virée à moto.

— Hé, Ben ! Tu importunes mes clients ? demanda le serveur derrière le comptoir.

— Tu ferais mieux de me remercier. J'use de mon influence pour t'amener une nouvelle clientèle.

— Tu parles d'une influence, fit Amelia d'un ton agacé.

Quelle folie la tenait face à Ben ? Pourquoi avait-elle accepté de mourir de froid pour manger une glace en sa compagnie ? Il fallait dire que, chaque fois qu'elle croyait l'avoir compris, il agissait de façon à rectifier son image. Chaque fois qu'elle croyait l'avoir oublié, il réussissait à piquer son intérêt.

Elle l'avait jugé égoïste et insensible, et il s'était excusé. Elle le pensait peu attentionné et il cherchait à la réchauffer. A cette idée, le cœur d'Amelia se mit à battre plus vite.

Il posa ses doigts sur son nez glacé.

— D'accord, je t'ai torturée. Laisse-moi réparer. Que veux-tu ?

— Quelque chose de chaud. De très chaud.

Il lui adressa un sourire chargé de sous-entendus et effleura ses lèvres d'un baiser.

— Pour ça, je peux te combler.

— Ben ! cria une voix de femme avec une intonation d'heureuse surprise.

Avec un grognement, Ben se rejeta en arrière.

— Maddie ? Que fabriques-tu ici ?

Une jolie jeune femme aux grands yeux bruns remplis de curiosité se précipita sur eux.

— Je revenais du centre commercial quand j'ai eu l'idée de m'arrêter acheter des glaces pour Davey et Joshua.

Elle sourit et regarda Amelia d'un air inquisiteur.

— Présente-moi, veux-tu ? demanda-t-elle à Ben.

Avec un soupir, il s'exécuta.

— Amelia, voici ma sœur Maddie.

— Ravie de faire votre connaissance, dit Amelia, lui tendant la main.

— Moi de même, répondit Maddie, serrant énergiquement sa main tendue. J'ai rarement l'occasion de rencontrer les petites amies de…

Ben s'éclaircit bruyamment la gorge tout en gratifiant sa sœur d'un regard furieux.

— Je veux dire, les amies de Ben. Il est si occupé. Depuis quand vous connaissez-vous ?

Amelia jeta un coup d'œil en direction de Ben qui semblait au bord de la syncope.

— Pas très longtemps. Ben m'apprend à conduire une moto. J'en rêvais depuis longtemps.

Maddie considéra la robe d'Amelia et hocha lentement la tête.

— Vraiment ?

— Enfin, il ne me donne pas de leçon aujourd'hui. Nous nous sommes rencontrés par hasard au match de basket du Salem collège. J'enseigne l'histoire dans cet établissement.

Maddie sembla stupéfaite.

— Vous enseignez l'histoire ! s'exclama-t-elle d'un ton suraigu.

Elle se tourna vers Ben pour quêter une explication mais celui-ci ne réagit pas.

— Oui, confirma Amelia. Avez-vous fréquenté le Salem College ?

Maddie secoua la tête.

— Oh, non ! Mais j'ai toujours voulu suivre des

cours d'université. Un jour, je mettrai peut-être mon projet à exécution.

Elle regarda sa montre.

— Ecoutez, je ne suis pas pressée de rentrer. Si je partageais votre table quelques instants ?

Elle jeta un coup d'œil à Ben qui émit un son étranglé et Amelia se retrouva la cible de leurs regards. Mal à l'aise, elle haussa les épaules.

— Volontiers.

— Voilà qui règle la question, dit gaiement Maddie.

Durant la demi-heure qui suivit, Maddie questionna amicalement Amelia. Elle compatit à son deuil et exprima son admiration pour sa carrière. Après quoi, elle les régala des histoires d'enfance de Ben qui semblait à la torture. Quand Maddie en eut terminé, Amelia savait tout de lui.

— Le Club des Mauvais Garçons…, murmura Amelia après le départ de Maddie.

— C'était un club privé, expliqua Ben. Le nombre des membres en était limité.

Amelia rit.

— Je n'en doute pas. Je frissonne rien qu'en imaginant vos rites d'initiation.

— Ce n'était pas si terrible. Nous voulions tous des tatouages.

Amelia roula les yeux.

— J'imagine la joie de vos mères à l'idée que vous endommagiez définitivement votre peau.

Comme Ben la considérait sans rien dire, Amelia tressaillit.

— Ne me dites pas que vous êtes tatoué…

— J'y suis passé plus tard.

Elle réprima un haut-le-corps.

— Je n'ai rien vu ! Qu'est-ce qui vous a pris de…

Il posa une main sur ses lèvres.

— Tu n'as pas vu mon tatouage parce que mes vêtements le couvrent la plupart du temps.

Amelia prit un air horrifié.

— Vous avez un tatouage sur vos…

Elle baissa la tête et termina dans un souffle :

— … fesses !

Ben éclata de rire.

— Non ! Sur mon bras. C'est un serpent.

Amelia regarda Ben comme s'il lui avait poussé une tête supplémentaire. A vrai dire, même s'il ne voulait pas le reconnaître, Ben avait souvent songé à l'éventualité de faire disparaître son tatouage.

Il se pencha et joua du pouce avec sa lèvre inférieure.

— Tu veux le voir ? demanda-t-il avec un sourire.

Amelia tenta sans succès de prendre un air digne.

— Ce n'est pas nécess…

— Mauviette ! dit Ben, taquinant toujours sa lèvre.

Le regard d'Amelia s'assombrit et elle planta ses parfaites petites dents dans son pouce.

Ben la considéra avec surprise.

— Tu m'as mordu !

Les joues en feu, Amelia porta une main à sa bouche.

— Je n'arrive pas à le croire !

Elle prit la main de Ben tout en secouant la tête.

— Je ne comprends pas ! Je n'ai jamais mordu personne de ma vie. Même quand j'étais enfant.

Elle semblait si bouleversée que Ben la prit en pitié.

— Voyons, ce n'est pas si grave.

— Si ! Vous ne comprenez pas. Je n'ai jamais agi ainsi auparavant ! C'est *vous* ! s'exclama-t-elle, élevant la voix. Vous me rendez folle ! Vous…

Elle s'interrompit cherchant ses mots.

Malgré la compassion qu'il éprouvait devant son désarroi, Ben dut retenir une forte envie de rire.

Elle le dévisagea avec colère et se leva.

— Vous me faites faire des choses *complètement folles* ! C'est *vous* !

Il se leva à son tour.

— Oh, non ! Pas question de rejeter la faute sur moi ! Je ne t'ai pas demandé de me mordre.

— En me traitant de mauviette, c'était tout comme !

309

Elle recula soudain et se recroquevilla sur elle-même.

— Qu'est-ce qui m'arrive ?

— Du calme, Amelia. J'ai enduré pire.

— Vous n'allez pas me raconter vos histoires de coucheries ? s'exclama-t-elle d'un ton suraigu.

Soudain, elle secoua la tête.

— J'ai besoin de prendre l'air, dit-elle en se dirigeant vers la porte.

Ben la rejoignit sur le trottoir.

— Tu fais une montagne d'une taupinière.

— Je ne suis pas d'accord. Je n'ai jamais…

Ben la prit par le bras et la fit pivoter.

— Eh bien, peut-être que tu aurais dû !

Elle demeura silencieuse sous son regard et son expression lui alla droit au cœur.

Il l'attira contre lui.

— Peut-être aurais-tu dû mordre quelqu'un plus tôt. Et si ça te fait du bien, ajouta-t-il, surpris par le ton solennel de sa propre voix, tu peux me mordre chaque fois que tu en auras envie.

Sans parvenir à analyser clairement ses sentiments, Amelia se rendait compte que, depuis sa rencontre avec Ben, il se passait quelque chose en elle, et que ce quelque chose n'était pas entièrement négatif. Elle commençait à regarder le monde et elle-même avec d'autres yeux. Après toutes ces années où elle s'était efforcée de plaire à Charles, la seule personne dont l'opinion comptât désormais, c'était elle.

Il s'agissait d'un constat libérateur et d'un défi. Un défi parce qu'elle n'était pas certaine de ses envies.

Elle se mit à expérimenter de nouvelles recettes de cuisine, à acheter de nouveaux CD, à changer de style vestimentaire et elle songea à se couper les cheveux.

Un jour, un catalogue de vente de lingerie par correspondance atterrit sur son bureau. En temps ordinaire, elle l'aurait fait circuler sans y accorder un regard mais il se trouva que, cette fois... elle se mit à le feuilleter.

Comme par un fait exprès, Sherry choisit ce moment pour pénétrer en trombe dans son bureau.

— J'ai un célibataire pour toi ! Une valeur sûre, ma vieille ! Il...

Sherry s'interrompit brusquement en découvrant le catalogue dans les mains d'Amelia.

— Décidément, tu ne finiras jamais de me surprendre. Voilà que tu t'intéresses aux dessous coquins, maintenant ?

Amelia refusa de rougir.

— Je regardais seulement.

— Tu regardes beaucoup ces derniers temps, non ?

— Oui. J'essaie de découvrir ce que j'aime et ce qui me déplaît.

Elle sourit.

— Je sais que c'est un peu étrange à vingt-huit ans de ne pas connaître ses goûts. Je me rends compte que je n'ai jamais pris de décisions qui ne soient influencées par Charles.

— Et que devient Ben Palmer dans tout ça ?

Amelia soupira.

— Il me rend folle.

— En bien ou en mal ?

— Les deux. Mais, inutile de t'inquiéter, nous ne ferons pas long feu ensemble.

— Je peux savoir pourquoi tu en es si sûre ?

— Nous nous amusons mutuellement mais aucun de nous ne recherche le grand amour.

Désireuse de changer de sujet, Amelia désigna une photo du catalogue.

— Ces soutiens-gorge doivent être plutôt inconfortables, non ?

— Tu veux dire ceux qui remontent les seins sous le menton ? Eh bien, la chirurgie est certainement moins douloureuse. Si tu veux te lancer dans la lingerie fine, commence plutôt par le string.

Amelia grimaça.

— Il ne fait pas un peu froid pour ça ?

Sherry referma le catalogue.

— Amelia, vas-tu laisser Ben te faire souffrir ?

L'intéressée secoua énergiquement la tête.

— Il ne me fera pas souffrir pour la bonne raison que je n'attends rien de lui. Je suis réaliste. Même

si je n'ai pas une grande expérience des hommes,
je sais qu'il est trop bien pour moi.

Sherry eut une moue.

— Tu es surtout trop bien pour lui.

— Je suis contente que tu sois venu, Ben, dit
Jenna avec un sourire. Ça fait chaud au cœur de te
voir du bon côté de la barrière.

— Je ferai n'importe quoi pour goûter tes gâteaux !
répliqua Ben. Y compris jouer les pères Noël à la
fête de la Ligue pour la jeunesse !

— Hé là ! Personne ne touche aux gâteaux de ma
femme à part moi ! intervint Stan, prenant une voix
de gangster. Tu ne voudrais pas que je te frappe ?

— Mieux vaut ne pas t'y frotter, Stan le chef ! railla
Ben, rappelant à son ami son surnom de l'époque
du Club des Mauvais Garçons.

— Un instant ! s'exclama Jenna. Si vous tenez
à vos stupides rites qui consistent à vous serrer la
main en crachant par terre, allez dehors !

Ben lui envoya un baiser et mordit dans un
gâteau. Il connaissait Jenna et son gredin de mari
pratiquement depuis toujours. Jenna était devenue
avocate et Stanley médecin. Très impliqués dans la
Ligue pour la jeunesse, ils avaient organisé, à l'occasion de Noël, une fête destinée à battre le rappel
des bonnes volontés.

Jenna mit une bière dans les mains de Ben.

— J'ai rencontré Maddie dernièrement. Elle prétend que ta nouvelle petite amie est très différente des autres. La jeune femme en question sait lire, a un casier judiciaire vierge et pas de tatouages visibles.

Immédiatement sur ses gardes, Ben avala une gorgée de bière.

— C'est juste une amie.

— Bien sûr, répliqua Jenna d'un ton de parfaite incrédulité. Dans ce cas, pourquoi l'embrassais-tu au Salem Ice Cream Parlor ?

Stan sifflota.

— On se le demande, en effet.

— Nous ne sortons pas ensemble, répéta Ben. Elle n'est pas mon genre.

— Ça, c'est plutôt une bonne nouvelle, dit gaiement Jenna.

— Elle est si convenable. Je suis tombé des nues quand elle m'a mordu.

— Elle t'a mordu ! s'exclama Stan.

Il partit d'un formidable éclat de rire.

— Alors, il y a de l'espoir ! Tu te souviens que Jenna n'arrêtait pas de me mordre quand nous étions enfants. J'en porte même la cicatrice.

Avec un gros soupir, Jenna embrassa son mari sur la joue.

— Tu ressors toujours cette vieille histoire. Bon, désolée les amis, mais il faut que je m'occupe de mes invités. J'aimerais beaucoup la rencontrer, ajouta-t-elle à l'adresse de Ben.

— Est-ce un ordre de sa majesté ?

— Naturellement ! Sérieusement, Ben, ajouta-t-elle, qu'elle ne soit pas ton genre est plutôt un bon point.

Peut-être, mais Ben avait d'ores et déjà décidé que, malgré tout le désir qu'il en avait, Amelia et lui ne seraient pas amants.

- 5 -

Amelia ne prit conscience de la date que dans l'après-midi. Jusque-là, elle avait ressenti une sensation de malaise diffus mais l'avait repoussée. Dieu savait que cette sensation, elle l'éprouvait plus souvent qu'à son tour. Comme on était samedi, elle s'était octroyé une grasse matinée puis avait commis la folie de se rendre chez la manucure. Même si l'événement ne faisait pas la une des journaux, elle trouvait du plus bel effet le rouge vif arboré par ses ongles et ne cessait de les contempler en souriant.

Ensuite, elle avait fait des courses et était passée à la teinturerie et à l'épicerie. Et durant tout ce temps, elle avait eu la vague sensation d'oublier quelque chose d'important. Curieusement, ce ne fut qu'au moment d'acheter des fruits que la lumière se fit. Machinalement, elle écarta les oranges parce que Charles préférait les pommes et les bananes. Et alors, elle se souvint que c'était le jour anniversaire de sa mort.

Son cœur se serra. Avait-elle vraiment failli

oublier ? Qu'est-ce que cela signifiait ? Elle n'avait aucune intention de reléguer Charles dans le passé. Il avait tenu une place importante dans sa vie, une place prépondérante.

Elle se hâta de terminer ses achats pour rentrer chez elle. Une fois ses provisions rangées, elle demeura désœuvrée. Elle ne tenait pas plus à téléphoner à sa mère pour évoquer le défunt qu'à appeler des amis qui ne l'avaient pas connu. Et elle n'avait aucune envie de rester chez elle.

A court d'idées, elle s'empara d'un vieil album de photos et décida de se rendre au parc. Charles avait toujours aimé cet endroit.

Ben était sur le point de renoncer à attendre Amelia quand il vit apparaître sa voiture. Assis sur sa moto, il la regarda se garer dans l'allée. Ils avaient fait le projet de se retrouver ce soir-là sans fixer d'heure.

Elle descendit de voiture et se hâta vers sa porte.

— Hé ! Miss Amelia, appela Ben.

Elle se retourna brusquement.

— Ben ! Je ne t'avais pas vu.

Il s'approcha.

— Je commençais à craindre que tu m'aies posé un lapin.

Les yeux d'Amelia s'écarquillèrent.

— Oh ! Ben, j'avais oublié. Excuse-moi, veux-tu ? Il faut dire que j'ai été distraite aujourd'hui.

Elle glissa sa clé dans la serrure, ouvrit la porte et lui fit signe d'entrer.

— Sale journée, murmura-t-elle.

Visiblement, quelque chose clochait, se dit Ben. Simplement vêtue d'un jean et d'un blazer, les cheveux tout ébouriffés, elle semblait troublée et nerveuse. Ses doigts trituraient sans relâche les bords du gros livre qu'elle tenait à la main.

— Qu'est-ce que c'est ? demanda-t-il en se rapprochant.

Elle baissa les yeux sur l'objet et haussa les épaules.

— Juste un album de photos. Que puis-je t'offrir à boire ?

Il lui prit le bras avant qu'elle ne s'échappe.

— Que se passe-t-il, Amelia ?

— Rien.

Il vit pourtant des larmes briller dans ses yeux et ressentit un étrange besoin de la protéger.

— Où es-tu allée aujourd'hui ?

— Chez la manucure et à l'épicerie.

Sa voix était hésitante. Elle prit une profonde inspiration et il vit son regard s'assombrir un peu plus.

— Et puis, je suis allée au parc. Tu comprends, c'est le jour anniversaire de la mort de Charles et j'étais désemparée.

Manifestement bouleversée, elle repoussa une mèche de cheveux derrière son oreille.

— Je veux dire, nulle part on explique la conduite à tenir pour le premier anniversaire de la mort de son mari ! De plus, j'ai failli oublier, ce qui m'a donné un horrible sentiment de culpabilité.

Soudain, le téléphone sonna. Amelia fit une grimace.

— Ce doit être ma mère.

— Tu veux que je réponde ?

Elle émit une sorte de coassement.

— Non ! Il vaut mieux que je m'en charge.

Agité d'étranges sentiments, Ben lui prit l'album des mains et s'assit dans un fauteuil. Tout en le feuilletant, il entendait Amelia s'entretenir avec sa mère de Charles et de leur vie commune. Les photos témoignaient de tous les moments qu'ils avaient partagés. On les voyait sous le jet du tuyau d'arrosage, se rendant à l'école, leur cartable sur le dos, juchés sur des rollers. Tout en se disant qu'il était absurde d'être jaloux d'un mort, Ben éprouvait un curieux pincement d'envie à la vue d'Amelia enfant et adolescente. Inexplicablement, il aurait aimé l'avoir connue à cette époque.

Oh ! L'avoir connue quand lui manquaient les deux dents de devant et, plus tard, quand elle portait un appareil dentaire… Sur toutes ses photos, son regard avait la même expression douce et lumineuse qu'aujourd'hui.

Quant à Charles, on ne pouvait s'empêcher de remarquer qu'au fil du temps, il devenait de plus en plus conformiste. Et, mise à part l'étincelle de son regard, l'apparence d'Amelia reflétait cette évolution.

Soudain, Ben prit conscience que Charles n'était peut-être pas l'homme qu'il aurait fallu à Amelia.

Tout de suite, il se reprocha cette pensée. Il referma l'album. Charles avait été le mari d'Amelia et Charles était mort. Personne n'y changerait rien.

Il vit la jeune femme entortiller le cordon du téléphone autour de son doigt et sourire tristement.

— Oui, maman, je me souviens la première fois que j'ai vu la neige. C'était à Sugar Mountain où les parents de Charles m'avaient emmenée. Il m'a appris à faire de la luge et à skier. Et puis, nous avons fait une bataille de boules de neige ce qui m'a valu un œil au beurre noir.

D'une certaine façon, Ben avait le sentiment de violer son intimité. D'un autre côté, il sentait qu'elle tenait à sa présence.

Après avoir raccroché, Amelia s'approcha de son fauteuil.

— Désolée pour l'interruption. Voyons, où en étions-nous ? J'allais t'apporter une boisson.

L'expression lointaine de son regard toucha une corde sensible chez Ben. Il l'attira sur ses genoux.

— Non. Tu t'apprêtais à me parler de ta visite au parc.

Elle ferma les yeux.

— Tu n'as certainement pas envie que je t'en parle parce que je vais me mettre à pleurer, et je suis sûre que tu détestes voir les femmes pleurer.

Elle n'avait pas tort. D'habitude, Ben était le premier à prendre la poudre d'escampette quand les larmes se mettaient à couler. Mais dans le cas présent, Amelia lui rappelait une enfant perdue et il mourait d'envie de la consoler. Il la serra contre lui.

Elle se laissa alors aller à la tristesse et elle pleura, pleura sur son épaule, trempant son blouson de larmes. Quand elle releva finalement la tête, elle tira un mouchoir brodé de sa poche et se moucha discrètement.

— Ce n'est pas qu'il me manque tant que ça…, commença-t-elle.

Puis elle prit une expression accablée.

— C'est ignoble de dire des choses pareilles, non ?

Ben, secoua la tête.

— Trouve mieux pour me convaincre de ton ignominie.

Elle soupira.

— Une part de moi se sent coupable d'être restée en vie mais il n'est pas question que je me lamente jusqu'à la fin de mes jours. Je veux apprendre à conduire une moto et manger des oranges.

— Manger des oranges ? répéta Ben, interdit.

— Charles n'aimait pas ça. Mais moi, si. Je veux vivre !

— Rien de répréhensible à ça.

— Alors, pourquoi ai-je tant de mal à le faire ?

— Je suppose qu'il existe une raison psychologique liée au fait qu'il soit mort dans un accident et que tu en aies réchappé.

Ben sentait qu'Amelia cherchait désespérément une lueur d'espoir. Et, tout à coup, son irrévérence naturelle refit surface.

— A moins que ça signifie juste que tu es une mauviette.

Il l'entendit produire un rire étouffé.

— C'est vrai que, avec mes larmes, tu as eu plus que ton compte pour la journée.

Ben repoussa une mèche de cheveux du visage de la jeune femme.

— Je ne me plains pas. Une jolie femme sur les genoux, c'est toujours appréciable.

Elle leva son visage vers le sien et posa un doigt sur sa joue.

— Tu as été affreusement gentil pour un tatoué.

Le désir de Ben s'éveilla. Le corps d'Amelia était doux et chaud contre le sien, son postérieur tendrement niché entre ses jambes. Cependant, la sachant fragile, il se contint.

— Tu veux voir mon tatouage ? demanda-t-il en se débarrassant de son blouson.

Il roula la manche de sa chemise sur son bras.

— C'est un cobra, dit-il. Avec des crochets.

— Qu'est-ce qui t'a valu de faire ça ?

— Une bouteille de tequila. Je me trouvais à Cozumel, au Mexique. La dernière chose dont je me souviens, c'est de m'être trouvé dans le bar de Carlos et Charlie. Le lendemain matin, je me suis réveillé sur la plage, un cobra tatoué sur le bras.

Elle caressa le dessin du bout du doigt.

— Je dois avouer que c'est la première fois que je suis intime avec un tatouage.

Il ressentit un étrange pincement au cœur.

— J'aurais aimé être celui qui t'a fait un œil au beurre noir pendant ta première bataille de boules de neige.

Sans cesser de caresser son tatouage, elle lui jeta un regard de biais.

— Comment dois-je interpréter ça ?

— J'aurais aimé te connaître enfant, dit-il en glissant ses doigts dans ses cheveux.

— J'étais pourtant une mauviette !

Il secoua la tête.

— Non. La poltronnerie s'acquiert. J'ai vu certaines photos. Sous tes dehors angéliques, tu étais une friponne.

Amelia glissa ses doigts sous le bord de sa manche et le regarda à travers ses cils.

— Et maintenant, que suis-je ?

Le contact de ses doigts sur sa peau accéléra les battements de son cœur.

— Une friponne qui sort de sa coquille.

Elle croisa lentement son regard et Ben ressentit l'impact de son expression comme une caresse un peu osée. Elle le désirait. Elle n'avait probablement pas conscience du danger auquel elle s'exposait mais elle le désirait. Et cette constatation fit bouillir son sang. Elle était infiniment tendre, et pourtant, sous la surface, il devinait le feu qui couvait.

Attentif à ne pas profiter de la situation, il attendit que la tension s'apaise. Car elle s'apaiserait. Et Amelia reviendrait à son état normal.

Au lieu de ça, elle approcha avec une torturante lenteur sa bouche de la sienne. A quelques milli-mètres de ses lèvres, elle murmura :

— Merci.

Après quoi, elle l'embrassa. Ses doigts délicats glissés dans ses cheveux, elle entrouvrit la bouche et aspira sa lèvre inférieure. Puis sa langue trouva la sienne.

Ben gémit.

Combien de temps parviendrait-il à jouer ce jeu dangereux sans la posséder ?

Comme elle continuait de l'embrasser avec fièvre, il sentit son dos se couvrir de sueur.

— Tu es brûlant, murmura-t-elle.

— C'est exact, répliqua-t-il en dégageant sa chemise de son jean.

Amelia posa ses mains sur son torse tandis qu'il prenait possession de ses seins. Avec un doux cri de volupté, elle se pressa contre lui. Chacun de ses gestes, chacun de ses souffles trahissait son désir d'aller plus loin.

Ben enfouit son visage dans son cou et respira son parfum tout en jouant avec la pointe de son sein. De son autre main, il déboutonna son jean et glissa un doigt sous la barrière de dentelle de sa culotte. Et il attendit sa réaction.

Loin de le repousser, elle attira sa bouche sur la sienne et l'embrassa à en perdre haleine. Son pouls battait délicieusement dans tous les points sensibles de son corps. Il la voulait nue, allongée sur son corps nu. Il voulait voir ses cheveux se répandre sur sa poitrine et son ventre tandis qu'elle lui donnerait une caresse intime. Il voulait la sentir moite, et pleine de désir. Il voulait la pénétrer.

Il glissa une main entre ses cuisses et la trouva plus que prête. Et la constatation l'excita davantage. Quand il caressa la perle soyeuse de sa féminité, elle gémit et le son si sensuel de son râle lui parut d'un prix infini.

Il enfonça un doigt en elle et elle cria son plaisir. Elle tremblait dans ses bras, pressait sa bouche contre la sienne dans des baisers à couper le souffle. Toutefois, quand elle tâtonna à la recherche de la fermeture à glissière de son jean, il immobilisa sa main.

— Pourquoi ? demanda-t-elle, les yeux brillant de passion.

— Ce n'est pas le moment, réussit-il à articuler.

Brusquement, il se sentait contraint d'agir *correctement*. Le désir lui brouillait les idées mais un instinct encore plus profond lui commandait d'arrêter. L'expérience inédite le troublait au-delà de toute expression.

— Tout va bien, dit-elle en abaissant sa fermeture.

Le bruit fut une torture pour ses sens enfiévrés.

— Tu me rends…

Il secoua brusquement la tête.

— Ce n'est pas possible. Nous sommes…

— Quoi ?

— … fous, termina-t-il, son esprit et son corps enfiévrés par le désir.

— Je veux te toucher, dit-elle. Je veux…

Il posa une main sur ses lèvres.

— Tu ignores ce que tu veux, Amelia. Tu es encore sous le choc de la disparition de ton mari. Nous avons fait assez de sottises pour ce soir. Mieux vaut en rester là.

L'espace d'un instant, il crut l'avoir blessée. Une part de lui-même souhaitait qu'elle le prie de partir. Elle le surprit une fois encore en jetant ses bras autour de lui.

Méfiant, fasciné, il la contempla. Allons, une petite prof d'histoire, veuve et très convenable, ne pouvait l'affecter à ce point.

*   *
*   *

Ben engagea sa Harley sur un chemin boueux.

— Tu vas prendre ta première leçon de conduite là-dessus.

Il désigna des minimotos parquées dans un enclos.

— Le propriétaire m'a confié la clé pour la soirée.

— Ces trucs ne font pas peur.

Amelia se référait bien sûr à son défi personnel de braver chaque jour un danger.

En riant, Ben l'aida à descendre de la moto.

— Il faut bien ramper à quatre pattes avant de marcher.

Elle leva la visière de son casque et le dévisagea.

— Tu es passé par-là, toi aussi ?

— Moi, c'est différent.

— Je vois. C'est une question de chromosomes.

— Non. Question de talent et d'expérience.

— Tu es né avec le signe *Easy Rider* gravé sur le front ?

— Non, mais je montais à bicyclette comme personne quand j'étais enfant.

— Oh…

Amelia se rappela s'être distinguée en gardant plus longtemps que les autres les roulettes de sa bicyclette. Préférant néanmoins garder l'information secrète, elle se dirigea vers les minimotos.

— Installe-toi, dit-il en lui donnant les instructions pour démarrer, accélérer et freiner. Et ne va pas trop vite.

— On dirait une tondeuse à gazon ! lui cria-t-elle après avoir démarré l'engin. Quand aurai-je le droit de conduire une *vraie* moto ?

— Quand je te le dirai !

Amelia lui tira la langue et démarra dans un nuage de poussière.

Elle l'entendit crier quelque chose où il était question de vitesse mais décida de ne pas regarder le compteur. Malgré sa déception initiale, elle aimait parcourir comme une flèche le chemin et pousser au maximum les ressources limitées de la moto.

Elle repéra une piste qui partait sur la droite et, adressant un vague signe de la main à Ben, s'y engagea. Quelques minutes plus tard, il lui ordonnait d'un geste ferme de regagner le chemin. Le jour commençait à décliner et Ben ne semblait pas très satisfait.

— Tu en as assez fait pour aujourd'hui, déclarat-il en rangeant la minimoto dans son enclos. Tu es sûre de n'avoir jamais eu de contravention pour excès de vitesse ? Tu as bien dû m'entendre te crier de ralentir et de rester sur le chemin ?

— Je voulais juste voir ce que ce petit engin avait dans le ventre !

Il la prit par les épaules et la contempla avec gravité.

— J'avais peur que tu tombes.

Le cœur d'Amelia chavira.

— Je n'avais aucune envie de tomber mais on ne peut jamais être sûr de rien.

La remarque déplut à Ben, ça se voyait à son expression. Elle ne le comprenait pas toujours, pensa-t-elle sur le chemin du retour. Depuis le soir où il l'avait repoussée, elle le sentait réticent vis-à-vis d'elle. C'était curieux, mais elle lui faisait d'autant plus confiance. Elle avait envie d'être plus proche de lui mais il la tenait à distance.

Quand il la raccompagna à sa porte et l'embrassa, elle éprouva le vif désir de se jeter dans ses bras. Comment ne pas perdre la tête pour un homme tel que lui ? Quand il s'écarta, elle soupira.

— Veux-tu entrer ?

— Mieux vaut pas, marmonna-t-il.

Et il lui donna un second baiser. Elle glissa ses bras sous son blouson, lui arrachant un grognement.

— Pourquoi ? Je ne mords que sur commande.

Il jura doucement en l'écartant.

— Rentre…

Le doute s'insinua dans l'esprit d'Amelia. Son attirance était peut-être à sens unique, après tout. Son éducation la retenait toutefois de se montrer trop entreprenante.

— Allons, sois une bonne fille et rentre, insista Ben avec un sourire contraint.

Amelia se rembrunit.

— Merci pour la leçon, murmura-t-elle.

Elle ouvrit sa porte.

— Viendras-tu demain à la grande journée promotionnelle de ma boîte ? demanda Ben. La manifestation a des allures de fête foraine.

— Sûrement.

Il hocha la tête.

— Bonne nuit, Amelia.

L'esprit confus, elle le regarda partir tandis que César, le chat, se frottait en ronronnant contre ses jambes. L'attitude de Ben était incompréhensible. Tantôt il la repoussait, tantôt il s'assurait qu'il la reverrait. Alors qu'elle lui laissait toute latitude de coucher avec elle la semaine précédente, il s'en était abstenu tout en la désirant. Enfin, peut-être ne la désirait-il pas tant que ça. Elle ne réinitialisait pas son disque dur, comme aurait dit Sherry.

Autre chose la chiffonnait. « Sois une bonne fille », lui avait-il demandé. Elle referma la porte et prit distraitement le chat dans ses bras. Pour la première fois de sa vie, elle se demandait ce qui se passerait si elle se mettait à ruer dans les brancards.

Maddie, un petit garçon calé sur son genou, une barbe à papa à la main, fit signe à Amelia.

— Venez ! cria-t-elle.

Amelia examina avec stupéfaction l'aire de présentation de voitures étrangères grouillant d'effervescence. Un groupe jouait de vieux airs de rock'n roll. Certains dansaient, d'autres se faisaient photographier au volant d'une jaguar décapotable. Une odeur de hot dog et de barbe à papa flottait dans l'air.

— Ben m'avait dit que ça ressemblerait à une fête foraine mais je ne m'attendais pas à ça.

Maddie hocha la tête.

— Le précédent propriétaire a mis cette manifestation en place et c'est devenu une tradition.

Amelia se pencha sur l'enfant.

— Voici Davey, je suppose, dit-elle en souriant au petit garçon tout barbouillé. Tu sais, j'ai beaucoup entendu parler de toi.

— Tu veux de la barbe à papa ? demanda-t-il en lui tendant le bâton surmonté d'un nuage rose.

— Volontiers !

Elle prit un morceau de la sucrerie.

— Comment se passent vos leçons de conduite ? demanda Maddie.

— Bien.

Le morceau de musique se termina et, par-dessus le brouhaha des conversations et des rires, Amelia entendit une voix de femme s'exclamer :

— Benny ! Ça fait si longtemps !

Amelia regarda la jeune femme se jeter dans les bras de Ben et ressentit un élancement incongru au niveau du cœur. Vêtue de cuir de la tête aux pieds, elle dégageait une aura de sensualité triomphante.

— C'est Cindy. Ben et elle sont...

Maddie s'interrompit.

— Proches ?

— C'est cela. Amis proches.

En voyant la jeune femme embrasser Ben, Amelia ressentit une jalousie sans mélange. Dégoûtée d'elle-même, elle tenta de se ressaisir. Elle étudia la jeune femme, ses vêtements, son attitude, sa coiffure, ses manières flirteuses.

— Je n'ai jamais compris ce que Ben lui trouvait, dit Maddie.

Amelia eut un rire ironique.

— C'est facile à voir. Elle est très sexy.

A côté de Cindy, elle se sentait terne et détestait cette impression.

Maddie croisa le regard d'Amelia.

— Elle a une réputation détestable.

Amelia hocha lentement la tête.

— Vous n'avez rien de commun avec elle, insista Maddie.

La remarque ne rassura pas Amelia.

— Je le vois bien.

— Ben me tuerait s'il m'entendait, mais je suis heureuse qu'il ait enfin trouvé quelqu'un de bien.

— Nous ne sommes pas vraiment ensemble. Il m'apprend juste à conduire une moto.

— Bien sûr… Puis-je vous inviter à déjeuner un jour prochain ?

Amelia hésita. Ignorant le tour qu'allaient prendre ses relations avec Ben, elle ne tenait pas à fréquenter sa famille. D'un autre côté, Maddie était gentille. Il n'y avait pas de raison pour qu'elles ne puissent devenir amies.

— Je viendrai avec grand plaisir.

Quelques instants plus tard, Amelia se rapprochait de Ben en louvoyant parmi la foule. Elle lui adressa un geste de la main alors qu'il s'entretenait avec un client. Il lui fit signe d'attendre mais elle s'éloignait déjà.

Sur le chemin du retour, elle pensa à Ben. En fait, décida-t-elle, elle pensait beaucoup trop à Ben Palmer. Elle orienta donc ses réflexions sur la différence entre filles convenables et filles de mauvaise vie. Et elle se demanda si, après tout, ces dernières n'avaient pas une existence plus amusante.

Ses pensées revinrent à Ben. C'était fou. Il était devenu trop important à ses yeux ; il fallait réagir. Tapotant du bout des doigts sur le volant, elle échafauda un plan susceptible de la ramener à la raison.

- 6 -

« Le meilleur moyen de se détacher d'un homme est d'en fréquenter d'autres. »

A contrecœur, Amelia se rendit au conseil de Sherry et accepta d'assister avec M. Valeur sûre à une lecture de poésie. Bien qu'elle appréciât beaucoup ce genre littéraire, vers les deux tiers de la séance, elle se prit à rêver de motos et de cuir noir.

Mécontente d'elle-même, elle se força à détourner son attention de Ben pour se consacrer à la conférence. A la fin de celle-ci, son compagnon et elle allèrent boire un café dans un bar du centre-ville. Malgré les efforts d'Amelia pour animer la conversation, celle-ci demeura horriblement ennuyeuse.

Lorsque, de retour chez elle, la mort dans l'âme, Amelia se laissa tomber sur son lit, elle se dit que Ben devait avoir anéanti son aptitude à fréquenter des hommes normaux.

Mais elle ne se laisserait pas faire ! Quand son cœur s'arrêta au son de sa voix laissant des messages sur son répondeur, elle se réprimanda et, s'en tenant avec obstination à son plan, elle assista à une nouvelle lecture de poésie avec M. Valeur sûre le soir suivant.

Le surlendemain, elle répondit à l'invitation d'un professeur de philosophie à assister au concert du groupe de rock alternatif dont il faisait partie. Elle buvait un soda dans un coin retiré de la salle quand une voix familière résonna à ses oreilles.

— Je ne savais pas que tu aimais ce genre de musique.

Ben.

Amelia tressaillit si fort qu'elle faillit renverser son soda. Elle lui jeta un bref regard.

— Le guitariste est un membre de la faculté.

Ben fronça les sourcils.

— Que dis-tu ? Je n'entends pas.

Amelia répéta en élevant la voix. Ben hocha la tête.

— Le bassiste est un de mes mécaniciens.

Amelia jeta un regard surpris au groupe.

— Je l'ignorais. Mélange intéressant.

— Tu as été très occupée cette semaine, dit Ben, les yeux rivés sur la scène.

— J'ai essayé de me distraire, répondit-elle en se demandant combien de temps ils devraient continuer à s'époumoner pour se faire entendre par-dessus la musique.

— Maddie m'a raconté que vous vous étiez vues.

— J'ai rencontré Davey. Il est adorable.

Elle tressaillit parce que son bras frôlait celui de Ben.

— D'après Maddie, tu étais dans les parages quand Cindy est arrivée.

Amelia se raidit.

— Cindy ? Je ne crois pas la connaître.

— La fille qui s'est jetée sur moi devant tout le monde.

Amelia hocha la tête.

— Ah, oui. Elle…

Elle chercha ses mots.

— Elle attire l'œil.

— Elle agit ainsi avec tout le monde.

Amelia hocha derechef la tête. Ben semblait attendre un commentaire mais elle ne trouva rien à dire.

— Ça ne signifie rien, continua-t-il. Nous ne sommes pas…

Cependant, Amelia n'avait aucune envie d'entendre les détails.

— Ecoute, ça ne me regarde pas, dit-elle d'une voix qui sonna trop aiguë à ses oreilles. Je veux dire, toi et moi n'avons pas ce genre de…

Ben la prit par le bras.

— Sortons d'ici. La musique est si forte qu'on ne s'entend pas parler.

Elle le suivit dans l'air frais de la nuit. Il la poussa doucement contre le mur de briques du bâtiment et posa une main près de sa tête, formant un rempart de son corps. Il était trop proche ; elle ressentait trop vivement son pouvoir. Elle était trop consciente de l'intimité qu'ils avaient partagée et qui n'avait pas abouti.

— Tu m'évites, dit Ben. Pourquoi ?

La force de sa personnalité la frappa de plein fouet. Elle déglutit péniblement.

— Je… euh…

Il ne la quittait pas des yeux. Elle se mordit la lèvre.

— J'ai jugé préférable… pour relativiser.

Il arqua un sourcil.

— Relativiser ?

— Exactement.

— Tu vas devoir éclairer ma lanterne. Je n'y comprends rien.

Amelia aurait donné n'importe quoi pour disparaître dans un trou de souris.

— Eh bien, j'ai réfléchi à certains de tes propos sur ce qui est convenable et ce qui ne l'est pas. Et si je ne suis probablement pas aussi convenable que tu le crois, je n'ai pas non plus la même liberté que les filles que tu as l'habitude de fréquenter. Je ne peux donc pas t'en vouloir de ne pas t'intéresser à moi de la même façon. Alors, pour relativiser, il vaut mieux que je…

Elle soupira.

— … me tienne occupée, termina-t-elle, légèrement haletante.

— Qu'essaies-tu de me dire ? Tu crois que tu ne m'excites pas, c'est ça ?

Amelia se contracta.

— Oui. C'est compréhensible, ajouta-t-elle très vite. A côté du genre de personne que tu fréquentes, je ne fais pas le poids. Je manque d'expérience et…

— Qu'est-ce qui te fait croire ça ?

La nervosité d'Amelia se mua en irritation.

— Je pense m'être clairement exprimée ! Maintenant, si nous parlions d'autre chose ?

— Non. Je veux savoir pourquoi tu te figures que je ne te désire pas.

— Parce que tu as fait preuve d'une réserve remarquable, l'autre soir.

Elle croisa les bras sur sa poitrine, image vivante de la frustration.

— Je ne comprends même pas que nous abordions la question ! Tu préfères les femmes libérées, expérimentées, aventureuses, voilà tout.

— Tu aurais peut-être eu raison voilà cinq ans, mais plus maintenant.

— Si !

L'aplomb d'Amelia le prit de court mais il réagit très vite.

— Je te dis que non.

— Et moi, je te dis que si !

Il plissa les paupières, irrité.

— Je sais ce que je veux, Amelia ! Ne me pousse pas à bout car je te le prouverais volontiers sur l'heure.

Elle refoula un frisson d'anticipation.

— J'ai fait beaucoup d'efforts pour analyser correctement la situation et je ne te permettrai pas de m'embrouiller les idées ! Tu n'as pas envie de moi et c'est très bien ainsi !

— Comment peux-tu affirmer de pareilles sornettes ?

Amelia souffrait dans son amour-propre. Elle se sentait vulnérable et acculée, et priait pour que son trouble ne transparaisse pas dans son regard.

— Parce que tu t'es arrêté l'autre soir.

Ben poussa un sourd grondement.

— Amelia ! Ce n'était vraiment pas le moment.

Elle le regarda, incrédule.

— Pardon ?

— Je dis que tu n'étais pas prête.

— Tu es ridicule ! Tiens, je préfère rentrer.

Ben, cependant, lui bloqua le passage. A la lueur du réverbère, elle crut voir un muscle tressauter sur sa mâchoire.

— L'idée ne t'est pas venue que si je me suis interrompu c'est que, pour une fois dans ma vie, j'essayais de me conduire autrement qu'en égoïste ?

— Non !

Elle plongea sous le bras de Ben mais il la rattrapa par le poignet.

— L'idée ne t'est pas venue que j'ai décidé de ne pas coucher avec toi pour ne pas profiter de la situation ?

Amelia était terrorisée. Ces derniers jours, elle avait érigé autour d'elle, brique après brique, un mur protecteur. Mais le mortier n'était pas sec et Ben pouvait aisément l'abattre. Elle essaya de réintroduire un peu de distance entre eux.

— Non. Je ne crois plus au Père Noël, figure-toi !

Narines frémissantes, Ben la contempla un long moment avant de la lâcher :

— Tu l'auras voulu.

Il allait la laisser partir. Amelia en ressentit un soulagement mêlé d'une amère déception.

Mais soudain, il la souleva dans ses bras et la jeta sur son épaule. Trop choquée pour émettre le moindre son, elle se sentait rebondir sur son dos à chacun de ses pas.

— Que fais-tu ? réussit-elle enfin à articuler.

— Je te ramène.

— Inutile : j'ai ma voiture !

Elle se débattit, essayant de se libérer.

— Arrête de gigoter ou tu vas tomber, dit-il sèchement.

— Tu es ridicule, à la fin ! On dirait un homme des cavernes !

— Cela te surprend ? demanda Ben avec un rire cynique.

Amelia, qui n'avait jamais frappé personne de sa vie, se sentit des instincts de meurtre.

Ils étaient arrivés à hauteur de la Harley. Ben fit glisser Amelia de son épaule et la tint un instant contre lui. Sous l'intensité de son regard noir, malgré sa colère, elle frémit.

Au moment où il tendait la main vers le casque, elle reprit toutefois ses esprits et se mit à courir. En deux enjambées, il la rattrapa et la prit par les épaules.

— Je pensais que tu avais compris, murmura-t-il à son oreille. Je te ramène.

— Je n'ai pas accepté !

— Tu n'as pas à accepter, rappelle-toi ? Tu m'as supplié de t'enlever.

Il posa le casque sur sa tête.

— J'ai changé d'avis, déclara-t-elle froidement.

Le sourire de Ben la réconforta un peu.

— Trop tard !

Une minute plus tard, ils quittaient le parking et Amelia se rendait compte qu'ils ne prenaient pas le chemin de son domicile.

— Je croyais que nous rentrions ! cria-t-elle à son oreille.

— Nous rentrons.

Quelques minutes plus tard, il se garait dans l'allée d'une maison de style géorgien. Elle ôta son casque et le considéra d'un air étonné.

— Que faisons-nous ici ?

— Je t'ai dit que nous rentrions.

Il lui prit la main et l'entraîna vers la porte.

— Nous sommes chez moi.

Déroutée, elle marqua un temps d'arrêt.

— Tu plaisantes ?

— Tu t'attendais à un repaire des Hell's Angels ?

— Pas vraiment, répondit-elle.

Mais, à vrai dire, Ben n'était pas si éloigné de la vérité.

— A quoi t'attendais-tu alors ?

Elle sourit.

— A une caverne.

Il secoua la tête, souriant à son tour.

— Tu es complètement folle.

— Plus que tu ne crois, marmonna-t-elle entre ses dents.

Il la guida vers une entrée éclairée par une applique de cuivre étincelant.

— C'est beau, dit-elle.

— Je te ferai visiter plus tard.

Et, s'adossant au mur, il l'attira entre ses jambes.

— Il faut d'abord régler notre malentendu.

La poitrine d'Amelia se contracta douloureusement.

— Ce n'est pas…

Ben posa un doigt sur ses lèvres.

— Cette fois, je parle et tu écoutes.

Avec un soupir, elle se demanda comment il parvenait à la troubler autant.

— Je veux que tu saches que je t'ai désirée dès le premier regard.

Amelia eut la sensation que son cœur s'arrêtait de battre.

— Je devais prendre une douche glacée chaque fois que je t'emmenais faire un tour à moto, poursuivit-il. Sais-tu ce que ça représente de sentir tes seins pressés contre mon dos, tes bras qui m'étreignent, ton souffle qui chatouille ma nuque ?

Il glissa les mains sur les fesses d'Amelia et, la berçant doucement contre lui, ne laissa subsister aucun doute sur la force de son désir. Et Amelia sentit s'émietter ses dernières réticences.

— Je ne t'ai pas fait l'amour le soir de l'anniversaire de la mort de ton mari parce nous n'étions pas prêts.

Amelia secoua la tête mais il poursuivit.

— Tu ne l'étais pas. Tu le pleurais encore. Je ne voulais pas être un substitut, dit-il résolument. N'empêche que je te désirais si fort que j'en tremblais. Je t'aurais prise assise, debout ou allongée sur le sol.

Il baissa la tête et posa sa bouche ouverte sur son cou. Et Amelia sentit trembler les fondations de son beau mur de briques. Elle se maudit intérieurement. Pourquoi fallait-il qu'elle réagisse si violemment à lui quand d'autres hommes qui lui auraient beaucoup mieux convenu la laissait indifférente ? Au début, elle avait cru que c'était parce qu'il représentait l'interdit mais elle commençait à en douter.

Elle s'efforça de lutter contre son trouble.

— Je croyais que je t'amusais ?

— Bien sûr, mais il y a beaucoup plus, murmura-t-il en faisant courir ses lèvres du creux de son cou à ses seins.

— Tu disais que j'étais une fille convenable, parvint-elle encore à dire malgré son émoi.

— Tu l'es.

La voix de Ben, ses propos, ses caresses firent voler en éclats le peu de maîtrise qui lui restait. Les digues de sa retenue se brisèrent, laissant déferler un flot de passion.

— Pas si convenable que ça, rétorqua-t-elle.

Et, d'un geste sec, elle ouvrit la chemise de Ben, arrachant les boutons qui rebondirent avec des claquements secs sur le parquet. Puis, des mains et de sa bouche enfiévrées, elle se lança à l'assaut de son torse nu.

Ben glissa ses doigts dans ses cheveux.

— C'est fou, hoqueta-t-il.

La langue d'Amelia courait sur son torse. Elle sentait son cœur affolé battre contre sa joue à l'unisson du sien.

— Nous ne sommes pas du même monde…, murmura-t-il.

Amelia frotta doucement son visage contre sa

poitrine et, suivant un instinct débridé, referma les mains sur la ceinture de son jean.

Avec un hoquet étranglé, Ben les saisit.

— Amelia… Es-tu sûre d'en avoir envie ? demanda-t-il d'une voix enrouée par le désir.

Il lui prit le menton et l'obligea à le regarder.

— Je ne ressemble en rien à ton mari.

En d'autres temps, l'ardente expression du regard de Ben aurait dissuadé Amelia de poursuivre. Mais aujourd'hui, elle se sentait remplie d'une hardiesse toute féminine.

— Et je ne ressemble sûrement pas à Cindy.

Sans le quitter du regard, elle baissa la fermeture de son jean et prit son sexe dans sa main.

Elle le caressa sur toute la longueur, l'emprisonnant dans ses doigts, épousant sa rigidité. Ben ferma les yeux et Amelia observa avec fascination le plaisir transformer ses traits.

Il rouvrit les yeux et, soudain, sa bouche fondit sur la sienne et sa langue s'y insinua tandis qu'il devenait toujours plus gros dans sa main.

— Je veux te pénétrer, dit-il contre ses lèvres. Tout de suite.

Le pouls d'Amelia battait presque douloureusement dans ses zones érogènes.

— Tu portes trop de vêtements, se plaignit-il.

Entre deux baisers, il lui ôta son chemisier et son soutien-gorge, ensuite son pantalon et sa culotte et, enfin, elle se tint dans l'entrée, nue contre lui, la virilité de Ben pressée contre son ventre telle une promesse. Son torse frotta doucement la pointe de ses seins quand il faufila sa main entre ses jambes.

Il la trouva chaude et humide, toute prête à l'accueillir. Au contact de la main de Ben, Amelia frissonna longuement et sentit ses genoux la trahir.

— Préservatif…, marmonna-t-il.

Et il exhala un long soupir.

— En as-tu apporté ? demanda-t-il.

Il fallut quelques secondes à Amelia pour comprendre sa question. Tout embarrassée, elle baissa les yeux.

— Non… Je pensais que tu…

Il eut un rire brusque.

— Je n'en ai pas toujours dans ma poche.

— Je n'ai pas de raison d'en trimballer dans mon sac !

— Tu en as maintenant.

Il lui caressa les fesses et dit en baissant la voix :

— Je vais m'occuper de toi à l'étage.

Puis il la souleva dans ses bras et l'emmena dans l'escalier jusqu'à une chambre plongée dans l'obscurité. Après avoir allumé la lampe de chevet, il déposa Amelia sur le lit. Sans la quitter des yeux, il se débarrassa de son blouson et de sa chemise et envoya valser ses chaussures puis son jean.

Il se tenait devant elle, nu, les cheveux en bataille, les yeux obscurcis par le désir. Tout son corps suggérait la puissance, de ses larges épaules à ses cuisses musclées en passant par son ventre plat et son sexe tendu.

Il ne dérobait rien à sa vue. Ni son corps ni son désir. Il ne se contenterait pas d'une courte séance sous les draps, toutes lumières éteintes. Il voudrait bien davantage.

La gorge d'Amelia se noua sous l'effet d'un étrange cocktail d'impatience et d'appréhension. Elle avait déjà fait l'amour, bien sûr. Alors, pourquoi cette impression qu'il s'agissait de la première fois ? Pourquoi cette certitude que, après cette nuit, elle ne serait plus jamais la même ?

Il sortit des sachets emballés de plastique du tiroir de la table de nuit. Avant qu'Amelia ait eu le temps d'examiner les lieux, il la rejoignait sur le lit et son grand corps enveloppait le sien. Elle dessina le contour de son tatouage et joua avec le minuscule anneau d'or de son oreille

— Es-tu sûr de ne pas avoir été pirate dans une vie antérieure ? murmura-t-elle, troublée de constater que ses doigts tremblaient.

— Je n'ai jamais accordé beaucoup de pensées aux vies antérieures, dit-il. Je suis trop occupé par celle-ci.

Sa bouche reprit la sienne, l'explorant avec fièvre. Amelia entendit le déclic de sa barrette qui s'ouvrait.

— Je veux tes cheveux libres, chuchota Ben à son oreille.

Puis ses lèvres descendirent vers ses seins. Il suça, titilla la pointe jusqu'à ce que la délicieuse tension devienne presque insupportable.

Elle s'agita sous lui et gémit en s'agrippant à ses épaules.

Il glissa une main entre ses cuisses et laissa échapper un cri de plaisir.

— Oh, Amelia ! Tu es le paradis et l'enfer tout à la fois. J'ai envie de te faire l'amour dans toutes les positions possibles et imaginables.

Il eut un rire mal assuré.

— Et tout ça en même temps !

Guettant sur son visage sa réaction, il enfonça un doigt en elle.

— Tu es si étroite.

Il baissa la tête et enfouit sa langue dans son nombril tout en continuant de la caresser.

Chaque attouchement rendait Amelia plus excitée.

Quand il glissa vers le bas du lit, elle ferma les yeux pour mieux recevoir sa caresse intime. Elle sentait ses lèvres s'activer à lui donner du plaisir et sa langue tendrement implacable l'emportait toujours plus haut, vers la volupté suprême.

Et quand elle s'arqua, secouée par les spasmes de l'extase, elle cria son nom.

Ben la serra dans ses bras tandis qu'elle continuait de trembler. Du pouce, il essuya ses larmes.

— Ça va ?

Ravalant l'étrange mélange d'émotions qui lui serrait la gorge, elle hocha la tête.

— Oui.

— Tant mieux, dit-il en tendant la main vers un des sachets posés sur la table de nuit. Parce que ce n'est que le début.

- 7 -

Ces paroles firent à Amelia l'effet d'un coup de tonnerre.

Elle tenta de se reprendre mais la façon dont Ben la regardait lui donnait le vertige.

Il se fondit en elle et Amelia écarta les cuisses pour mieux le recevoir. Il était puissant et elle éprouva une impression d'inconfort momentané. Malgré cela, elle le désirait plus que jamais.

Elle ondula sous lui, pour voir l'effet produit, et le regarda frissonner. S'habituant peu à peu à sa présence, elle remua de nouveau.

— Si tu continues, je ne vais pas durer longtemps, prévint-il.

Il imprima un nouveau mouvement en elle, lentement, sensuellement.

— Tu n'as pas besoin de durer, murmura-t-elle, fascinée par la vigueur de son érection.

Elle remuait ses hanches en contrepoint des siennes, poussée par l'instinct de le mener au plaisir. Elle ne voulait surtout pas qu'il se retienne.

Il lui donna un coup de reins plus puissant.

— Je veux que ça dure, dit-il d'une voix étranglée.

— Ne t'inquiète pas, insista-t-elle, son propre corps commençant la voluptueuse escalade. Nous avons toute la vie devant nous.

Ces mots lui firent perdre tout contrôle. Il s'enfouit en elle, foudre, tonnerre et ouragan, vivant, si vivant, et puissant. Et à longs coups de reins, il la mena jusqu'au bord de l'abîme tandis que son propre corps tremblait de l'ultime extase.

Ils demeurèrent un moment silencieux, ce qui convenait tout à fait à Ben car il ne savait que dire. Amelia nicha son visage au creux de son cou et, en quelques instants, son souffle se fit régulier contre sa gorge.

Ben ressentait une étrange oppression dans la région du cœur qui s'étendit à sa poitrine puis à tout son corps. Se dégageant tout doucement, il sortit du lit et se dirigea vers la fenêtre.

Fourrageant dans ses cheveux, il se mit à faire les cent pas avant de s'immobiliser brusquement en se rappelant que ce n'était pas son genre.

Il essaya de se raisonner. Il s'agissait d'une relation purement physique, se dit-il. Epoustouflante, mais néanmoins physique. Alors, pourquoi cela lui avait-il paru si différent ?

Il se frotta le visage. Ça n'avait pas été différent. Les choses avaient juste semblé différentes parce qu'Amelia était différente.

Il poussa un soupir. Il n'avait pas plus de cervelle qu'un oiseau. Pour dire la vérité, il se sentait partagé entre l'envie de protéger Amelia et celle de s'enfuir comme s'il avait eu le diable à ses trousses.

Ben fit jouer les muscles de ses épaules. Ils ne s'étaient rien promis, n'est-ce pas ? Amelia savait qu'il ne recherchait pas le grand amour, et lui, qu'il ne s'intégrerait jamais à son monde.

Cette vérité l'apaisa sans pouvoir dissiper totalement son étrange sentiment d'insatisfaction. Mais, regardant Amelia qui reposait pelotonnée sur le lit, il fut distrait de ses idées bizarres par la résurgence de son désir.

Il regagna le lit et la prit dans ses bras. Ils ne se désireraient pas éternellement avec la même ardeur. Alors, puisqu'ils étaient d'accord, autant qu'ils profitent l'un de l'autre en attendant que s'apaise leur fièvre.

Quand Amelia s'éveilla, son regard tomba droit sur une large poitrine masculine. Puis elle cligna des paupières en se rendant compte qu'elle était nue. Toute désorientée, elle remua et son corps lui rappela qu'elle avait fait l'amour avec Ben.

Elle bascula sur le dos et regarda le plafond.

Son incertitude grandissait. Elle se sentait l'esprit confus et se rappelait avec gêne sa hardiesse de la nuit. Par ailleurs, elle était presque sûre que, placée dans les mêmes conditions, elle se conduirait de la même façon. Impossible de se rappeler combien de fois ils avaient fait l'amour. La nuit avait été un tourbillon de sensualité, chacun donnant, recevant tour à tour comme s'ils ne pouvaient se rassasier l'un de l'autre.

Ses seins étaient sensibles contre le coton du drap, sa peau frémissait à l'air de la chambre. On ne lui avait jamais fait l'amour si parfaitement. Elle n'avait pas la sensation d'avoir été utilisée ; elle se sentait vulnérable.

Une vague de chaleur la parcourut de la tête aux pieds. Elle n'avait plus qu'une envie : s'habiller et s'enfuir. Ou plutôt : se retourner et faire l'amour à Ben.

Le regard d'Amelia tomba sur le réveil et elle se rappela soudain qu'elle devait se rendre à l'université. Choisissant donc la première option, elle se glissa précautionneusement hors du lit et tâtonna à la recherche de ses sous-vêtements. Son esprit fonctionnait tellement au ralenti qu'elle mit un certain temps à se rappeler que ses vêtements étaient restés dans l'entrée.

Elle descendit l'escalier à pas de loup. En bas, elle trouva sa culotte. Il lui fallut trois tentatives pour la passer sans trébucher. Les mains tremblantes, elle se baissa pour rassembler ses autres vêtements.

— Tu vas quelque part ?

Au son de la voix de Ben, Amelia sentit son cœur bondir. Elle leva la tête. En jean, appuyé à la rampe de l'escalier, les bras croisés sur la poitrine, il suivait ses gestes d'un regard intense.

Elle se redressa, ses vêtements dans ses bras, et essaya de reprendre ses esprits.

— Je me suis souvenue que demain…

Elle jeta un coup d'œil à l'horloge de l'entrée.

— … enfin, aujourd'hui, je travaille et j'ai besoin de ma voiture.

Ben s'écarta de la rampe et descendit le reste des marches. Avec sa sombre chevelure en bataille, ses paupières lourdes de sommeil et d'amour, il était tout simplement merveilleux.

— Et comment comptes-tu la récupérer ?

Amelia serra ses vêtements contre sa poitrine.

— Je n'ai pas réfléchi aussi loin.

Malgré son incompréhensible nervosité, elle parvint à sourire.

— Je voulais juste m'habiller.

Il avança une main vers ses cheveux.

— Des regrets ?

— Non. Je suis nerveuse.

— Tu as mal ?

— Non, répondit-elle, niant la légère douleur

ressentie entre ses cuisses. Un peu, concéda-t-elle pourtant devant son air sceptique.

D'une légère pression sur ses cheveux, il l'attira vers lui.

— Viens ici.

Amelia laissa tomber ses vêtements et vint se glisser dans ses bras. Ses seins nus retrouvèrent leur place contre sa poitrine tandis qu'il la serrait contre lui. C'était une sensation divine. Elle aurait pu rester éternellement blottie dans son étreinte. Elle avait même l'impression que Ben voulait l'y garder.

Idée plutôt dangereuse. Elle se ressaisit.

— Si tu veux bien, je visiterai la maison une autre fois.

Il glissa ses mains sur ses hanches.

— C'est sûr ? Je n'arriverai pas à te persuader de retourner au lit avec moi ?

Amelia sentit son cœur chavirer.

— Tu peux certainement y arriver, mais il ne vaut mieux pas.

Elle espéra qu'il ne lui demanderait pas de plus amples explications. Elle avait besoin de temps pour se reprendre et pouvoir envisager de donner son cours du matin.

— D'accord, dit-il enfin, la lâchant à regret. Donne-moi une minute.

Le cœur battant à tout rompre, Amelia profita de ce répit pour s'habiller. Quand elle fut grimpée sur sa moto et qu'il démarra, l'air froid aurait dû l'aider à reprendre ses esprits. Ce ne fut pourtant pas le cas. Elle se dit que Ben, en lui faisant l'amour trop passionnément, avait dû chambouler ses cellules grises et elle espéra que cet état ne durerait pas.

Il se gara sur le parking désert.

— Tu es bien silencieuse, constata-t-il en l'accompagnant à sa voiture.

Elle haussa les épaules.

— Je ne sais pas quoi dire. Je n'ai pas l'habitude de ce genre de situation…

Sous le regard incrédule de Ben, ses joues s'embrasèrent.

— Enfin, je ne l'ai pas fait de cette façon.

Il esquissa un sourire.

— Tu veux dire que tu n'as jamais atteint l'orgasme ? Ou que tu te contentais de trois fois au lieu de cinq ? Ou bien…

Elle l'arrêta d'un geste de la main.

— Vraiment, Ben, tu ne m'aides guère. Je ne connais pas du tout les usages dans ce genre de situation.

— Les usages ? répéta Ben.

Son sourire s'évanouit.

— Si vous oubliiez un peu vos manières du XIXe siècle et m'expliquez ce que vous avez en tête, Miss Amelia ?

Elle baissa la tête.

— Ma tête est vide et pleine à la fois. J'ai surtout

envie d'être contre toi, ajouta-t-elle en lui jetant un regard à la dérobée.

Elle vit sa mâchoire se contracter.

— Je suppose que je ferais mieux de me taire, dit-elle très vite.

Elle se mordit la lèvre.

— Eh bien, merci pour cette nuit euh... époustouflante.

Après quoi, elle se concentra sur l'ouverture de sa portière. Il posa sur sa main hésitante la sienne si solide, si forte.

— Je t'appelle, chuchota-t-il à son oreille.

— Bien sûr, répondit-elle sans pouvoir masquer son incrédulité.

Il la fit pivoter sur elle-même.

— J'ai encore envie de toi, dit-il, le regard intense.

Sa poitrine se contracta.

— Tu ne m'aides pas à m'éclaircir les idées.

— J'aime quand elles sont embrouillées.

Et il les lui embrouilla un peu plus en l'embrassant.

— Qu'est-ce que vous sifflez, monsieur Palmer ? demanda Greg Wade, vendeur tout récemment engagé, en passant la tête par l'entrebâillement de la porte.

Ben cessa brusquement d'étudier les chiffres des

ventes du mois et secoua la tête. Il ne s'était pas rendu compte qu'il sifflotait jusqu'à la réflexion de Greg.

— Le bilan doit être plutôt bon pour que vous soyez d'aussi bonne humeur.

— Il est bon.

Cependant, ses raisons d'avoir le cœur léger concernaient sans doute plus une certaine professeur d'histoire dont il aimait embrouiller les idées.

— Vous êtes donc bien disposé ? continua Greg.

Ben se renfonça contre le dossier de son fauteuil et étouffa un rire. Il savait où Greg voulait en venir. Trois employés lui avaient déjà rendu visite cet après-midi-là.

— Certainement.

Greg se redressa.

— Voilà, je me demandais si vous pourriez me donner une augmentation. J'ai fait mon quota toutes les semaines sauf…

Ben sourit tout en secouant la tête.

— Non.

Le visage de Greg se décomposa.

— Non ?

— Non, mais quand vous aurez dépassé votre quota le mois prochain, renouvelez votre demande.

Greg se gratta le menton puis hocha la tête.

— D'accord. A dans un mois, alors.

Ben regarda le vendeur sortir de son bureau

avec une envie décuplée d'en découdre. Lui-même n'était pas doué pour la vente. Trop direct pour ça. En conséquence de quoi, il s'entourait d'excellents vendeurs. Et durant les deux années précédentes, il avait compris ce qui les motivait. Il fallait toujours mettre la barre plus haut, et ensuite distribuer les récompenses. C'était la même chose quand il faisait de la cascade à moto. Il lui fallait toujours trouver une nouvelle difficulté. Et la récompense était la griserie du succès. Malheureusement, au fil des années, cette dernière s'était émoussée.

Si, dix ans plus tôt, quelqu'un lui avait dit qu'il cesserait de s'intéresser à la cascade, il l'aurait traité de fou. Ces dernières années pourtant, manquer de se rompre les os, et parfois même le cou, pour améliorer un saut de quelques centimètres ne lui procurait plus la même exaltation. Maddie prétendait que ce moindre attrait pour le risque était un signe de maturité. Devant cette théorie, Ben s'était contenté de renifler avec mépris, tout comme il reniflait avec mépris quand elle lui suggérait de changer de style de petites amies.

Il aurait préféré mourir que de l'admettre, mais, sur ce dernier point, Maddie avait peut-être vu plus juste qu'il y paraissait. Les yeux fixés sur le téléphone, il se remémora sa nuit avec Amelia. Toute la journée, il n'avait cessé de penser à elle. Le souvenir de ses soupirs et de ses gémissements jouait sur ses terminaisons nerveuses. La vision de son visage quand il l'avait pénétrée lui donnait des frissons.

L'inquiétude le saisit.

Allons, c'était juste passager. Même si Maddie avait parfois raison, elle se trompait sur un point : il n'était pas fait pour le mariage.

De plus, il y avait cette offre reçue pour la concession. Vendre son affaire lui rendrait un peu de liberté. Il pourrait enfin prendre la route pour ce périple à moto à travers le pays qu'il rêvait depuis toujours de faire.

Ses pensées revinrent à Amelia. Pour être éphémère, leur relation était la meilleure chose qui lui soit arrivée depuis longtemps. Il regarda de nouveau le téléphone puis, n'y tenant plus, tendit la main pour l'appeler.

Trois heures plus tard, Ben empruntait la rue d'Amelia avec une vague sensation de malaise. Il n'avait pas réussi à joindre la jeune femme malgré plusieurs coups de téléphone et trouvait bizarre d'être chaque fois tombé sur son répondeur. Comme il arrivait en vue de sa maison, son inquiétude passa à la vitesse supérieure quand il aperçut une BMW garée dans l'allée.

Un homme d'allure très convenable, un bouquet de fleurs à la main, attendait sous le porche. Ben songea à sa petite surprise et grimaça. Dire qu'il s'était convaincu de la fragilité d'Amelia et de son inexpérience… La petite sorcière ! songea-t-il en se remémorant son expression de candide innocence. Et il se demanda combien d'hommes elle menait ainsi par le bout du nez.

Une brusque colère le saisit. Il fut tenté de la planter là, sans explication, mais sa trahison lui en cuisait trop pour qu'il renonce à la lui faire payer.

Il se gara donc dans l'allée, descendit de moto et se dirigea vers le porche où M. BMW attendait toujours.

— Ben Palmer, dit-il en tendant la main.

L'homme la lui serra avec circonspection. Pas étonnant qu'Amelia n'apparaisse pas, se dit Ben. A l'intérieur, un CD beuglait littéralement. Il appuya avec insistance sur la sonnette.

— Je n'arrête pas de sonner, dit l'homme. Edwin Carter. Amelia et moi devons assister à une lecture de poésies.

— Vous m'en direz tant.

Ben sentit s'éveiller son petit démon.

— Moi, je lui apprends à conduire une moto.

Les yeux de l'homme s'écarquillèrent.

— Pas possible ? Une moto ?

— Oui. C'est une vraie tigresse, vous ne trouvez pas ?

Sans attendre la réaction de l'intrus, il cogna sur la porte en criant :

— Amelia ! Ouvre !

Après quelques coups répétés, le volume de la musique baissa et Amelia parut sur le seuil, les cheveux noués en queue-de-cheval, une chemise blanche tout éclaboussée de peinture rouge sur le dos. A la vue des deux hommes, côte à côte sous le porche, elle eut un haut-le-corps. Elle paraissait tomber de si haut que Ben fut *presque* peiné pour elle.

— J'ai sonné, dit Edwin d'un ton d'excuse.

— Edwin, Ben, fit-elle d'une voix mourante. Entrez, ajouta-t-elle en s'écartant.

Ben sourit.

— Tu sembles abasourdie, mon cœur.

Les joues de la jeune femme se colorèrent.

— Je repeignais ma chambre. J'ai dû perdre la notion du temps.

— Je vous ai apporté des roses, dit Edwin.

Amelia eut une mimique qui tenait plus de la grimace que du sourire.

— Elles sont superbes, dit-elle en lui prenant le bouquet des mains. Euh… est-ce que je peux vous parler un instant ? Excuse-moi, veux-tu, Ben…

Elle ressortit en hâte, Edwin sur ses talons. Pendant qu'il attendait, Ben fut bien obligé de réviser ses conclusions. Amelia avait paru sincèrement surprise. Tout de même, on ne se présentait pas avec un bouquet de roses sans y avoir été encouragé…

Amelia réapparut avec les fleurs mais sans Edwin.

Son visible désarroi atténua un peu l'irritation de Ben jusqu'à ce que son regard se pose sur les roses.

— Dis donc, il doit en pincer pour toi.

— Ça m'étonnerait…

Comme elle se dirigeait vers la cuisine, Ben lui emboîta le pas. Elle sortit un vase d'un placard sous l'évier.

— Je ne suis sortie que deux fois avec lui.

— Tu n'accordes pas assez de crédit à tes charmes, Amelia. Dis-moi, simple curiosité, combien d'hommes peux-tu faire marcher à la fois ?

Elle se retourna lentement.

— Là, tu m'insultes.

Il haussa les épaules.

— Ce soir, tu en avais bien deux sous ton porche ?

Le regard d'Amelia se rétrécit entre ses paupières.

— Parce qu'aucun des deux n'a pris la peine de me prévenir de son arrivée !

— J'ai téléphoné et suis tombé sur ton répondeur. C'est peut-être ce qui est arrivé à M. BMW.

Elle fronça les sourcils.

— Ce doit être à cause de la musique. Je l'ai mise à fond quand j'ai commencé à peindre.

— C'est sûrement ça, dit Ben sur un ton dénué de sympathie. Tu n'as toujours pas répondu à ma question : combien d'hommes fais-tu marcher en ce moment ?

Un éclair de colère passa dans son regard.

— Inutile de reprendre des façons d'homme préhistorique ! Je ne joue avec personne, ajouta-t-elle, son accent du Sud encore plus manifeste alors qu'elle martelait les mots pour les lui faire rentrer dans la tête. Tu m'as très clairement expliqué que je ne devais rien attendre de toi alors je pensais que tu te fichais comme de l'an quarante de qui je voyais !

— Eh bien, vous avez tort, Miss Amelia, dit-il en s'approchant. J'exige des droits exclusifs.

Amelia était si énervée qu'elle aurait volontiers brisé le vase de cristal sur sa tête de brute épaisse. En même temps, paradoxalement, sa possessivité lui plaisait. Elle comprenait sa jalousie parce qu'elle ressentait la même vis-à-vis de lui.

— On ne peut avoir de droits exclusifs sur quelqu'un que par consentement mutuel ! s'écria-t-elle, plus fort qu'elle ne l'aurait souhaité.

— D'accord, grogna-t-il en posant les mains sur le plan de travail de chaque côté de son corps de façon à l'emprisonner. Considérons donc le marché conclu.

— Pardon ?

Un muscle tressauta sur sa mâchoire.

— Je te dis que le marché est conclu. Combien de temps vas-tu laisser Edwin poireauter sous le porche ? Ne devrais-tu pas lui conseiller de rentrer chez lui ?

Déconcertée, Amelia aspira profondément, ce qui

365

eut pour unique effet de faire monter à ses narines le parfum de Ben et de lui embrouiller un peu plus les idées.

— C'est déjà fait. Je lui ai dit que j'avais convenu d'un rendez-vous avec toi.

Elle hocha la tête.

— Si j'étais différente, je pourrais voir d'autres hommes et toi en même temps. Et ce serait probablement le meilleur moyen de ne pas devenir folle. Seulement, je ne peux pas coucher avec toi et…

— De quoi parles-tu, Amelia ?

— J'essaie d'éviter de tomber folle amoureuse de toi ! s'écria-t-elle.

Une ombre de sourire joua sur les lèvres de Ben. Il se pencha sur elle.

— Et si j'avais envie que tu sois folle amoureuse de moi ?

Le cœur d'Amelia s'affola.

— Ce n'est pas possible ! Tu as dit que…

Il fit taire ses protestations sous un baiser. Sa proximité lui rappelant qu'elle s'était langui de lui toute la journée, Amelia s'abandonna à son étreinte et lui rendit son baiser avec ardeur.

Il s'écarta légèrement, le temps de murmurer :

— Et si j'étais moi-même un peu fou de toi ?

- 8 -

Une heure plus tard, Ben ayant aidé Amelia à terminer ses travaux de peinture, ils étaient tous deux installés sur le canapé, se restaurant de sandwichs en buvant du soda.

— Pourquoi as-tu choisi cette couleur rouge ? s'enquit Ben.

Il se demandait comment elle parvenait à paraître si distinguée dans sa chemise trop ample et tachée de peinture, avec sa queue-de-cheval dénouée glissant sur une épaule, et une trace de moutarde à la commissure des lèvres.

— Ce n'est pas vraiment rouge, répliqua-t-elle, faisant disparaît la trace de moutarde d'un délicat coup de serviette, mais framboise.

— Je comprends.

En réalité, jamais il ne comprendrait la faculté des femmes à transformer une couleur franche comme le rouge en un prude framboise.

— Pourquoi as-tu choisi ce *framboise* ?

— C'était ça ou me teindre les cheveux, ou

revendre ma voiture, ou m'acheter des vêtements excentriques.

Il faillit s'étrangler avec sa gorgée de soda.

— Te teindre les cheveux ?

— Oui. Mais je n'ai pas décidé si je les faisais couper par la même occasion...

— Une minute. Tu as pensé à les *couper* ?

Elle hocha gravement la tête.

— Ne fais pas ça, Amelia.

Elle le considéra, tête penchée.

— Tu n'es tout de même pas le genre d'homme à essayer d'imposer ses goûts en matière de vêtements ou de coupe de cheveux ?

— Je n'essaie pas, rétorqua-t-il, incapable de résister au plaisir de la provoquer.

— Je vois. Tu ordonnes et il ne me reste plus qu'à obéir sans poser de question ?

Il l'attira, bien malgré elle, sur ses genoux.

— Ordonner, c'est plus ton style. J'expose simplement mes préférences et...

Amelia gémit, les yeux au ciel.

— Je t'en prie, ne te coupe pas les cheveux.

Il libéra sa queue-de-cheval de l'élastique.

— Ils sont magnifiques. Je les aime. J'aime te voir nue avec tes cheveux dénoués.

L'expression d'Amelia s'adoucit.

— En parlant de cheveux... Je n'ai pas fini de te dire pourquoi j'ai choisi la peinture framboise au lieu de me couper les cheveux.

Distrait par un désir grandissant, curieux cependant, il soupira.

— Vas-y.

— Je voulais faire quelque chose d'extravagant, d'audacieux…

Il réprima un rire.

— Alors tu as peint ta chambre en rouge ?

— Framboise. Et un mur seulement.

Il arqua un sourcil.

— Vas-y, ris ! s'exclama-t-elle en projetant son menton en avant. Tout ça, c'est ta faute.

Ben ouvrit de grands yeux.

— Je meurs d'impatience de comprendre ta logique.

Elle lui planta son index dans la poitrine.

— Si nous n'avions pas couché ensemble la nuit dernière, je n'aurais pas été dans cet état d'esprit.

— Quel état d'esprit ?

— Comme une bouteille de champagne qu'on aurait secouée…

Elle détourna le regard.

— Comme si on avait remplacé les objectifs rayés de ma caméra par des neufs, limpides comme du cristal.

Sa vulnérabilité et sa franchise lui allèrent droit au cœur. Il ignorait qu'une femme puisse posséder les deux. Et aussi qu'une telle combinaison soit aussi séduisante. En tout cas, Amelia essayait d'analyser ce qu'elle ressentait alors qu'il en était bien incapable.

— Cherches-tu à m'embrouiller l'esprit ? demanda-t-il en lui prenant le menton pour l'obliger à le regarder.

— Mission impossible, répondit-elle avec un sourire tremblant.

— Je ne t'ai pas apporté de roses.

— Pas de problème. Je ne m'attends pas à…

— Je t'ai apporté autre chose.

Ses yeux s'élargirent.

— Vraiment ? Qu'est-ce que c'est ?

Il s'empara de son blouson, posé sur le dossier du canapé, et sortit un sachet de sa poche.

— Des oranges. Tu as dit que tu les aimais.

Le regard d'Amelia s'éclaira.

— C'est vraiment gentil. Comment puis-je te remercier ?

— Partages-en une avec moi.

— D'accord.

Elle posa sur ses lèvres un baiser tendre et provoquant à la fois et entreprit de déboutonner sa chemise.

— Peux-tu rester un peu ? s'enquit-elle.

Il passerait le prochain millénaire chez Amelia si elle continuait de le regarder de cette façon.

— Oui. Et je suis paré, cette fois.

Elle se pencha pour l'embrasser sur la poitrine.

— Tant mieux.

Ben fut effaré de voir avec quelle rapidité son désir s'enflamma. Il lui arracha ses vêtements plus qu'il ne les lui retira et elle l'aida à se débarrasser des siens. Et bientôt, elle posait ses mains sur ses épaules tandis que ses longues jambes s'enroulaient aux siennes.

Ç'aurait été si simple de se glisser dans sa moiteur et de la posséder jusqu'à l'extase. Le plaisir aurait été intense mais trop fugitif.

Pour être pleinement satisfait, Ben devait tenir la bride à son besoin primitif de la prendre ; il devait la *savourer*.

L'odeur acidulée des oranges monta à ses narines. Avec un sourire, il s'empara d'un fruit qui vagabondait entre les coussins du canapé.

— N'oublions pas les oranges.

Elle leva vers lui des yeux pleins de désir.

— Que veux-tu dire ?

Il recula légèrement et éplucha l'orange.

Elle écarta ses cheveux de son visage.

— Que fais-tu ?

— Je vais te nourrir d'orange.

Il détacha un quartier et le glissa entre ses lèvres. Machinalement, elle mordit dedans et un peu de jus coula sur son menton.

Elle voulut l'essuyer mais Ben l'en empêcha.

— Je m'en occupe !

Se penchant, il se mit à lécher le jus sur son menton. Puis, soutenant son regard, il mordit dans un nouveau quartier et le jus ruissela sur la poitrine d'Amelia.

Elle tressaillit à cause de la sensation de froid.

— Tu vas vraiment…

En réponse à la question informulée, Ben se pencha et but sur ses seins les saveurs mêlées de l'orange et de sa peau. Il taquina un mamelon de sa langue et ses dents jusqu'à ce qu'il durcisse et Amelia s'arqua voluptueusement sous cette caresse. Elle était incroyablement sensuelle et son goût de même que son parfum l'enivrèrent plus sûrement qu'une rasade de whisky.

— Ce n'est pas juste, se plaignit-elle avec un petit sursaut. C'est toi qui as tout le plaisir !

Il s'intéressa à l'autre mamelon et rit malgré le désir qui l'aiguillonnait.

— Tu crois vraiment ?

— Oui…, parvint-elle à murmurer.

Elle le repoussa.

— Tu disais que nous partagerions.

Toute pudeur envolée, elle lui prit l'orange et en détacha des quartiers qu'elle porta à leurs bouches. Ses cheveux le frôlaient dans une caresse pleine de séduction. Amelia se laissa délibérément glisser sur son torse, éclaboussant de gouttelettes son ventre. Lentement, elle plongea sa langue dans son nombril…

*
* *

Dans un bel ensemble, les trois membres adultes du Club des Mauvais Garçons firent sauter les capsules de leurs bouteilles de bières tout en se vautrant sur le canapé et les fauteuils du salon de Ben. Sur la table basse, des assiettes offraient tout un choix de sandwichs, pizzas et cookies. L'écran géant du poste de télévision retransmettait le match de football opposant les Cow-boys de Dallas aux Redskins de Washington.

— Ça m'a manqué ! s'exclama Nick, avocat à Richmond. Je suis si préoccupé par mes affaires que j'avais oublié combien il est bon de regarder un match de foot à la télé avec des potes et quelques canettes de bières !

— Dis-toi bien que chez Ben, tu es à l'abri des bonnes femmes, dit Stan. La seule qui soit autorisée à franchir la porte sacrée est sa sœur Maddie !

La vision instantanée d'Amelia pressant son corps nu contre le sien dans l'entrée puis dans son lit assaillit Ben. Sa bière en sûreté dans ses mains, il posa ses pieds sur un fauteuil.

— C'est un peu exagéré.

— Tu as amené la « mordeuse » chez toi ? s'exclama Stan avec un sourire gouailleur.

— La « mordeuse » ? répéta Nick, s'arrachant à la contemplation de l'écran.

— Je suis une tombe, déclara Ben, songeant à part lui combien Amelia serait mortifiée du surnom dont l'avaient affublée ses amis.

— Oh, allez ! fit Stan. Maddie prétend qu'elle est différente des autres. Elle mord les hommes au lieu des capsules de bouteilles de bière.

— Elle mord les hommes ? répéta Nick d'un ton interrogateur.

— Ça te plairait du bon fromage de chèvre sur la transmission de ta voiture neuve ? demanda Ben à Stan.

Ce dernier grimaça.

— Aïe, j'ai touché un point sensible. Moi qui te croyais invulnérable face aux femmes ! Franchement, je vous voyais, Nick et toi, partis pour un éternel célibat.

— C'est toujours valable pour moi, affirma Nick avec assurance.

— Pour moi aussi, renchérit Ben.

Son destin était scellé. Il s'était toujours su non-conformiste et les non-conformistes ne faisaient pas de bons partis. Surtout pas pour une prof d'histoire très respectable.

— Pas sûr, Ben, fit Nick, s'emparant d'un cookie. Tes gâteaux au chocolat sont délicieux. Tu aurais fait une épouse fantastique sans ton tatouage.

Ben arracha le cookie de la main de l'avocat au moment où celui-ci ouvrait la bouche pour y mordre.

— Tu as dit *épouse* ?

— Oh, là, là ! Tu as perdu ton sens de l'humour, on dirait.

Nick plissa les paupières.

— Moi, je dis que tu as cette fille dans la peau. Méfie-toi, Ben ! Les femmes sont comme des sangsues. Une fois qu'elles se sont posées sur ta chair, seule la chirurgie peut les en déloger.

— Si c'est la bonne, ça n'a pas d'importance, intervint Stan. On peut même trouver ça agréable.

Dans un chœur de gémissements, Nick et Ben bombardèrent Stan de chips.

Stan en croqua une en agitant l'index en direction de ses amis

— Racontez ce que vous voulez. Moi, je vais au lit chaque soir avec la plus belle et la plus intelligente des femmes. Grâce à elle, le soleil se lève tous les matins pour moi. Ma vie a changé du tout au tout depuis que je sais qu'elle sera près de moi quoi qu'il arrive.

Nick émit un bruit peu flatteur avant de bondir sur ses pieds.

— Interception des Redskins !

— Quoi ? fit Stan, tournant vivement la tête vers l'écran.

Ben regarda la séquence repasser au ralenti. Son esprit, toutefois, était uniquement préoccupé par les paroles de Stan. L'espace d'un instant, il essaya d'imaginer ce que ce serait de vivre avec Amelia, de se coucher près d'elle tous les soirs, de s'éveiller le matin à son côté.

Mais pourquoi voudrait-il qu'une femme chamboule son existence ? Il était heureux comme ça.

D'un autre côté, l'idée de l'avoir en permanence sous la main avait des attraits. Il pourrait la respirer et la toucher dès qu'il lui en prendrait l'envie, la faire rougir, ou rire à tout moment, l'entraîner à son gré dans de folles batailles qui se termineraient toujours de la même façon. Il pourrait simplement la *regarder* tout son soûl.

Ben fronça les sourcils. De qui se moquait-il ? Avoir une femme à sa disposition le mettrait dans un tel état de nervosité qu'il n'aurait qu'une idée : prendre la poudre d'escampette.

Non, se dit-il. Il n'était pas fait pour la félicité conjugale. Et mieux valait, pour le bien de tous, accepter cet axiome de base.

Amelia frappa à la porte de Ben et se passa nerveusement une main dans ses cheveux fraîchement coupés. Après avoir plusieurs fois renoncé à passer à l'acte, des années de lutte avec sa chevelure avaient fini par l'amener sous les ciseaux du coiffeur. La pensée insidieuse qu'elle pourrait moins plaire à Ben les cheveux courts l'avait également retenue. Mais elle s'était dit qu'elle devait courir le risque.

Il ouvrit la porte et demeura bouche bée. Enfin, il hocha la tête.

— Tu as coupé tes cheveux.

— Oui, dit-elle se redressant.

— Petite désobéissante ! Ça te va bien.

Amelia ressentit une ridicule satisfaction. Son visage s'illumina et elle se souleva sur la pointe des pieds pour l'embrasser.

— Merci !

Il glissa un bras autour de sa taille et l'embrassa avec une telle ardeur qu'elle fut prise de vertige.

— Oncle Ben, je peux avoir un autre gâteau ? demanda une voix enfantine de l'intérieur de la maison.

A contrecœur, Ben lâcha Amelia.

— Désolé. Maddie et Joshua m'ont confié Davey à l'improviste.

— Plus de gâteau ! cria-t-il. Nous allons dîner d'abord.

— Quelle charmante surprise ! s'exclama Amelia. *Deux* hommes pour moi toute seule. Bonsoir, Davey !

L'enfant adressa à Amelia un sourire plein de charme.

— 'soir, Amelia. Oncle Ben dit que tu es une belle petite poupée.

Amelia jeta un regard amusé par-dessus son épaule.

— Oh ! Vraiment ?

Ben prit l'air penaud.

— Il n'était pas censé le répéter.

— Est-ce que Maddie va te tuer pour lui avoir parlé de belles petites poupées ?

— Elle essaiera, c'est sûr. Je vais retirer le poulet du grill.

— Un barbecue en novembre ?

Ben tambourina de ses deux poings sur sa poitrine.

— Nous autres, hommes des cavernes, allumons des feux à n'importe quelle époque de l'année. Pas vrai, Davey ?

— Si ! cria l'enfant.

Ben posa le poulet sur la table de la cuisine et ils s'installèrent pour le repas. Bien qu'Amelia soit simplement vêtue d'un pantalon et d'un pull et qu'elle mange sa viande avec les doigts, il se dégageait d'elle une réelle distinction. Pendant que Davey et elle se charmaient mutuellement, il l'observait et essayait de comprendre à quoi cela tenait.

C'était le genre de femme qu'on ne remarquait guère au prime abord, songea-t-il. Pourtant, plus il la regardait, plus elle lui plaisait. Il y avait quelque chose dans l'engageante expression de son visage quand elle écoutait qui l'attirait comme une lumière dans la pénombre. Elle nierait de toutes ses forces être une séductrice, et pourtant, la façon dont elle riait et laissait pudiquement tomber son regard le remuait chaque fois. Et l'aura de lascive féminité du Sud qui l'enveloppait éveillait son instinct de possession. Il se demanda si elle serait choquée de le savoir. Pensées dangereuses, pensa-t-il, avec inquiétude.

— J'ai froid, déclara soudain Davey en frissonnant.

Il se blottit contre Amelia qui lui frictionna le dos.

— Voilà, dit-elle en glissant un bras autour de ses épaules. Tu serais peut-être mieux sur le canapé ?

Davey hocha la tête puis regarda Ben.

— Je peux avoir un gâteau maintenant ?

Ben rit.

— Oui. Tu es prêt pour la vidéo ?

Davey hocha de nouveau la tête et se dirigea vers le salon.

— Nous allions regarder une course de grosses cylindrées, expliqua Ben. Mais, par égard pour toi, nous regarderons un dessin animé.

Amelia sourit.

— Je suis touchée que vous vous priviez d'une expérience aussi enrichissante pour moi.

Ben hocha la tête.

— Tu sais, je trouve que ces petites lèvres si convenables sont devenues bien cyniques depuis notre rencontre.

Elle se leva et s'approcha de lui.

— A qui la faute ? chuchota-t-elle.

Ben sentit sa température s'élever d'un cran.

— Que veux-tu dire ?

— Tu les as embrassées, dit-elle en s'approchant pour reculer hors de sa portée.

Ben la saisit par le poignet, l'attira à lui et l'embrassa. Elle était douce et juste à sa place dans ses bras.

— Essaies-tu délibérément de me rendre fou parce qu'en présence de Davey je ne peux rien faire ?

Ses yeux s'écarquillèrent.

— Moi ? Te rendre fou ?

— Oui, toi ! Et je te conseille d'arrêter sous peine de le payer cher quand nous serons seuls.

— Arrêter quoi ?

Ben réfléchit quelques instants.

— Arrêter de respirer, conclut-il en riant. Va t'installer dans le salon. Je vous rejoins d'ici quelques instants.

— Je vais t'aider à débarrasser.

— Non. Tu respirerais et cela me distrairait.

Elle hocha la tête sans cesser de sourire.

— Un macho qui s'occupe de la vaisselle. Dois-je prendre une photo pour la postérité ?

Il fit claquer le torchon tel un fouet.

— J'ai plusieurs cordes à mon arc, tu sais.

Dans le regard d'Amelia s'alluma une lueur de sensuelle complicité.

— Je sais, dit-elle doucement.

Ben la regarda se diriger vers le salon et dut faire de nouveau claquer le torchon pour s'éveiller de sa torpeur. Il n'allait tout de même pas rester là, comme un idiot, à saliver sur Amelia ! Hochant la tête d'un air réprobateur, il s'attaqua au rangement. Il ne lui fallut que quelques minutes pour charger le lave-vaisselle et mettre la cuisine en ordre.

Quand il passa sa tête par l'entrebâillement de la porte du salon, Amelia était installée sur le canapé, Davey sur ses genoux. Elle regardait tour à tour l'écran et le petit garçon dont elle caressait le front.

Accoté au mur, il l'observa. Cela semblait si naturel de la voir avec un enfant. Son imagination prit la clé des champs et il vit Amelia, à quelques années de là, les yeux brillants de joie, et attendant un enfant. *Son enfant.* Et son cœur se gonfla d'émotion.

— Ben ? Quelque chose ne va pas ?

La voix d'Amelia dissipa le rêve. Quand il prit conscience d'avoir imaginé la mère de ses futurs enfants sous ses traits, il retint un juron.

Lui, *père* ? Mais la paternité ne l'avait jamais intéressé ! Tout au contraire, il avait toujours fait en sorte de ne pas tomber dans le piège de la procréation !

Amelia continuait de le dévisager avec une expression de tendre inquiétude.

Ben posa sur elle un regard méfiant. Cette jeune personne si bien élevée, si convenable, lui donnait décidément de drôles d'idées.

Une sorcière, oui. Voilà ce qu'elle était.

- 9 -

— A quand ma prochaine leçon de conduite ? demanda Amelia à Ben, le week-end suivant.

Etendu près d'elle sur son grand lit, nu, les yeux clos, il rappela à Amelia une panthère au repos. Il entrouvrit les yeux.

— Bientôt.

Et les referma.

Elle posa sa tête sur son bras replié et promena ses doigts sur sa poitrine.

— Bientôt, c'est vague.

En soupirant, il lui prit la main et la porta à ses lèvres.

— Tu m'as épuisé ces douze dernières heures et tu voudrais savoir quand est ta prochaine leçon ?

— Oui, répondit-elle avec entrain. Comment te prouverai-je que je ne suis pas une mauviette si je n'apprends pas à chevaucher ta grosse moto noire ?

Il souleva un sourcil.

— Je vois plusieurs interprétations possibles à ta

remarque, dit-il avec un rire chargé de sous-entendus. Mais il faut bien que tu te mettes en tête que tu ne conduiras pas *ma* moto.

— Pourquoi ?

— Tu commenceras par une petite cylindrée, dans un champ.

— Pourquoi ?

— Parce que si tu tombes, tu ne te feras pas trop mal.

— Oh…

Bien que l'image évoquée ne soit guère enthousiasmante, elle surmonta son appréhension.

— Mon équilibre s'est amélioré depuis mon enfance, tu sais. Je…

— Crois-moi, tout le monde tombe, un jour ou l'autre.

Amelia demeura quelques instants silencieuse. Ben en profita pour lui caresser les seins.

— Tu fais moins la fière, n'est-ce pas ? demanda-t-il doucement. Mauviette ! ajouta-t-il en lui chatouillant les côtes.

Amelia rit malgré elle.

— Arrête ! Tu es horrible ! cria-t-elle parce qu'il la chatouillait de plus belle. Cruel, ignoble et…

Il prit possession de sa bouche, étouffant ses protestations sous ses baisers. Puis sa main glissa le long de ses côtes pour capturer un sein et jouer avec le mamelon. Tout en se liquéfiant sous ses caresses, Amelia restait déterminée à lui dire sa façon de penser. Elle trouvait ridicule cette manie d'homme préhistorique de l'embrasser pour la réduire à sa merci. Sa tête se mit à tourner. Oh ! Elle l'épinglerait pour de bon quand il arrêterait. Elle...

La sonnerie du téléphone les sépara. Haletants, ils se dévisagèrent.

— Tu es un mufle, déclara Amelia, avec moins de conviction qu'elle ne l'aurait souhaité. Vas-tu laisser sonner éternellement ce téléphone ?

Il finit par décrocher.

— Oui ?

Il sourit.

— Ah, bonjour, Jenna !

Une femme, se dit Amelia. Et elle ressentit un drôle de pincement au cœur. Soudain consciente qu'elle était nue dans le lit de Ben pendant qu'il s'entretenait avec une autre, elle décida de s'habiller. Elle s'apprêtait à descendre du lit quand Ben interrompit son geste en la prenant par le poignet.

Comme il secouait négativement la tête, elle répliqua en hochant la sienne de plus belle et tenta de se libérer.

— D'accord, Jenna. Je vois si c'est possible et je te rappelle.

Le toupet de cet individu qui fixait un rendez-vous à une autre devant elle !

Amelia enfonça un ongle dans sa main.

— Aïe !

Ben allongea la main vers la cheville d'Amelia.

385

— Euh… non, Jenna. C'est juste mon chat. Il faut que je lui fasse ôter ses griffes…

Sa voix s'éleva d'un bon demi-octave.

— Tu veux que j'amène ma nouvelle *quoi* ? Pas question ! Elle n'a aucune envie de rencontrer une bande de cinglés comme vous.

Jugeant que la conversation prenait un tour intéressant, Amelia cessa de se débattre.

— Bien sûr que non, enfin ! Je n'ai pas peur qu'elle apprenne la vérité de votre bouche !

Il fronça les sourcils d'un air mécontent.

— C'est ça. N'empêche que mes cookies sont meilleurs que les tiens. Et conseille à ton pauvre minable de mari de faire gaffe au caïd.

Sur ces mots vengeurs, il raccrocha.

— Jenna ? fit Amelia.

— Jenna Michaels. Une amie d'enfance. Elle a épousé Stan, un de mes meilleurs amis. Ils souhaitent nous inviter à dîner.

Amelia fronça les sourcils.

— Tu as parlé de ses cookies. Elle est mauvaise cuisinière ?

Avec un reniflement mécontent, Ben rejeta les couvertures et se leva.

— Jenna ? Tu parles ! Elle est douée en tout. Seulement, elle ne supporte pas que mes cookies soient meilleurs que les siens.

Amelia s'assit, entortillée dans le drap.

— Pourquoi ne veux-tu pas que nous dînions chez eux ?

— Ils veulent te rencontrer. C'est-à-dire t'examiner sous toutes tes coutures, te poser des questions, te toucher. S'assurer que tu es bien réelle, en somme.

Amelia haussa les épaules.

— Je ne comprends pas. Si ce sont des amis, ils seront gentils avec moi.

— Naturellement ! C'est juste que je n'ai pas envie de les mêler à ça.

Ben avait un ton était si évasif... Le cœur serré, Amelia demeura silencieuse. Bien sûr, elle n'était pas son genre de femme. Elle risquait de n'être pas à la hauteur.

— Tu crains que je te mette dans l'embarras ?

Ben la regarda.

— Bien sûr que non !

— Alors, pourquoi ne rencontrerais-je pas tes amis ? Il doit bien y avoir une raison.

Il traversa la pièce en deux enjambées et la rejoignit sur le lit.

— Je n'ai pas envie qu'ils s'immiscent dans ma vie privée avec toutes sortes de questions, c'est tout.

— Quel genre de questions ?

Ben prit ses mains dans les siennes et soupira.

— Notre relation, nos projets d'avenir.

Il la serra contre lui et sourit d'un air désabusé.

— Je suis un sale égoïste qui refuse de te partager.

Je ne veux que toi et moi, ajouta-t-il en l'embrassant. Et je moque bien de l'opinion des autres.

Le cœur lourd, Amelia lui rendit son étreinte. Le message était clair : leur liaison n'était pas faite pour durer.

Luttant contre ses larmes, elle essaya de se concentrer sur le présent. Ben la serrait dans ses bras comme s'il ne voulait jamais la laisser partir. Mais Amelia était trop réaliste pour croire que ce moment durerait toujours.

Le week-end précédant Thanksgiving, Ben passa chercher Amelia pour l'emmener participer à un rallye à moto organisé au bénéfice des sans-abri. Elle sentit son regard à travers les trois couches de vêtements qu'elle portait.

— Miss Amelia, vous ressemblez presque à une motarde, plaisanta-t-il. Regardez-vous : jean et bottes de daim noir…

Il glissa un doigt dans l'encolure de son pull.

— Si tu ne portais pas un chandail de cachemire rose et une veste de même couleur…

— Je gèlerais.

— Pas de blouson de cuir noir ?

Elle lui jeta un coup d'œil de biais.

— Evel Knievel a mis le sien au nettoyage. Je ne peux pas le lui emprunter.

Ben l'attira à lui en riant.

— Quand je t'ai rencontrée, tu étais une jeune femme au langage châtié. Et maintenant, ces jolies lèvres profèrent des insanités.

— A cause de qui ?

Elle caressa ses lèvres des siennes, provocante et naturelle à la fois.

— Je me moque bien de ce que tu leur as fait, précisa-t-elle en se liquéfiant sous son regard adorateur.

Et pourtant. La déconcertante pensée de ce qu'il pourrait faire à son cœur la ramena sur terre.

— J'ai de quoi payer mon droit de participation, dit-elle.

Il parut surpris.

— Je t'avais dit de ne pas t'en préoccuper.

— Je préfère m'assumer, dit-elle en se redressant.

Il hocha la tête.

— Je l'aurais parié.

Le point de ralliement des motards était situé sur Market Square, au centre-ville de Roanoke. Par son ampleur, la manifestation évoqua aux yeux d'Amelia un rassemblement des Hell's Angels. Mais, paradoxe merveilleux, tous ces gens étaient réunis dans un but caritatif.

Après les discours du maire et des organisateurs, les motards se mirent en place et le convoi s'ébranla.

Comme il s'agissait d'une randonnée de plusieurs heures, Ben avait installé des minimicros pour qu'ils puissent communiquer. Juste avant qu'elle referme ses bras autour de sa taille, Amelia avait regardé avec consternation la liste des cafés-restaurants où ils étaient censés s'arrêter.

— Sommes-nous supposés manger dans tous ces endroits ? demanda-t-elle.

Ben éclata de rire.

— Mais non ! L'idée est de s'y arrêter pour créer l'événement. Nous attirerons du public et, tout en regardant le spectacle, les gens achèteront de quoi se restaurer et une partie des bénéfices reviendra à la cause. Joli tour de passe-passe, non ?

— Oui. Je vois plein de motards qui t'adressent des signes. Tu as souvent participé à ce genre de rallye ?

Il haussa les épaules.

— Une dizaine de fois environ. Ce n'est pas une grosse affaire.

Elle pressa son visage contre son dos en souriant.

— Méfie-toi ou sinon tout le monde apprendra ton secret.

— C'est-à-dire ?

— Que sous ce blouson de cuir noir bat le cœur d'un homme responsable, travailleur et généreux.

— Ils ne le croiront jamais, répliqua-t-il. Et ça me convient très bien.

* * *

Après quelques arrêts, Amelia se mit à dodeliner de la tête.

— Interdiction de dormir, dit Ben.

Elle se reprit en riant.

— Comment le sais-tu ? Tu as des yeux derrière la tête ?

— Je sens ton corps se détendre. Je suis très conscient de ton corps, ajouta-t-il avec ironie. Chante.

Amelia cligna des yeux.

— Pardon ?

— Je te dis de chanter.

Interdite, elle fixa sa nuque.

— Pourquoi ?

— Parce que, maître à bord de cet engin, j'en ai décidé ainsi !

— Essaie toujours, Conan le barbare !

— Chanter tient éveillé, expliqua Ben. Et puis, je serais heureux de t'entendre chanter pour moi.

Amelia s'émut et elle eut le déconcertant sentiment qu'elle ferait n'importe quoi pour Ben. Pas très avisé dans le cadre d'une liaison passagère…, songea-t-elle.

— Et si je chantais horriblement mal ?

— Arrête de raconter des bêtises. J'ai vu dans ton album de photos que tu faisais partie d'une chorale.

— C'était il y a très longtemps.

— C'est comme monter à bicyclette. On n'oublie pas.

Comprenant que Ben ne renoncerait pas facilement, elle se résigna.

— D'accord, allons-y.

Et elle entama les premières mesures d'une chanson enfantine.

Avec force grognements, Ben se joignit à elle pour quelques refrains. Mais finalement, arriva le moment où Amelia épuisa son répertoire. Alors, cédant à une impulsion, elle attaqua *Kiss* de Prince.

— Je me demande où une jeune fille bien élevée comme toi a appris une chanson aussi scandaleuse ! s'exclama Ben.

— J'ai chipé les cassettes de Prince quand j'étais ado et je les passais sur mon walkman. Ma mère croyait que j'écoutais de l'opéra pour mon examen de musique. A une époque, je rêvais d'intégrer la troupe des danseuses de Prince.

— Je suis choqué, déclara Ben d'une voix amusée. Qu'aurait dit ta mère si elle avait su ?

— Elle se serait évanouie.

— Et Charles ?

Amelia retint son souffle, attendant la familière douleur qu'entraînait l'évocation de son mari. Comme rien ne venait, elle exhala un gros soupir.

— Il m'aurait calmement énuméré toutes les raisons pour lesquelles je ne devrais pas faire ça.

Puis il m'aurait serré l'épaule et aurait décrété la discussion close.

— Je vois, fit Ben. L'approche homme des cavernes intello.

Amelia ouvrit la bouche pour protester mais se ravisa. Elle n'avait jamais pensé à Charles sous les traits d'un dominateur. Il ne perdait jamais son calme et se montrait toujours affable. Sauf quand les choses n'étaient pas à son gré. Elle se rembrunit et songea aux techniques directes et souvent amusantes de Ben pour obtenir ce qu'il voulait. Ben avait du caractère et pouvait être de mauvaise humeur. Seulement, quand il n'était pas content, on le découvrait très vite.

Cela signifiait-il qu'elle préférait son approche un peu brutale ?

Ben la sentit s'agiter sur son siège.

— Mal aux fesses ?

— J'avoue.

— Faim ?

— Un peu. Et toi ?

— J'ai faim, mais pas de nourriture, marmonna-t-il.

Ben se gara sur le parking d'une petite auberge à l'enseigne tapageuse représentant des côtelettes grillant au feu de bois.

Les gens du cru étaient venus en force, et comme c'était le dernier arrêt prévu, la plupart des motards se restauraient. Ben et Amelia s'installèrent à une table tout juste libérée, au fond de la vaste salle à manger rustique.

— Je commence à penser que c'est une erreur, dit-il en glissant ses mains sous la veste d'Amelia.

Cette dernière reçut un coup au cœur.

— Explique-toi.

— T'avoir collée à moi depuis quatre heures sans pouvoir te faire l'amour me rend...

Comme ses mains couraient sur ses seins, Amelia eut un haut-le-corps.

— Que fais-tu ?

Avec une plainte, Ben appuya son front au sien.

— Pas ce que je voudrais. Ni ce que je vais faire.

Son évident désir plut dangereux à Amelia.

— Ben ! Ben Palmer !

Ben ferma les yeux en jurant.

— Est-ce qu'on peut partager votre table ? cria une voix féminine.

Ben n'avait pas plus tôt ôté ses mains de sous le pull d'Amelia qu'une bande de participants au rallye les rejoignaient. Il se leva à contrecœur.

Les hommes le saluèrent à grand renfort de tapes dans le dos, les femmes le serrèrent avec empressement dans leurs bras. Ben présenta Amelia à Frank, Loreen, Harry et Liz, et le groupe se lança instantanément dans une discussion sur les motos. Amelia leur prêta une oreille attentive mais ils employaient des termes qui dépassaient sa compréhension. La main de Ben sur sa cuisse était le seul lien qui la rattachât à son entourage.

— Frank, je t'ai aperçu sur le bas-côté de la route, dit Ben. Encore un problème de transmission ?

— Eh oui.

— Quand vas-tu te décider à te débarrasser de cette relique dévoreuse de chaîne ? demanda Harry.

— Les modèles à courroie donnent une conduite plus souple, souligna Ben.

— Une Harley qui n'est pas entraînée par chaîne n'est pas une Harley ! insista Frank. Les transmissions à courroie, c'est bon pour les nuls.

Loreen regarda Amelia et sourit.

— Vous semblez novice. Ils sont terribles : une fois qu'ils commencent à discuter transmission, on ne peut plus les arrêter. Depuis combien de temps connaissez-vous Ben ?

— Deux mois, répondit Amelia, surprise de constater qu'il lui semblait le connaître depuis plus longtemps. Avez-vous participé à d'autres rallyes caritatifs ?

— Oh oui, j'en ai vu beaucoup.

Loreen posa sur Amelia un regard évaluateur.

— Depuis combien de temps faites-vous de la moto ?

— J'apprends juste. Et vous ?

— Cinq ans. J'adhère à un club de conductrices

de motos et je recherche toujours de nouveaux membres !

Sentant le regard curieux de Liz sur elle, Amelia sourit. Cependant, la jeune femme resta de glace.

Loreen se pencha vers Amelia.

— Ne faites pas attention à Liz, chuchota-t-elle. Ben et elle sont sortis ensemble et elle voudrait renouer avec lui mais il n'y tient pas.

— Oh…

Sur combien d'ex-petites amies allait-elle tomber ? se demanda Amelia. Elle réussit toutefois à esquisser un sourire avant de se lever.

— Je vais me rafraîchir, dit-elle à Ben.

— Moi aussi. Ne traîne pas, Amelia, les côtelettes sont presque prêtes. Dès la fin du repas, nous filerons, ajouta-t-il pour elle seule.

Sa promesse fut un baume pour son amour-propre blessé.

Dans les lavabos, elle s'examina dans le miroir et grimaça. Son image d'enseignante à l'esprit frileux n'avait rien de particulièrement séduisant.

Ben et elle étaient aussi différents que le jour et la nuit, alors, pourquoi s'intéressait-il à elle ? Et, d'ailleurs, pourquoi s'intéressait-elle à lui ? C'était plus que de l'intérêt, protesta sa conscience et Amelia poussa un soupir excédé. Pourquoi essayer de justifier ce qui n'appartenait pas au domaine de la raison ? Elle n'avait qu'à se contenter de vivre au jour le jour.

Revigoré par son petit aparté, Amelia regagna la salle à manger. En approchant de la table, elle surprit une bribe de la conversation de Liz.

— Une prof d'histoire ! Elle ne retiendra pas longtemps l'attention de Ben. D'ici Noël, il aura envie de passer à autre chose.

Les paroles de Liz frappèrent Amelia de plein fouet. L'idée qu'il puisse avoir envie de passer à « autre chose » ne la surprenait pas. Elle lui fit pourtant l'effet d'une douche froide. Probablement parce que c'était plus douloureux de l'entendre formulée par un tiers.

Ben arriva derrière elle

— Oh, là, là ! dit-il en riant. Regardez-moi ces freins !

Amelia se retourna brusquement.

— Ben !

Il glissa un bras autour de sa taille.

— Déçue ? Tu attendais peut-être quelqu'un d'autre ?

— Mais non, voyons !

Elle scruta son expression, anxieuse de savoir s'il avait surpris les propos de Liz. Mais elle n'y lut rien de particulier.

Il lui prit gentiment le menton.

— Tu parais toute retournée. Viens donc manger.

Se demandant par quel miracle elle pourrait avaler une bouchée, Amelia s'efforça de sourire.

Elle passa son temps à jouer avec sa nourriture, acquiescer de la tête et sourire à la ronde. A la fin du repas, elle avait l'impression d'être un de ces gadgets en forme de chien qui agitent la tête au gré des cahots sur la plage arrière des voitures.

Enfin, Ben donna le signal du départ.

— Ravie d'avoir fait votre connaissance, dit-elle au groupe comme il la prenait par la main.

Amelia s'apprêtait à se diriger vers la sortie mais Ben l'entraîna dans la direction opposée. Avisant un réduit dans le couloir, il l'y poussa et referma la porte derrière eux.

Après avoir allumé la lumière, il s'adossa à la porte et la dévisagea.

— Tu n'as rien avalé… et tu ne m'as pas adressé un regard en une demi-heure.

Amelia tressaillit.

— J'avais perdu l'appétit.

— Pourquoi ?

Elle se mordit la lèvre.

— Je suis probablement plus fatiguée que je ne pensais.

Ben la contemplait avec une intensité qui la troubla. Et elle dut se rappeler qu'il n'avait pas le pouvoir de lire dans ses pensées.

Avec un petit bruit de langue, il se pencha vers elle.

— Inutile de me raconter des histoires, mon

cœur. Nous ne sortirons pas de ce réduit avant que tu m'aies dit ce qui te tracasse.

Il lui adressa un sourire charmeur mais son regard demeurait grave.

— Je t'écoute.

— Ce n'est rien, vraiment, dit Amelia, mal à l'aise.

Ben l'examinait toujours avec la même intensité.

— Un homme t'a fait des avances ?

— Non, répondit-elle très vite. Bien sûr que non.

Il fronça les sourcils.

— Qu'y a-t-il, alors ?

Avec un soupir, elle s'éloigna vers le mur opposé.

— J'ai surpris des propos de Liz.

— Oh, oh, dit-il, se rapprochant. Je sens qu'il va y avoir du grabuge.

Elle lui jeta un regard noir.

— C'est toi qui m'as forcée à parler !

Il sentit la colère le gagner. Voir Amelia dans cet état le rendait malade.

— Que racontait-elle ?

— Je préfère ne pas en parler, si ça t'est égal.

— Ça ne m'est pas égal.

— Bon, d'accord. Elle disait que tu te lasserais de moi d'ici Noël, que tu aurais envie de passer à « autre chose ».

— Liz ne raconte que des sornettes !

— Tu as eu une relation avec elle.

— Je suis sorti une fois avec elle, rectifia-t-il.

Amelia étouffa un soupir.

— En réalité, ça n'a aucune importance, dit-elle, détournant le regard.

Et elle se mit à faire les cent pas dans l'espace exigu.

— Je sais bien que je ne suis pas ton type de femme…

— Et moi, pas ton type d'homme…

— La remarque de Liz est donc tout à fait fondée. C'est juste que…

Elle s'arrêta et haussa les épaules

— Ce n'est pas très agréable à entendre.

Ben détestait voir cette expression chagrine sur son visage. Il avait une attitude bien établie à l'égard des femmes : il ne leur faisait jamais de promesses. A cet instant, pourtant, il désirait rassurer Amelia de tout son être.

Il s'approcha.

— Liz ne sait pas de quoi elle parle.

Il la prit par le menton mais, voyant qu'elle s'obstinait à détourner le regard, jura.

— C'est pour cette raison que je refuse de te

partager. Je veux que ce soit juste toi et moi, l'un pour l'autre. Tu es si différente…

— Je sais, dit-elle sombrement.

— Différente dans le bon sens. Regarde-moi. Je veux voir tes beaux yeux.

Elle leva lentement la tête. La vulnérabilité qu'il lut dans son regard lui fendit le cœur.

— Notre relation peut paraître incongrue aux autres, peut-être même à nous, mais… nous sommes bien ensemble.

Très bien, même, pensa-t-il. Amelia éveillait chez lui des émotions neuves. Il ignorait comment elle s'y prenait mais elle le stimulait et l'apaisait en même temps. En y réfléchissant, il aurait dû être épouvanté par l'emprise qu'Amelia avait pris sur lui.

Il repoussa cette pensée.

— De plus, c'est une remarque à double tranchant. Tu pourrais très bien te lasser la première.

Elle lui jeta un regard sceptique.

— Pour une sottise…

La sentant se détendre, il l'attira contre lui.

— Pourquoi pas ?

Elle secoua la tête en riant.

— Je ne me lasserai jamais de toi.

La passion qui luisait dans le regard d'Amelia aiguillonna ses sens.

— Prouve-le.

Elle pencha la tête de côté.

— Tu veux que je te le prouve ?

Il glissa ses mains sur ses hanches.

— Oui.

Elle le regarda comme s'il était subitement devenu fou.

— Nous sommes dans la réserve d'un restaurant, à l'heure de pointe.

— Et alors ?

— Quelqu'un peut entrer d'une minute à l'autre.

Tout en la serrant contre lui, Ben alla s'adosser à la porte.

— Plus maintenant.

Il l'attira entre ses cuisses et vit son regard s'élargir devant l'évidence de son désir d'homme.

— Tu plaisantes certainement, dit-elle d'une voix étranglée.

Il fit signe que non tout en frottant son pelvis contre le sien.

— Miss Amelia, j'ai l'impression que je vais bientôt vous donner toutes les raisons d'avoir peur.

Elle releva le menton.

— Je n'ai pas peur. Je suis…

— Une poule mouillé ?

— Non !

Il approcha ses lèvres des siennes et s'arrêta à quelques millimètres.

— Une mauviette ?

Elle caressa ses lèvres de sa bouche puis recula la tête.

— Tu n'aimes pas les mauviettes ? demanda-t-elle.

Ben sentit son sang s'échauffer.

— Je n'ai pas dit ça.

— Alors, tu les apprécies ? demanda-t-elle en posant ses mains sur le devant de son jean.

Ben les lui prit et les dirigea vers sa ceinture.

— Je t'apprécie toi, dit-il.

Elle dégrafa son jean et le prit dans ses mains.

Tout frissonnant de plaisir, Ben l'embrassa pendant qu'elle le caressait. Il y avait de l'avidité, de la chaleur dans sa façon de le toucher. Elle était irrésistiblement douce, irrésistiblement appétissante. Et la combinaison était assez sensuelle pour lui faire perdre la raison.

Ce qui avait commencé comme un jeu échappait à son contrôle. Il la voulait nue. Il voulait la pénétrer, tout de suite. Il glissa sa langue entre ses lèvres, simulant l'acte d'amour qu'il brûlait de faire.

Sans le quitter des yeux, elle recula lentement. Ses joues étaient rougies par l'excitation, ses yeux pleins de flamme, son expression tendre et passionnée.

— Je…, commença-t-elle. Je…

Incapable de trouver les mot justes ou acceptables, elle secoua la tête puis se laissa lentement glisser à ses pieds. A genoux devant lui, le regard rivé au sien, elle frotta sa joue contre son membre durci et l'effleura de la langue.

Quand elle referma sa bouche sur lui, Ben tressaillit

longuement. La vue de ses lèvres arrondies autour de sa virilité lui était insupportablement érotique.

Au bord de la jouissance, il glissa ses doigts dans ses cheveux.

— Chérie, arrête. Je ne peux…

Amelia continua pourtant de lui faire l'amour avec sa bouche, manifestant sans ambiguïté l'étendue de son désir. Elle mettait une énergie passionnée dans ses caresses comme si, en cet instant, donner était aussi important que recevoir.

— Amelia…

Doucement, il tenta de la repousser.

— Chérie, je…

— N'essaie pas de m'en empêcher, murmura-t-elle.

Et il lui livra son corps et un peu de son âme.

Amelia était si absorbée par sa lecture qu'elle n'entendit pas Sherry entrer dans son bureau.

— Bonjour ! dit cette dernière.

En sursautant, Amelia referma d'un geste sec le magazine et le glissa sur ses genoux.

— Bonjour ! s'exclama-t-elle d'un ton enjoué. Je ne t'ai pas entendue arriver.

Sherry se pencha sur le bureau de son amie.

— Qu'est-ce que tu regardais ? Encore un catalogue de lingerie érotique ?

— Oh, non, non ! Un m'a suffi. Je ne pense pas que les dessous de cuir soient bien confortables.

Sherry lui jeta un regard entendu.

— Ce doit être vraiment vilain pour que tu ne veuilles pas me montrer.

Amelia rit doucement.

— Ce n'est pas vilain ! Je peux te le garantir.

Sherry tendit la main en agitant ses doigts.

— Allez, montre !

Amelia exhala un soupir qui fit voleter les mèches de sa frange puis, à regret, jeta le magazine sur le bureau.

— *Moto Magazine* ! s'exclama Sherry. Eh bien, qu'est-ce qui t'arrive ? Tu es tombée sur la tête ?

Le souvenir de l'épisode du réduit fit monter le rouge aux joues de la jeune femme.

— Tu n'imagines pas à quel point, répliqua-t-elle avec un rire effronté. En fait, je lis ce magazine pour m'éduquer. Il n'y a rien de mal là-dedans.

Sherry émit un claquement de langue incrédule.

— C'est vrai, insista Amelia. Savais-tu qu'il n'y a pas une Harley dans les dix motos de l'année ?

— Tu m'en diras tant, fit Sherry, nullement impressionnée.

Elle referma la porte.

— J'ai l'impression que tes petites cellules grises sont parties faire un tour en Harley. Enfin, Amelia, tu ne t'intéresses tout de même pas sérieusement à ce type ?

Le cœur d'Amelia se serra.

— Je ne sais pas…

Sherry poussa un gémissement.

— Non ! Autant embarquer sur le Titanic ! C'est une histoire fichue d'avance !

— J'ai l'impression d'avoir déjà fait naufrage, répliqua Amelia d'une petite voix. Je ne veux pas que ce soit fichu d'avance. Je veux que ça marche…

— Oh, Amelia ! dit Sherry, secouant la tête.

— Il me fait du bien. Et je crois lui en faire aussi. Il se passe des choses étranges.

— Pas si étranges, grommela Sherry.

Elle s'assit sur le coin du bureau d'Amelia.

Cependant, l'espoir de cette dernière avait grandi plus vite que ses doutes. Elle pressa ses mains l'une contre l'autre.

— Je dois tenter ma chance.

— Vous êtes le jour et la nuit !

— Ce n'est pas forcément un handicap.

— Vous évoluez dans des univers étrangers !

Amelia combattit une familière impression de naufrage.

— Pourquoi ne pourrions-nous pas les visiter ?

— As-tu rencontré ses amis ?

— Oui, répondit Amelia, l'estomac noué. Je n'arrivais pas à suivre le langage qu'ils utilisaient. C'est pourquoi j'ai acheté ce magazine.

Sherry se pinça l'arête du nez.

— Ils ne parlent pas le même langage ? Amelia !
Tu *dois* comprendre que c'est sans espoir.

La jeune femme se regimba.

— C'est faux ! s'écria-t-elle en se levant. Je sais que
les apparences sont contre nous mais je… je…

Elle ferma les yeux, submergée par la force de
ses sentiments pour Ben puis battit des paupières
pour contenir ses larmes.

— Il en vaut la peine, tu sais. Vraiment.

Sherry la considéra un instant puis soupira.

— Toi, tu es tombée amoureuse de lui.

Amelia serra les lèvres. Impossible de prononcer
ces mots tout haut. Même si elle n'était pas super-
stitieuse, elle craignait presque, en reconnaissant la
profondeur de ses sentiments pour Ben, d'attirer le
mauvais sort sur leur relation.

— Tu penses à l'épouser, fit Sherry d'une voix
atterrée.

L'estomac d'Amelia opéra un double plongeon.
Comment pourrait-elle seulement envisager de lier
son existence à un autre que Charles ?

— Oh, non ! s'exclama-t-elle. Je pensais juste
l'inviter au thé de la faculté.

Par une belle journée ensoleillée de ce début du
mois de décembre, exceptionnellement douce pour
la saison, Amelia se retrouva au beau milieu d'un
champ, face à la moto qu'elle était censée domes-

tiquer. Jaune citron et beaucoup plus petite que la grosse Harley noire de Ben, la vieille Suzuki 125 semblait plutôt amicale.

Luttant contre sa nervosité, elle passa une main hésitante sur le siège. Comme si elle tentait d'amadouer l'engin par des caresses, pensa-t-elle avec ironie.

— Imagine que c'est une moto qui souhaite juste en faire à sa tête ! dit Ben. Le plus délicat est de bien coordonner ses mouvements et de se rappeler la séquence des vitesses. Allez, monte en selle !

Préférant ne pas se rompre les os avant même d'avoir démarré, Amelia enfourcha avec précaution la moto.

— Je te rappelle les bases : toujours démarrer au point mort. La poignée gauche commande l'embrayage, la droite l'accélération. Et c'est aussi ta main droite qui actionne le frein avant.

Amelia hocha la tête tout en faisant tourner ses mains sur les poignées pour récapituler les instructions.

— Je crois pouvoir y arriver.

— Nous avons vu les mains. Passons maintenant aux pieds.

Cette fois, Amelia trouva que l'affaire ressemblait à un gigantesque tour de passe-passe. Levant les yeux sur Ben, elle surprit son sourire moqueur.

— Là, tu apprécies un peu trop la situation.

Il se pencha pour l'embrasser.

— Mon plaisir ne fait que commencer, mon cœur. Bon, pour le frein arrière, tu utilises le pied droit. Avec le pied gauche, tu appuies sur la pédale pour enclencher la première, puis tu bascules le talon en arrière et tu la soulèves pour passer en deuxième. Tu répètes la manœuvre pour la troisième et pour la quatrième...

L'esprit confus, Amelia leva une main pour l'interrompre.

— Je ne compte pas passer la quatrième avant un moment ! Je vais d'abord démarrer et rouler un peu.

— Comme tu voudras. Attends un instant...

Ben accrocha une sangle munie d'un Velcro à son poignet.

Amelia le dévisagea avec inquiétude.

— A quoi cela sert-il ?

— Cette sangle est reliée à un coupe-circuit. Comme ça, si tu tombes, la moto s'arrête au lieu de t'entraîner derrière elle.

La déplaisante vision de son corps traîné par une moto devenue folle la fit un instant réfléchir. Mais comme il n'était pas question qu'elle montre ses doutes à Ben, elle prit une profonde inspiration et le regarda.

— Et maintenant ?

— Tu donnes un bon coup sur le kick pour démarrer.

Amelia leva le genou et donna un coup de pied à la pédale. Rien ne se produisit.

— Es-tu au point mort ?

Avec un grognement, Amelia passa du pied gauche au point mort. Elle actionna de nouveau la pédale de démarrage et la moto se mit à vibrer sous elle. Elle voulut embrayer, passer la première et accélérer mais, d'un bond en avant, la moto la propulsa à terre avant de caler.

Ben se précipita pour aider Amelia à se relever.

— Il faut travailler ton action sur l'embrayage.

— Je suppose qu'il n'y a jamais de boîte automatique sur ces trucs, maugréa-t-elle.

— Ah non, c'est bon pour les mauv…

— Ne recommence pas avec ça ! s'exclama Amelia. Je m'entraîne à l'être moins !

Ben marqua une hésitation avant de hocher la tête et de l'embrasser.

— Tu as raison, dit-il en lui caressant la joue. Il y a une main d'acier sous ce gant de velours…

Un peu rassérénée, Amelia essaya de nouveau de démarrer. Une fois, deux fois, trois fois…

Son problème avec l'embrayage était douloureux parce que, presque chaque fois que la moto calait, Amelia voltigeait dans le champ. Heureusement, Ben prodiguait ses conseils avec un calme olympien et chaque chute renforçait la détermination de la jeune femme de dompter le monstre jaune citron.

Au bout de trois heures, elle parvenait à rouler

quelques mètres sans faire caler l'engin à cause de ses manœuvres maladroites. Ben déclara alors la leçon terminée.

Une fois chez lui, Amelia allait lui demander ce qu'il pensait de son élève quand il décréta qu'il avait besoin d'un verre et se dirigea droit vers la cuisine.

Déconcertée, elle le suivit.

— C'était si terrible ?

Du placard situé au-dessus du réfrigérateur, il sortit une bouteille de whisky. Il en versa dans un verre et avala d'une traite le contenu.

Amelia le regardait faire.

— Je n'ai pas pu être aussi nulle. Tu gardais un calme impressionnant.

— Mieux vaut rester calme dans les catastrophes…

— Là, tu exagères ! Bon, d'accord, je suis tombée un certain nombre fois.

— C'est sûr. J'ai appris à conduire à beaucoup de gens mais, cette fois, mes nerfs n'ont pas résisté.

— J'ai eu des problèmes d'embrayage, concéda-t-elle.

Tout en secouant la tête, Ben se versa une nouvelle rasade de whisky.

— Non, c'était le freinage le pire. Te voir passer par-dessus bord parce que tu serrais trop fort le frein avant m'a rendu malade.

— Je ferai mieux la prochaine fois.

— La prochaine fois ?

— Eh bien, oui. Il me paraît évident que j'ai besoin de plus d'une leçon.

— Amelia, je ne suis pas sûr de supporter une autre séance.

Elle se raidit, piquée dans son amour-propre.

— Je ne peux pas être le pire conducteur que tu aies rencontré !

Il marqua une pause.

— Tu n'es pas le pire, seulement je me moque que Pierre, Paul ou Jacques se cassent le cou quand ils ne suivent pas mes instructions ! Toi, je ne veux même pas que tu te foules un ongle !

Saisie d'une soudaine émotion, elle vint l'étreindre.

— J'ignorais qu'on puisse se fouler un ongle.

— Eh bien, n'essaie pas !

Il lui donna un baiser tendre et pourtant impérieux qui la fit frissonner des pieds à la tête. Quand Ben s'écarta, elle se demanda, devant son expression, s'il éprouvait le même trouble.

— Tu devrais choisir un autre passe-temps, Amelia.

— Tu as quelque chose à me proposer ?

— Le pédalo, par exemple.

Elle écarquilla les yeux.

— Le pédalo, c'est délicat en hiver.

— D'accord, alors pourquoi pas une activité qui

te permette de rester au coin du feu ? Je ne sais pas moi... le tricot ?

Elle le considéra d'un air stupéfait.

— Un instant ! Tu n'arrêtes pas de me traiter de mauviette ! Il faut savoir ce que tu veux !

— C'est bien pour une femme d'être une mauviette.

En riant, elle s'écarta.

— Ben Palmer ! C'est la remarque la plus sexiste que je t'aie entendu proférer, et tu n'es pas à court d'énormités ! Que tu le veuilles ou non, j'apprendrai à conduire une moto.

Il lui saisit le poignet, le visage grave.

— Je ne supporterais pas que tu te blesses.

L'intensité de sa voix fit fondre la rancœur d'Amelia.

— Je n'ai pas non plus envie me blesser. Seulement, je ne peux passer ma vie à éviter de faire ce qui me plaît par peur du danger. Tu ne supporterais pas de vivre ainsi.

Visiblement partagé, Ben soupira.

— C'est différent. Je tiens tellement à toi. Je ne veux pas que tu souffres.

Amelia se sentit fondre. S'il continuait de lui parler ainsi, elle n'était pas près de se détacher de lui.

Elle enlaça ses doigts aux siens.

— Et si je cherchais un autre prof de conduite ? Il doit bien exister...

— Non !

Il fronça les sourcils.

— Si quelqu'un doit t'apprendre à conduire une moto, ce sera moi.

— J'ai l'impression qu'il faut des nerfs d'acier. Tu es sûr de toi ?

Il lui lança un regard furieux.

— Il faudra d'autres parties de mon anatomie faites d'acier ! Mais il paraît que je les ai…

Amelia se rappela soudain son projet et jugea le moment venu d'en parler à Ben. Sauf qu'elle redoutait sa réaction. Après tout, n'avait-elle pas suffisamment bravé le danger pour aujourd'hui ? Et ce qu'elle s'apprêtait à faire était autrement plus dangereux que d'apprendre à conduire une moto.

— Eh bien, si tu as vraiment des… *nerfs* d'acier, j'aimerais te proposer une sortie pour le week-end prochain.

Il lui jeta un regard empli de curiosité.

— De quoi s'agit-il ?

— Je voudrais que tu m'accompagnes au thé de la faculté.

- 11 -

Ben la considéra sans parler un si long moment qu'Amelia commença à s'inquiéter.

Enfin, l'air effondré, il posa une main sur son front.

— J'en étais sûr ! Tu souffres d'une commotion cérébrale.

Elle repoussa sa main.

— Ben, je suis sérieuse ! Je veux que tu m'accompagnes au thé de Noël organisé par mes collègues.

Ben secoua la tête.

— Tu m'imagines dans une pièce remplie de gens distingués qui écoutent de la musique classique en mangeant du foie gras et du caviar ?

— Je ne suis pas distinguée !

— Disons que tu dissimules soigneusement ton anticonformisme en société. Moi pas. Je n'ai définitivement pas la tête de l'emploi.

— Tu me suggères de choisir un autre cavalier ?

— Non.

Il vida son verre de whisky puis, en soupirant, caressa ses lèvres.

— Nous avons déjà abordé le sujet, Amelia. Quand nous sommes seuls, toi et moi, c'est merveilleux. Mais si nous laissons le monde extérieur pénétrer jusqu'à nous, les problèmes vont commencer.

Elle prit sa main et la pressa contre ses lèvres.

— Nous avons participé au rallye caritatif…

— Oui, et quelqu'un a ouvert sa grande… bouche et tu en as été blessée, lui rappela-t-il. Franchement, pourquoi irions-nous chercher les ennuis ?

— D'accord, Ben. Seulement, je suis fière de toi. A mes yeux, tu es l'homme le plus merveilleux de la terre. Intelligent, fascinant, généreux. D'accord, tu as un tempérament rebelle mais ça fait partie de ta personnalité.

Elle réussit à sourire malgré son émotion et l'étreignit avec passion.

— Je tiens à ce que mon entourage te connaisse.

Ben la considéra avec une expression de stupéfaction et de plaisir mêlés.

— Amelia…

Il hocha la tête.

— Qu'y a-t-il ?

— Je n'arrive pas à le croire. Tu me fais la peur de ma vie en essayant de conduire cette maudite bécane et maintenant…

Il jura.

— Personne ne m'a jamais dit une chose pareille, grommela-t-il en jouant avec une mèche de ses cheveux.

— Quoi donc ?

Il haussa les épaules.

— On ne m'a jamais dit qu'on était fier de moi.

— Enfin, Ben, ce n'est pas possible. Tes parents...

— Surtout pas eux ! Je n'étais pas précisément un enfant modèle.

Amelia sentit une blessure en lui, jamais cicatrisée et s'en émut.

— Accompagne-moi, insista-t-elle.

La lueur dans le regard de Ben s'éteignit.

— Impossible. Nous sommes bien plus heureux tous les deux.

Il l'embrassa.

— Laisse-moi te le prouver.

Cette nuit-là, il lui fit l'amour longuement, magnifiquement. Il embrassa ses contusions et lui murmura qu'elle était belle. Il lui dit qu'elle le rendait fou et la submergea de mots doux et de gestes tendres. Amelia n'avait jamais connu un tel déferlement de passion. Si elle avait été moins avisée, elle aurait pu croire en son amour...

Comblée dans tous les sens du terme, elle se blottit dans les bras de Ben. Elle ne pouvait que tomber d'accord avec lui. Derrière les portes closes, ils étaient parfaitement heureux.

Quand Ben s'éveilla le lendemain matin, il chercha instinctivement Amelia mais ses doigts ne rencontrèrent que le vide. Il se frotta les yeux et s'assit.

Il l'aperçut alors et son cœur bondit à sa vue. Revêtue de ses habits de la veille, elle se tenait face à la fenêtre, les bras serrés contre sa taille.

Un tumulte d'émotions l'assaillit. Sans qu'il s'en aperçoive, elle avait pris une place plus importante dans son cœur qu'aucune autre femme. Elle lui apportait une paix inconnue. Et en même temps, lui faisait une peur bleue.

— Debout avec le soleil ?

Il se leva et passa son jean.

Amelia tourna la tête et lui sourit mais son regard demeurait lointain.

— César m'a réveillé. Il réclamait à manger.

Il s'approcha d'elle et lui caressa le bras dans l'espoir de ramener son attention à lui. Chaque jour, il avait plus besoin d'elle.

— J'espère que je n'ai pas trouvé en ce chat un rival dans ton cœur ?

— Il se trouve que ce chat que *tu* m'as donné, croit régenter la maison.

— Et c'est vrai ?

— Quelquefois. Mais sur les points vraiment importants, c'est moi qui décide.

— Donne-moi un exemple.

Il aurait tellement voulu qu'elle abandonne son air distant.

— Je vais le faire castrer cette semaine, répondit-elle avec un sourire angélique.

Ben grimaça.

— Aïe ! Je t'obéirai à la lettre, c'est promis.

Amelia effleura son épaule nue. Mais quand il croisa son regard, elle semblait toujours aussi distraite.

— Je dois y aller.

Avec un sentiment de malaise, il hocha la tête.

— Je vais…

— Je veux que tu viennes avec moi au thé de la faculté, Ben.

Il se rembrunit.

— Je croyais la question réglée.

— Nous en avons discuté, nous ne l'avons pas réglée, nuance. Je suis dans le même état d'esprit. Je veux que les gens que je côtoie aient la chance de te connaître.

Elle hésita et inspira profondément, comme pour se donner du courage.

— Je t'aime, dit-elle en le regardant droit dans les yeux.

En entendant ces mots, Ben faillit tomber à la renverse. Il n'avait jamais éprouvé une joie aussi forte mêlée à une peur aussi intense.

— Je… euh…

— Je ne te demande rien. Il fallait juste que je te le dise.

Malgré son haussement d'épaules désinvolte, son sourire était contraint.

— Je n'aurais pas pu garder ça pour moi, ajouta-t-elle.

Elle s'écarta, l'air grave.

— Mes sentiments pour toi sont très forts. Ils m'étirent à l'intérieur comme à l'extérieur. L'homme que tu es me pousse à grandir, à sortir de moi-même Je ne peux plus cacher mes sentiments. Confiner notre relation à nous deux ne me satisfait plus. Je veux te connaître autant que tu me le permettras. Et je veux que tu me connaisses. C'est effrayant parce que nos mondes diffèrent tellement, mais tu m'as aidée à vaincre ma frilosité.

Tout en fourrageant dans ses cheveux, Ben se mit à arpenter la chambre, encore sous le choc de la déclaration d'Amelia. Il savait qu'elle n'avait pas prononcé ces mots à la légère. Des femmes les lui avaient dits et il s'était senti accablé. Cette fois, c'était différent.

Il s'immobilisa devant Amelia.

— Je refuse de risquer notre bonheur actuel à cause de la mauvaise opinion de nos familles, amis ou collègues.

— Qui parle de risquer quoi que ce soit ?

Elle sourit comme pour alléger la gravité de sa remarque.

Ben avait néanmoins le sinistre pressentiment d'un désastre.

L'arbre de Noël de la salle de thé du Salem College brillait de tous les feux de ses décorations surannées. Le buffet avait été dressé sur une table recouverte d'une nappe de lin rouge et blanche et décorée de poinsettias en fleurs. Un disque de musique classique jouait en sourdine.

Cependant, Amelia n'entendait que la phrase rythmée par son cœur : « Pourvu qu'il vienne. »

Elle regarda la porte pour la centième fois en un quart d'heure.

— Il n'est pas là, dit Sherry.

— Il va arriver, répliqua Amelia, essayant de ne pas paraître sur la défensive.

Elle espérait sa venue. Oh, comme elle l'espérait.

— Tu as une allure superbe dans ce tailleur. Où l'as-tu déniché ?

— Dans un catalogue de vente par correspondance…

D'un air absent, le regard inexorablement attiré par la porte, Amelia retourna son salut au doyen

— Arrête de regarder cette porte ! s'exclama

Sherry. Mêle-toi aux gens, bois et mange ! Tiens, je vais te présenter à… Non !

Amelia se retourna.

— Amelia ! Veux-tu bien refermer la bouche ? Si tu t'illumines encore, tu vas ressembler à un sapin de Noël…

Mais Amelia n'entendait déjà plus. Elle ne voyait que Ben et son cœur battait une folle sarabande. Dans son blouson de cuir, il se tenait sur le seuil de la pièce, pareil à lui-même, la boucle d'oreille en moins.

Il était venu !

Soudain, elle plissa les paupières. Quelle drôle de cravate il portait… Puis voyant qu'il paraissait prêt à tourner les talons, elle se hâta à sa rencontre.

— Tu es venu !

Le regard de Ben fit le tour de la pièce.

— Je suis venu.

Le sourire d'Amelia s'élargit devant son total manque d'enthousiasme.

Elle posa une main sur son bras.

— Bonne nouvelle : il y a d'excellents petits-fours.

Il jeta un coup d'œil aux invités.

— Tant mieux.

Elle rit.

— Viens, je vais te présenter.

— Montre-moi le chemin.

Au passage, il s'empara d'un verre de vin.

— Simple curiosité : où est ta boucle d'oreille ?

— Dans ma poche.

Elle se dirigea vers Sherry.

— Ben, je te présente Sherry. C'est elle qui m'a entraînée au Thunderbird.

— Ravi de vous rencontrer, dit-il. J'ai une dette envers vous.

Sherry hocha la tête.

— Je vous crois. Amelia est une perle rare. Mais je suis sûre que vous le savez. Votre cravate me plaît, ajouta-t-elle. *Roadrunner* est un de mes dessins animés préférés.

— Je transmettrai vos compliments à mon neveu. C'est lui qui m'offert cette cravate à Noël dernier. Et vous avez raison au sujet d'Amelia.

Cette dernière sentit ses joues s'embraser.

— Oh ! Excuse-moi, s'il te plaît, Sherry, j'aimerais présenter Ben au Dr Allbright.

— La fente de ta jupe est une véritable provocation, souffla Ben à l'oreille d'Amelia pendant qu'ils se dirigeaient vers le digne professeur. Je t'en supplie, allons à la maison, retire tes vêtements et fais cesser ce supplice !

— Ne me tente pas ! Je dois déjà me pincer pour m'assurer que tu es là.

— Alors, c'est oui ?

— Peut-être.

— Maintenant ?

— Plus tard, dit-elle fermement. Oh, Docteur Allbright !

Je vous présente Ben. Ben, voici le Docteur Allbright, chef du département de mathématiques.

— Je dois avouer que j'étais très mauvais en maths au lycée, dit Ben, serrant la main du professeur.

Ce dernier hocha la tête.

— Vous aviez sans doute mieux à faire !

Ben éclata de rire.

— Certainement. J'ai toujours pensé que toutes ces formules étaient juste bonnes à vous faire exploser le cerveau.

Le Dr Allbright esquissa un sourire.

— Et maintenant ?

— Maintenant, mes bases de calcul me permettent de diriger mon entreprise de vente de voitures étrangères.

Le professeur haussa les sourcils.

— Quelle coïncidence ! Je viens d'entendre le doyen émettre le désir d'acheter une Mercedes.

— Il faut se méfier. Ce sont d'excellentes voitures mais certains modèles ne tiennent pas la route.

— Vraiment ?

Le Dr Allbright fit signe au doyen.

— Monsieur Ericson, nous avons sous la main un spécialiste des automobiles étrangères !

Bientôt, Amelia et Ben se retrouvèrent environnés de membres de la faculté. Ben passa l'heure suivante à donner des conseils. Amelia était surprise de la réaction de ses pairs. On les aurait dit ravis d'avoir un autre sujet de conversation que leurs éternelles histoires d'enseignants.

Comme Ben et elle s'apprêtaient à se retirer, le doyen Ericson lui donna une tape sur l'épaule.

— Vous nous avez amené là un invité intéressant, Amelia.

— Merci ! J'en suis moi-même persuadée.

Le doyen eut un petit rire.

— Je suis curieux de voir qui vous inviterez la prochaine fois.

Amelia le regarda s'éloigner, l'esprit rempli de confusion. Sur le chemin du retour, pourtant, la lumière se fit dans son esprit. Le doyen s'imaginait que Ben était un caprice qu'elle n'hésiterait pas à échanger contre un article plus amusant. Cette idée la rendit furieuse.

— Quel idiot ! marmonna-t-elle entre ses dents alors que Ben et elle se dirigeaient vers son porche.

— Que dis-tu ?

— Rien.

Elle ouvrit la porte et ils gagnèrent la salle de séjour.

— Que puis-je t'offrir à boire ?

— Tu t'es trompée sur le compte de ton doyen, dit Ben en la prenant par la main pour l'entraîner vers le canapé. Je t'avais pourtant dit...

— Pas de ça ! Dans l'ensemble la soirée s'est encore mieux passée que je n'espérais, sans parler de ce que *toi* tu espérais.

Ben l'attira sur ses genoux.

— Certainement, dit-il d'un ton détaché.

— Ils t'aiment.

Il lui jeta un regard dubitatif.

— Je n'irais pas jusque-là.

— Enfin, ils t'apprécient.

Il appuya son front au sien.

— Inutile de te mettre martel en tête, mon cœur. Ils ne nous voient pas comme un couple.

Amelia réfléchit à ces paroles. Elle voulait que tout le monde sache que Ben était un type formidable, qu'ils étaient heureux ensemble… pourtant, l'opinion de Ben comptait encore bien plus pour elle.

— Et toi, que vois-tu, Ben ?

Il lui caressa la joue.

— Je vois une femme jolie, au-dedans et au-dehors.

Son autre main glissa le long de sa hanche.

— Je vois un superbe tailleur qui appartiendra au passé dans quelques minutes.

Il marqua une pause et son expression se fit sérieuse.

— Je vois une femme dangereuse.

Elle ravala la boule qui lui obstruait la gorge.

— Je ne suis pas dangereuse.

— Tu l'es pour moi.

*
* *

— Ben est né en décembre, expliqua Maddie à Amelia au téléphone. Autant dire que le pauvre n'a pas été gâté pour ses anniversaires. Comme nos parents partent en croisière pour Noël, j'ai pensé organiser un repas chez moi, la veille du réveillon de Noël. Et j'aimerais vous compter parmi nous.

Amelia se rappela les réticences de Ben à mêler leurs deux univers.

— J'aimerais beaucoup, seulement…

Ne sachant trop quoi dire, elle tortilla le cordon du téléphone entre ses doigts.

— Vous n'êtes pas libre ?

— Si, mais…

— Bon. Vous vous voyez toujours ?

— Oui, mais…

— Alors, venez, dit Maddie avec entrain.

Amelia soupira.

— Je crois que Ben préférerait que cette fête se déroule en famille…

Maddie poussa un soupir.

— Je dois reconnaître qu'il est bizarre. Bien sûr, il a toujours été discret sur ses relations amoureuses, mais dans votre cas, il passe les bornes. Viendrez-vous si je m'explique avec lui ?

— Naturellement…

— Alors, c'est d'accord. Je vous attends à midi. Au revoir !

Amelia ouvrit la bouche pour répliquer mais Maddie avait déjà raccroché. Elle reposa lentement le téléphone et se laissa tomber sur une chaise. César en profita pour sauter sur ses genoux et, d'un geste royal de la tête, exigea des caresses. Elle sourit. Pour un matou, il était assez extraordinaire.

Et pour un mâle humain, Ben Palmer ne l'était pas moins. Chaque jour qui passait voyait s'accroître son désir d'être avec lui. Partageait-il ce sentiment ? Depuis le rallye, il n'avait plus prononcé le mot *temporaire*.

Les sentiments d'Amelia pour son époux n'avaient pas eu cette force. Et ce constat lui donnait un sentiment de culpabilité. Après tout, Charles et elle s'étaient juré fidélité éternelle…

Elle changeait, cependant. Même dans le cadre de sa profession. Elle sourit en pensant au dernier sujet de devoir proposé à ses étudiants : écrire une courte notice biographique sur une femme qui avait joué un grand rôle dans l'histoire du pays. Certains garçons s'étaient plaints mais elle avait été heureuse de cette occasion de leur ouvrir l'esprit. Elle avait été encore plus heureuse des résultats.

Auparavant, Amelia suivait de près les manuels d'histoire. Mais petit à petit, elle apprenait à développer et savourer ses propres centres d'intérêt.

Avec Ben, elle se sentait plus vivante et heureuse qu'elle ne l'avait jamais été. A ses côtés, la vie était une aventure. Il lui lançait des défis et l'encourageait à s'épanouir.

Tout cela aurait dû la mettre en joie. Pourtant,

elle ressentait au fond d'elle-même une impression tenace de malaise. Ce n'était pas tant le fait que Ben ne lui ait jamais avoué ouvertement son amour — il le lui manifestait de bien des façons.

Elle n'avait pas besoin de mots rassurants pour savoir qu'elle partageait avec Ben quelque chose d'exceptionnel, n'est-ce pas ? Elle n'était pas non plus conformiste au point de ne pouvoir vivre en dehors des liens du mariage.

Elle avait sûrement l'esprit plus large que ça…

- 12 -

Maddie, son mari Joshua et Davey accueillirent Amelia et Ben à la porte de leur jolie maison.

— Joyeux anniversaire, oncle Ben ! s'écria Davey en étreignant les jambes de Ben. Maman dit que tu as trente ans. Tu es *vieux* !

L'expression déconcertée de Ben fit rire Amelia.

— J'ai l'impression qu'il met une option sur ta Harley !

— Oh, non ! s'exclama un jeune homme du seuil de la porte. Je suis prioritaire ! Bon anniversaire, Ben !

Ce dernier serra affectueusement le jeune homme dans ses bras.

— Toi, tu pourras t'estimer heureux si je te laisse une mobylette.

Il se tourna vers Amelia.

— C'est Patrick, le fils de Joshua, revenu de l'université pour les vacances.

— C'est le mien aussi, souligna Maddie.

— Aussi longtemps que tu cuisines, je suis tout à toi, répliqua Patrick.

— Mon fils n'obéit qu'à son ventre ! s'exclama Joshua.

Après les embrassades, on expliqua à Amelia que Joshua, qui avait un fils d'un premier mariage, avait épousé Maddie après la naissance de Davey, dont il n'était pas le père. En fait, un hasard incroyable avait voulu qu'il l'aide à mettre son enfant au monde. Au vu de la sincère affection que les membres de la famille se portaient, on aurait difficilement deviné qu'ils n'étaient pas unis par les liens du sang.

Ils accueillirent Amelia avec une chaleureuse curiosité et un humour qui lui donna l'impression de faire partie intégrante du groupe. Jamais bien loin d'elle, Ben la prenait de temps en temps par la taille ou lui serrait la main. Et sa tendre sollicitude gonflait son cœur d'amour. Si elle n'y prenait garde, elle finirait par lui en demander beaucoup plus qu'il n'était prêt à donner.

Ils dînèrent de côtelettes d'agneau accompagnées de pommes de terre sautées délicieusement préparées. Amelia complimenta la cuisinière qui l'étreignit chaleureusement.

— L'heure du dessert ! annonça plus tard Maddie, apportant sur la table un gros gâteau au chocolat décoré de trente bougies. Je ne voulais pas en mettre autant mais Davey a insisté. J'ai alerté les pompiers, ajouta-t-elle malicieusement. Au cas où.

Après un concert de souhaits de joyeux anniversaire, Ben dut faire un vœu.

— Dépêche-toi avant que la maison prenne feu, dit Joshua, pince-sans-rire.

— Tu peux parler, répliqua Ben d'un air entendu.

— Allons, sois gentil, intervint Maddie avec un sourire angélique. Joshua n'y peut rien s'il est vieux.

Ce dernier donna une tape sur le postérieur de Maddie et l'attira sur ses genoux.

— Les bougies, rappela-t-il à Ben.

D'un air gêné, celui-ci ferma les yeux et souffla les bougies.

Amelia aurait donné cher pour connaître son vœu. Sa poitrine se serra douloureusement. Elle désirait tellement avoir une *vraie* place dans son cœur.

Quand Ben se pencha pour lui donner un baiser, elle résista à l'envie d'éclater en sanglots.

— Qu'y a-t-il ? demanda-t-il à voix basse.

Elle lui sourit.

— Rien. Je suis seulement contente d'être ici.

— Moi aussi.

Devant l'expression de son regard, elle retint son souffle. On aurait presque pu croire qu'il partageait ses sentiments.

Après qu'ils eurent fait un sort au gâteau,

Maddie dirigea tout son petit monde vers la salle de séjour.

— Pour célébrer le fait que mon frère a survécu une année de plus et que, moi, sa sœur, j'ai tenu bon malgré son comportement irréfléchi, téméraire, stupidement entêté…

Joshua s'éclaircit la gorge.

— Je crois que nous voyons tous où tu veux en venir, Maddie.

Dans un éclat de rire, la jeune femme se tourna vers le poste de télévision.

— Pour vous, en exclusivité : *La vie de Ben Palmer !*

La première séquence de la vidéo représentait Maddie enfant, tenant le petit Ben sur ses genoux. Image idyllique jusqu'à ce que le bébé se mette à hurler comme un beau diable et que Maddie se bouche les oreilles.

— Où as-tu déniché ça ? demanda Ben, bougon.

— Papa et maman ont mis à ma disposition les films Super 8 de notre enfance.

— Super… Désolé de t'infliger ça, ajouta-t-il à l'adresse d'Amelia. J'ignorais les intentions de Maddie.

Amelia serra chaleureusement la main de Ben.

— C'est formidable ! Tellement plus vivant que des photos !

Ben émit un vague grognement en entrelaçant ses doigts aux siens.

On voyait ensuite le petit Ben mâchonnant une voiture miniature en plastique puis, en rugissant, traverser le patio dans son trotteur.

— Ben a toujours aimé tout ce qui était muni de roues, expliqua Maddie. Il a commencé ses terrifiantes prouesses en dévalant l'escalier dans son trotteur. Maman a failli avoir une attaque mais Ben riait de son exploit.

Amelia savoura les images de Ben se transformant en petit garçon roulant à bicyclette.

— Tes genoux étaient toujours égratignés, fit-elle remarquer.

Il hocha la tête.

— Et mes coudes aussi.

— Ton vélo n'avait pas de petites roulettes.

— Exact. Je pensais que c'était bon pour…

— … les mauviettes, termina-t-elle. Pourquoi est-ce que ça ne me surprend pas ?

Les images de Ben enfant se gravaient dans sa tête et dans son cœur. Elle se demanda si le fils ou la fille de Ben ressemblerait à leur père, si ce serait le même petit démon sur roues. Et, l'espace d'un instant, elle s'abandonna au rêve fou d'être celle qui lui donnerait cet enfant.

Une autre scène se présentait sur l'écran : un groupe de jeunes garçons débraillés devant une cabane construite dans les arbres.

— Le Club des Mauvais Garçons, dit Ben d'une voix pleine de nostalgie.

Et, une fois de plus, Amelia souhaita avoir connu Ben à cette époque.

— Les terreurs de Cherry Lane, commenta Maggie.

Amelia étudia la scène. Il était clair que tous ces petits garçons s'efforçaient de prendre l'air dur. Aucun ne souriait jusqu'à ce que Ben entame une bataille d'eau.

Bientôt apparurent des images de Ben adolescent, chevauchant une mobylette puis sa première moto. Il paraissait si hardi et si fier qu'Amelia en eut le cœur serré de tendresse.

La scène laissa place à la suivante. Cette fois, une fille avec de longs cheveux blonds se serrait contre Ben sur le siège de la moto.

— Saluons l'arrivée des petites amies ! dit Maddie d'un ton taquin. Te rappelles-tu le nom de celle-ci ?

Le visage de Ben se contracta sous l'effort.

— Debbie ?

— Gail, rectifia Maddie.

Autre séquence, autre fille.

— Lisa ?

Maddie pouffa.

— Kara.

Ben se frotta le front.

— Tu ne vas pas toutes les passer en revue ?

— Une seule cassette n'aurait pas suffi ! Tu t'es un peu calmé ces dernières années mais j'ai l'impression qu'il faudra un miracle pour te traîner jusqu'à l'autel.

— Voilà qu'elle recommence, dit Ben à Amelia. Maintenant que Maddie est mariée, elle n'imagine pas qu'on puisse être célibataire et heureux.

Il attendait manifestement qu'Amelia lui réponde sur le même ton de plaisanterie mais l'émotion qui serrait la gorge de la jeune femme l'en empêcha.

Sentant sur elle le regard inquisiteur de Ben et craignant que son expression la trahisse, elle pointa l'index sur l'écran où Ben soulevait des nuages de poussière durant ce qui ressemblait à une course d'obstacles.

— Qu'est-ce que c'est ? parvint-elle à demander.

Voyant qu'il reportait son regard sur l'écran, elle laissa échapper un soupir de soulagement.

— Une compétition de cross.

Amelia frémit en le voyant prendre des virages si serrés que la moto rasait pratiquement le sol.

— Comment fais-tu pour ne pas tomber ?

Il montra l'écran.

— Regarde.

Une seconde plus tard, il quittait la route dans un virage en épingle à cheveux et la moto dévalait le flanc d'une colline.

Le cœur d'Amelia s'arrêta de battre.

— Seigneur ! Tu le fais exprès ?

— Oui, répondit-il avec un sourire satisfait.

— Et ça ne t'a pas valu un séjour à l'hôpital ?

— Pas cette fois-là.

La moto s'arrêta finalement. Comme Ben descendait et s'époussetait, une jeune femme courut vers lui et se jeta à son cou.

Il posa une main sur les yeux d'Amelia.

— Je crois que tu en as assez vu.

Elle repoussa sa main mais la scène avait changé. Elle regarda les épisodes suivants montrant Ben participant à des courses à moto, la peur au ventre. A une ou deux reprises, elle dut même détourner la tête. Elle le savait amoureux du danger mais pas à ce point. C'était un miracle qu'il soit encore en vie. Et elle se demanda quel démon le poussait à prendre de tels risques et s'il l'habitait toujours.

Ben regardait une image de lui plus jeune, plus aventureux, rouler à tombeau ouvert sur les pistes quand il sentit Amelia lui serrer très fort la main.

— Que se passe-t-il ? demanda-t-il.

— Rien…

— Alors, pourquoi me broies-tu la main ?

Elle baissa les yeux sur ses doigts crispés et sursauta.

— Oh, pardon !

Son visible effroi charmait Ben. Pour une intellectuelle, elle avait le cœur tendre. Il glissa un bras autour de ses épaules crispées.

— Ça paraît pire sur la vidéo que ce n'est en réalité.

Il la vit frémir devant une sortie de route.

— Ah bon, dit-elle sans la moindre conviction.

Il sentit son soupir de soulagement quand le dernier épisode le montra vêtu en Père Noël en train de traverser sur sa Harley la cour de la Ligue pour la jeunesse, une hotte sur le dos.

Après les applaudissements, Davey se hâta de venir déposer un paquet sur les genoux de Ben.

— Ouvre ! insista-t-il.

Ben étreignit chaleureusement son neveu pour le remercier de son cadeau, un énorme sac de bonbons. Quand il eut ouvert les présents de tous les membres de la famille, Amelia lui tendit un petit paquet.

Curieux, il le secoua mais n'en tira aucun son.

— Qu'est-ce que c'est ?

Elle sourit.

— Il faudra que tu l'ouvres pour savoir.

Il marqua un temps d'arrêt.

— Un cadeau de mec ?

Elle haussa les épaules en riant.

— Possible.

Il déchira l'emballage et ouvrit de grands yeux en découvrant deux petits rectangles de papier.

— Des billets pour un match des *Bulls* ?

— Les *Bulls* ! hurlèrent en chœur Joshua et Patrick.

Et ils faillirent se télescoper en se précipitant sur Ben.

— C'est une plaisanterie ? demanda ce dernier à Amelia.

Elle prit l'air offensé.

— Mais pas du tout !

— Tu as deux billets, dit Patrick. Je peux t'accompagner ?

— Du calme, Junior, intervint Joshua. J'irai.

Pendant un instant, Ben se demanda si le père et le fils n'allaient pas en venir aux mains.

Maddie toussota.

— C'est le cadeau d'anniversaire de Ben, les garçons. Il me semble que c'est à lui de décider qui l'accompagne.

— Merci, Maddie, dit Ben, appréciant pour une fois la nature autoritaire de sa sœur.

Joshua et Patrick grommelèrent mais se le tinrent pour dit. Et comme l'heure était venue pour Davey de gagner son lit, Ben saisit l'occasion de se retirer.

A la porte, Joshua lui donna une tape dans le dos.

— As-tu réfléchi à la proposition d'achat de ton affaire ? Vas-tu vraiment tout lâcher pour partir faire ton périple à moto ?

Ben sentit sur lui le regard d'Amelia. Il haussa les épaules.

— Je n'en sais rien. Mon acheteur a augmenté son offre et il veut une réponse la semaine prochaine.

Maddie le dévisagea.

— Tu ne vendrais tout de même pas ton affaire ?

— Je n'ai pas encore pris ma décision. Je n'avais jamais envisagé d'être patron et ce travail a des inconvénients. Ce genre d'offre ne se présente pas tous les jours.

— Mais…, commença Maddie.

— Allons, Ben est un grand garçon, dit Joshua glissant un bras autour des épaules de sa femme. Il prendra la bonne décision.

Malgré sa visible contrariété, Maddie n'insista pas. Ils se saluèrent et Ben et Amelia prirent la route dans la voiture de la jeune femme. Le thermomètre étant proche de zéro, elle avait convaincu Ben de lui servir de chauffeur.

Elle était bien silencieuse, pensa ce dernier au bout de dix minutes. Bien trop silencieuse.

— Comment as-tu obtenu les billets des *Bulls* ? s'enquit-il.

Pas de réponse.

— Amelia, dit-il en lui pressant doucement l'épaule.

— Oh, désolée ! Je n'ai pas entendu.

— Les billets pour le match des *Bulls,* tu les as eus comment ?

Elle sourit.

443

— Retour sur investissement ! Comme on m'a désignée pour suivre l'équipe de basket-ball, j'ai demandé au coach des idées de cadeaux. Il m'a communiqué quelques numéros de téléphone et voilà. Je ne me doutais pas que je causerais une émeute au sein de ta famille...

Ben sourit devant son air navré.

— Ils meurent de jalousie, oui ! Mais tout le monde n'a pas la chance d'avoir une femme assez maligne pour leur faire un pareil cadeau.

— Je ne crois pas que Joshua échangerait Maddie contre des billets des *Bulls*.

— Peut-être pas.

Ben éclata de rire devant l'expression choquée d'Amelia. Il lui serra l'avant-bras.

— Tu n'as pas l'air dans ton assiette ce soir.

Elle s'arrêta à un feu rouge.

— La vidéo était passionnante mais j'ai souffert de te voir risquer ta vie en participant à ces courses.

Elle frissonna.

— Tu m'avais dit que tu étais casse-cou autrefois, mais tu te montres si prudent quand je suis avec toi que je l'avais oublié.

— Tout ça, c'est du passé, assura-t-il.

— Vraiment ? demanda-t-elle d'une voix tendue. Tu n'aimes donc plus franchir des tas de rondins à moto ?

— Plus depuis longtemps.

Il se pencha vers elle.

— Tu n'as pas vraiment peur pour moi, dis ?

Amelia se raidit.

— Ce n'est pas drôle ! Je ne supporte même pas l'idée que tu te blesses ! Je…

Elle se tut brusquement.

— Mais, bien sûr, ça ne me regarde pas. Je sais que nous entretenons une relation…

Elle pinça les lèvres comme si elle avait du mal à prononcer le mot.

— … épisodique. Seulement, que veux-tu, je tiens à toi et…

Si sa façon de prononcer le mot *épisodique* agaça Ben, cependant, pour le moment, il avait surtout envie de la réconforter.

— Je suis très prudent désormais. Tu n'as rien à craindre, mon cœur.

Elle inclina la tête, visiblement peu convaincue.

Ils roulaient maintenant dans un silence embarrassé.

— Le défilé de filles dans le film de Maddie t'a contrariée ? hasarda Ben.

Le visage d'Amelia se crispa.

— Il y avait une fille différente par saison, apparemment.

— Ça remonte au déluge.

Il aurait mieux valu qu'Amelia ne voie pas ce film, songea Ben. Il préférait qu'elle s'en tienne à celui qu'il était devenu plutôt qu'au bouillant jeune homme d'autrefois.

Elle obliqua dans son allée et se gara.

— Tu es sérieux quand tu parles de revendre ton affaire ?

Le calme de sa voix ne dissimulait pas sa tension.

— C'est une proposition intéressante, répondit honnêtement Ben. Il faudrait être fou pour ne pas l'examiner.

— Que feras-tu si tu vends ?

Il marqua une hésitation puis haussa les épaules.

— Je rêve depuis longtemps de traverser le pays à moto. Partir au hasard sur les routes. Pas d'horaires, pas de réservations d'hôtel. La liberté, en somme.

Elle eut un sourire contraint.

— Je comprends. As-tu réfléchi à ce que tu ferais ensuite ?

— Pas vraiment. Je découvrirai peut-être un endroit où je souhaiterai vivre quelque temps. Tout peut arriver, et c'est pourquoi j'aime tellement ce projet. Chaque jour sera neuf ; j'échapperai au piège de la routine.

Elle le dévisagea.

— Tu te sens prisonnier ?

— Quelquefois. En fait, moins souvent depuis quelque temps mais…

Il fronça les sourcils, surpris par ce mystère.

— Mon acheteur veut une réponse avant la fin

de l'année, reprit-il. Il faut donc que je me décide cette semaine.

— Il y a de quoi réfléchir.

— Oui.

Que se passait-il dans la tête d'Amelia ? se demanda-t-il. Bien qu'elle soit toute proche de lui, elle lui semblait à des années-lumière. Il posa une main sur sa nuque.

— Mais là, tout de suite, c'est à toi que je pense. Ma famille t'a-t-elle mise mal à l'aise ?

— Oh, non ! Ce sont des gens charmants. Tu as bien de la chance, ajouta-t-elle, solennelle. Et eux aussi.

Tout ému, il l'attira aussi près de lui que le permettait le levier de vitesse.

— Oh, Amelia, il n'y a que toi pour dire des choses pareilles.

— C'est faux ! Davey serait d'accord avec moi ! Et Maddie et Joshua aussi !

Il plongea son regard dans le sien. Il avait besoin d'elle, tellement besoin d'elle ! Ce torturant désir qu'il tenait caché dans les régions les plus secrètes de son cœur cherchait désespérément à émerger. Il la voulait, de tout son cœur, de toute son âme. Amelia comblait un vide qu'il n'avait jamais avoué à personne, surtout pas à lui-même. Elle l'aimait et le lui faisait sentir à travers ses paroles et ses gestes. Il avait confiance en elle comme si elle était sa propre chair.

Cette pensée lui fit l'effet d'un coup de tonnerre.

Tout frémissant, il l'embrassa. Jamais il n'aurait cru qu'on puisse désirer une femme à ce point.

Il s'écarta et aspira une bouffée d'air.

— Je pourrais te prendre ici même, sur le siège de ta voiture.

D'une main tremblante, elle repoussa les cheveux tombés sur son visage.

— Et je te laisserais probablement faire.

Elle ferma les yeux un instant, comme si elle cherchait à recouvrer ses esprits.

— Je ne peux pas t'inviter à passer la nuit chez moi, Ben. Ma mère arrive demain à l'aube.

— Je comprends…

Il n'avait pourtant aucune envie de partir. Quant il s'agissait d'Amelia, il perdait toute raison.

— … mais il vaut mieux que je te raccompagne à ta porte avant de changer d'avis.

L'air froid lui mordit le visage. Il sentait que quelque chose contrariait Amelia sans arriver à savoir quoi.

— Ta mère va rester combien de temps ?

— Cinq jours.

Ils avaient atteint le porche.

— On se retrouve après son départ ? proposa-t-il, vaguement mal à l'aise.

Elle hésita un dixième de seconde.

— J'attends ce moment avec impatience. Tu viens toujours dîner demain soir, n'est-ce pas ?

— Je ne le manquerais pour rien au monde.

Se souvenant de toutes les mères rencontrées et choquées, il sourit toutefois d'un air désabusé.

— Es-tu certaine que ce soit une bonne idée ? J'ai tendance à rendre les mères nerveuses.

Amelia releva le menton.

— Je tiens à ce que ma mère fasse ta connaissance.

Il l'embrassa.

— Comme tu voudras.

Quand elle recula, il lut tout son amour dans son regard.

— Bon anniversaire, Ben. Je suis heureuse que tu sois né. Le monde est meilleur grâce à toi.

Ces paroles le transportèrent, comme la tendre caresse de sa main sur sa joue. Mais, une fois rentré chez lui, il se rappela la tristesse de son regard et il en eut le cœur serré.

- 13 -

C'était une femme du Sud. Une lady avec un grand L. Des cheveux gris argent, une peau de porcelaine marquée de fines rides attestant sa maturité, des yeux pétillant de bonté et d'intelligence et un mélodieux accent du Sud qui évoquait les langoureuses jeunes femmes en crinoline agitant leurs ombrelles sur les plantations de coton d'autrefois.

— J'ai cru comprendre que vous enseigniez à Amelia l'art de conduire une moto…, dit Grace Russell à Ben. Comment se débrouille-t-elle ?

Ils étaient assis dans la salle à manger autour d'une table dressée avec soin par Amelia.

— J'ai failli démissionner à la première leçon, reconnut Ben. Mais votre fille a du cran.

Grace sourit.

— Amelia a toujours dû se battre pour conquérir les engins à roues ! Mon défunt mari prétendait que ses cheveux devenaient un peu plus blancs chaque fois qu'il lui apprenait à monter à bicyclette.

— J'ai pris trois leçons, dit Amelia. Ben pense que je suis prête pour la route.

Grace soupira.

— Eh bien, si mes cheveux n'étaient pas déjà blancs, ils le deviendraient du coup. Pourquoi veux-tu conduire une moto ?

Amelia échangea avec Ben un regard complice.

— C'est grisant.

Grace disserta quelques minutes sur les dangers de la moto. Sans insister toutefois, elle reporta son attention sur Ben qui, depuis le début du repas, était la cible d'un feu roulant de questions. La mère d'Amelia voulait tout savoir à son sujet, de son métier à ses habitudes alimentaires en passant par ses études. Il fallait lui rendre cette justice qu'elle menait son interrogatoire avec beaucoup d'élégance, l'émaillant, pour détendre l'atmosphère, d'anecdotes sur Amelia. Pas besoin d'être devin pour comprendre qu'elle cherchait à établir s'il ferait un gendre convenable.

Ben remarqua que la nervosité d'Amelia grandissait au fur à mesure du repas. Elle semblait perturbée, comme si elle luttait contre des idées noires. Ben se rendit compte qu'il ne supportait pas de la voir malheureuse, et il ressentait une grande frustration à l'idée qu'il ne pourrait pas élucider le mystère avant le départ de sa mère.

Quand Amelia se rendit dans la cuisine pour couper le gâteau, Grace posa sur Ben un regard direct.

— La mort de Charles a porté un coup très rude à Amelia. Tous ses rêves se sont écroulés. J'avais le désir de l'entourer, de la protéger, mais elle a sans doute senti que le moment était venu de grandir et développer sa propre personnalité. C'est pourquoi elle a pris ce poste au Salem College et emménagé à Roanoke.

Grace tapota la main de Ben.

— Vous avez rendu le sourire à ma fille. De cela, je ne vous serai jamais assez reconnaissante.

Amelia parut sur le seuil de la salle à manger avec les assiettes à dessert.

— Maman, tu flirtes encore !

Ben vit les joues de Grace se couvrir d'une adorable rougeur. Il lui serra la main.

— Heureusement que tu es venue à ma rescousse ! Je suis tombée sous le charme.

Les deux femmes éclatèrent de rire.

Quelques minutes plus tard, il remarquait l'air préoccupé d'Amelia.

— Un problème ?

— Je ne trouve César nulle part, dit-elle avec une moue inquiète. Il fait froid ce soir. Si vous voulez bien m'excuser, je vais partir à sa recherche.

— Je m'en charge, dit Ben, se levant.

Un peu d'air frais serait le bienvenu, songea-t-il. S'il appréciait la cordialité de Grace, il ne supportait jamais bien longtemps d'être un objet d'étude.

Et ses questions avaient éveillé un certain malaise en lui.

La nuit était glaciale sous un ciel piqueté d'étoiles. Tout en arpentant le jardin d'Amelia, Ben eut la sensation que leurs différences avaient été soulignées à l'encre noire. Persuadé qu'elle était la meilleure chose qui lui soit arrivé, Ben se moquait de l'opinion des gens, mais il craignait qu'à la longue, Amelia résiste mal aux pressions de son entourage. Elle était plus sensible que lui et avait été élevée dans le respect des conventions.

Il se reprit. L'heure n'était pas aux questions ; il fallait retrouver César. Après avoir parcouru plusieurs fois le jardin, il découvrit le fugitif tapi sous des arbustes près du porche.

En rentrant, il surprit bien malgré lui une discussion entre Amelia et sa mère qui s'affairaient dans la cuisine.

— Il est tout à fait charmant, disait Grace. Rien à voir toutefois avec Charles.

— Ben est très indépendant. C'est ce que j'admire chez lui.

— Amelia, est-il nécessaire de te rappeler qu'il y a des hommes qu'on fréquente pour le plaisir et des hommes qu'on épouse ? Ben a beau être gentil, c'est un célibataire endurci. Tu n'as pas envie de refaire ta vie ?

Un long silence s'installa.

— Je ne sais pas si je me remarierai, répondit enfin Amelia. Je sais que Ben n'est pas de l'étoffe dont on fait les maris. Je sais qu'il ne s'engagera pas vis-à-vis de moi. Le jour viendra peut-être où je souffrirai trop pour continuer avec lui.

L'infinie tristesse de sa voix laissa supposer à Ben, que ce moment viendrait peut-être plus tôt qu'il ne le souhaitait.

— Mais pour le moment, ajouta-t-elle, je suis heureuse. C'est un homme exceptionnel.

Avec un miaulement de rage, César griffa soudain la main de Ben en essayant de se libérer. En jurant, celui-ci le lâcha.

Amelia et Grace se précipitèrent vers lui.

— J'ai retrouvé cet ingrat de César, dit Ben, frottant son égratignure d'un air mécontent.

— Cet ingrat est un cadeau de toi !

— J'aurais dû le laisser geler dehors !

Elle regarda sa main.

— Merci de l'avoir retrouvé. Je vais soigner ta blessure.

Trop heureux d'être enfin l'unique objet de l'attention d'Amelia, Ben se laissa faire. Après quoi, il fallut bien songer à se retirer.

Quelques instants plus tard, Ben souhaitait un joyeux Noël à Grace et entraînait Amelia sous le porche. Après avoir refermé la porte, il la prit dans ses bras et l'embrassa.

— Tu es sûre qu'elle n'appartient pas à la CIA ? demanda-t-il en relevant la tête.

Amelia rit doucement.

— Ils se sont inspirés de ses techniques ! J'espère seulement qu'elle ne t'a pas trop ennuyé avec les anecdotes de mon enfance.

— Pas du tout.

Il respira passionnément son odeur afin de la graver dans sa mémoire. Il avait beau se répéter que c'était juste l'affaire de quelques jours, il savait déjà qu'Amelia lui manquerait terriblement.

— Tu crois qu'elle réagirait mal si je t'enlevais ?

— Sans doute. Mais pas moi.

L'émotion s'empara de Ben. Il frotta son nez au sien.

— Joyeux Noël, Miss Amelia.

— Joyeux Noël, Ben.

Malgré le long baiser d'amour qu'elle lui donna, il sentit chez elle une sorte de distance. Et il eut soudain peur.

Il allait la perdre.

Cette certitude le frappa pendant le repas de Noël qui les réunissait sa sœur, sa famille et lui. Et, l'appétit soudain coupé, Ben repoussa son assiette.

Il allait perdre Amelia. Peut-être pas cette semaine, ni la suivante, mais s'ils continuaient dans cette voie, la rupture deviendrait inévitable. Ben était certain de l'amour d'Amelia, mais il savait aussi qu'elle ne se contenterait pas d'une aventure sans lendemain. Un jour ou l'autre, la question du mariage se poserait. Et Ben s'était toujours montré très ferme sur ce point. Il ne se marierait *jamais*.

Jusqu'à maintenant, aucune femme ne lui ayant donné l'envie de regarder au-delà du moment présent, il n'avait pas eu trop de mal à tenir sa promesse. Avec Amelia, c'était différent.

Il essaya d'imaginer le quotidien sans elle et ressentit une poignante tristesse. Elle était le soleil et la paix. Il avait rencontré la femme la plus belle, la plus compatissante, la plus intelligente de la terre et il ne cessait de s'émerveiller qu'elle le juge exceptionnel. Grâce à elle, il se sentait *exceptionnel*.

Il fallait bien regarder la vérité en face : cette fois, il n'avait pas su éviter le piège et il était tombé, pieds et poings liés, sous le charme d'Amelia.

Il frissonna, saisi d'angoisse.

Il était amoureux fou et ne savait comment réagir.

Perdu dans ses pensées une grande partie de l'après-midi, il remarqua à peine l'arrivée de Stan et Jenna venus lui rendre une petite visite.

— Qu'est-ce qui t'arrive ? demanda Stan en

le rejoignant sur le canapé. Un problème avec la Harley ?

— Non, non ! Tout va bien. Je suis juste préoccupé.

— Oh… il y a une femme là-dessous ! Si on m'avait prédit que je verrai ce jour arriver…

— Joyeux Noël à toi aussi, répliqua Ben d'un ton morne.

En riant, Stan gratifia son ami d'une tape dans le dos.

— Ça prouve juste que tu es humain. Je suis passé par là avec Jenna.

Ben vit le regard de Stan se poser avec bonheur sur sa femme avant de revenir à lui.

— Elle est enceinte ?

— Oh, non, heureusement ! s'écria Ben d'une voix si forte que Jenna tourna la tête.

Il grimaça.

— Non, répéta-t-il d'une voix normale.

Stan haussa les épaules.

— Si c'est arrivé à Joey, ça peut arriver à nous tous. Tu as reçu les photos du bébé avec la carte de Noël ?

Se rappelant la photo de leur vieux copain Joey en compagnie de sa femme et de son enfant, Ben ressentit un étrange tiraillement.

Il hocha la tête.

— Ils ont l'air heureux.

— Tu vas l'épouser ?

— Un célibataire endurci comme moi ?

Stan éclata de rire.

— Personne ne songe à renoncer au célibat tant qu'il n'a pas trouvé l'âme sœur ! Si tu n'as pas l'impression que la vie sans elle ne vaut pas d'être vécue, alors, tu ne l'aimes pas assez. Et si tu ne l'aimes pas assez, alors…

— Assez, Stan ! Où veux-tu en venir ?

— L'humilité est le début de la sagesse, décréta Stan d'un air docte.

Ben se pencha, la tête dans les mains, les coudes sur les genoux.

— Elle ne me croit pas capable de faire un bon mari.

— Elle a raison…

Ben jeta à son ami un regard torve.

— … mais il ne faudrait pas grand-chose pour que tu le deviennes. Peu importe la Harley et le blouson, et même la boucle d'oreille. Tu peux les garder. Il faut juste la convaincre de tes qualités d'époux. Pour ça…

Stan leva un doigt.

— … il te faut d'abord un emploi stable.

— Mon acheteur a augmenté son offre, dit Ben.

— Tu vas vendre ?

Ben se sentait toujours aussi partagé. La vente de son affaire lui permettrait de réaliser son rêve. Mais elle risquait aussi de lui faire perdre Amelia. Cruel dilemme.

— Je n'ai pas encore décidé.

Stan émit un sifflement.

— Je te souhaite bien du courage ! Rappelle-toi : si tu veux la garder, tu devras être quelqu'un sur qui elle peut compter.

Au contraire, Ben s'était toujours débrouillé pour que les femmes sachent qu'elles *ne pouvaient pas* compter sur lui.

Il secoua la tête.

— Je ne sais pas si c'est possible.

— Comme tu voudras. La femme de ta vie peut t'apporter tout le bonheur du monde ou te rendre malheureux au possible. Il faut du cran pour s'engager.

— Ou une bonne dose de folie.

— Si tu vois les choses de cette façon, laisse-la aller avec un homme capable de s'engager, dit Stan en haussant les épaules. Et tourne la page.

Rien que d'imaginer Amelia avec un autre déchira Ben.

Il se frotta le visage.

— Je vois que tu n'es pas encore convaincu, reprit Stan. Enfin, *si* tu décides de rester avec elle, il te faut un métier stable… Il faut aussi te préparer à regarder avec enthousiasme des comédies romantiques… et à dire adieu à l'ordre méticuleux de ta salle de bains. Mais le plus important, c'est d'être si amoureux que tu ne puisses envisager la vie sans elle. Une bague et une demande en mariage sont la procédure habituelle.

— C'est tout ? grommela Ben.

— J'oubliais. Il te faut un costume pour les grandes occasions.

Ben le dévisagea.

— Oui. Mariages, anniversaires, baptêmes…, expliqua Stan.

— Qu'on se le tienne pour dit : on ne me fera porter un costume que pour mon propre enterrement.

Quatre longs, très longs jours plus tard, Ben se tenait dans son bureau, revêtu d'un élégant costume bleu marine, quand on frappa à la porte.

Un de ses employés entra.

— Monsieur Palmer…

Il s'interrompit, l'air hébété, puis toussota.

— Je vous prie de m'excuser, monsieur. Dois-je vous présenter mes condoléances ?

Ben aurait ri si trois autres employés ne lui avaient posé la même question.

— Personne n'est mort. Que voulez-vous ?

— Eh bien… j'aurais souhaité partir plus tôt ce soir.

— De combien de vendeurs disposons-nous ?

— Quatre, monsieur.

— D'accord, allez-y, dit Ben.

Il consulta sa montre. Pourquoi Amelia tardait-elle

tant ? Elle lui avait téléphoné dans l'après-midi pour proposer de le retrouver au magasin plutôt que chez elle. Il avait enfilé son costume depuis à peine une demi-heure mais il avait déjà l'impression de porter une camisole de force.

Il avait passé la semaine à se battre avec ses pensées et ses sentiments et était arrivé à la conclusion qu'il pouvait renoncer à beaucoup de choses… mais pas à Amelia.

Il ramassa sur son bureau la lettre de son potentiel acheteur et la déchirait quand un nouveau coup fut frappé à la porte. Il se raidit.

— Oui ?

— Monsieur Palmer, une personne souhaite vous voir dans le hall.

Le vendeur haussa les sourcils.

— Un spécimen unique…

D'un geste impatient, Ben jeta les morceaux de la lettre dans la corbeille.

— Quelqu'un ne peut-il s'en occuper ?

— Cette personne insiste pour vous voir.

En maugréant, Ben se dirigea vers le hall et s'immobilisa en découvrant une créature revêtue de cuir noir de la tête aux pieds, un casque de moto à la main, ses cheveux tombant en boucles sur ses épaules.

Amelia souleva une main pour repousser une mèche de son visage, découvrant ainsi la ligne de ses seins. Ses joues étaient rougies par le vent, ses lèvres affichaient un sourire crispé.

Tous les regards masculins étaient rivés sur la jeune femme mais elle n'avait d'yeux que pour Ben.

— Bonjour ! Je voulais te proposer un tour sur ma moto mais je vois que tu n'es pas habillé pour la circonstance.

Ben s'approcha.

— Ta *moto* ?

Amelia hocha la tête.

— Je l'ai achetée aujourd'hui.

Quand elle fit mine de l'embrasser, Ben la prit par la main.

— Allons dans mon bureau.

Tout en marchant près de lui, elle toucha l'étoffe de sa veste.

— Joli costume. Qui est mort ?

Quelques rires fusèrent et il jura entre ses dents.

— Personne. Personne n'est mort.

Il l'attira dans son bureau. Une fois la porte refermée, il l'embrassa.

Amelia poussa un petit cri de plaisir.

— Tu m'as manqué, murmura-t-elle en l'étreignant.

— Tu m'as manqué aussi.

Il l'écarta légèrement pour la regarder.

— Pourquoi ce cuir ? demanda-t-il en glissant

une main possessive sur sa hanche. Pourquoi la moto ?

Amelia s'efforça d'endiguer sa nervosité.

— J'ai eu envie de m'équiper pour...

Elle le dévisagea avec une légère appréhension.

— Enfin, j'espérais que... tu me laisserais peut-être partir en voyage avec toi.

Ben demeura muet de stupeur.

— Bien sûr, ajouta-t-elle précipitamment, il me faudra un peu de temps pour être au point. Et je comprendrais que tu ne veuilles pas t'encombrer d'un poids mort...

Oh ! Si seulement il réagissait, pensa-t-elle, malade d'angoisse.

Il déglutit. Quand il leva une main pour caresser sa joue, du coin de l'œil, elle vit qu'elle tremblait.

— Tu as acheté une moto pour pouvoir m'accompagner ?

Amelia se mordit la lèvre.

— Je sais que c'est présomptueux mais...

Elle s'interrompit, horrifiée de sentir les larmes lui piquer les paupières.

— ... tu comptes tellement pour moi. Bien sûr, il n'est pas question que je m'impose...

— Seigneur, Amelia ! dit-il en glissant ses doigts dans ses cheveux.

Il colla son front au sien.

— Je ne souhaite qu'une chose : que tu t'imposes à moi en toute circonstance.

Le soulagement d'Amelia fut si intense qu'elle pensa se trouver mal. Son cœur se remit à battre. Une larme brilla au coin de ses paupières.

— Oh, Ben…

La larme roula sur sa joue suivie d'une deuxième puis d'une troisième.

Ben glissa un doigt sous son menton.

— Chérie, pourquoi pleures-tu ?

— Parce que je t'aime ! Je t'aime trop !

Il secoua la tête.

— Ce ne sera jamais trop.

Il l'embrassa avec une infinie tendresse.

— Je ne vends pas mon affaire.

Elle renifla.

— Pourquoi ? Je croyais que tu voulais réaliser ton rêve.

Il rit.

— J'ai un autre rêve qui m'importe bien davantage. Vois-tu, je dois convaincre une extraordinaire jeune personne de rester avec moi.

Amelia fronça les sourcils.

— Rester avec toi ?

— Oui, Amelia. Je ne veux pas que tu me quittes. Je t'aime.

La jeune femme fut prise de vertige.

— C'est la raison du costume, ajouta-t-il. Pour que tu me croies si je t'affirme que je peux faire un bon mari.

Amelia eut l'impression que le ciel lui tombait sur la tête.

— Est-ce que… est-ce que tu es en train de… de parler… mariage ?

— Exactement.

— Je vais m'évanouir.

Les yeux remplis d'adoration, Ben la poussa doucement vers son bureau.

— Tu es la meilleure chose qui me soit arrivée, Amelia. Je t'aime.

Submergée par l'émotion, elle ne put qu'incliner la tête.

— Je venais te demander de m'emmener dans ton périple à moto, dit-elle d'une petite voix.

Il se glissa entre ses jambes et plaqua son corps contre le sien.

— Je veux beaucoup plus qu'un périple à moto, Amelia. Je te veux pour la vie.

Elle n'arrivait pourtant pas à se débarrasser de ses doutes.

— Tu sais, je t'aimerai même si tu ne m'épouses pas, dit-elle.

— Veux-tu m'accorder ta main ? demanda-t-il, ses lèvres contre les siennes.

Elle lui donna alors la réponse qui s'imposait à elle :

— Oui.

— Tu vivras dans un univers de folie, dit-il en lui ôtant son blouson.

Elle sourit.

— Tant mieux !

— Dès maintenant, continua-t-il en dégrafant son pantalon de cuir.

Le cœur d'Amelia battait à cent à l'heure.

— Tu me rends folle depuis longtemps.

Quand il glissa les mains sous sa chemise et prit hardiment ses seins dans ses mains, elle tressaillit.

— Ben, que fais-tu ?

D'un geste de la main, il balaya son bureau de tout ce qui l'encombrait.

— Je m'apprête à faire l'amour avec ma promise.

— Hé ! J'ai largement dépassé mon quota de sensations fortes pour aujourd'hui !

Ben rit.

— C'est pareil pour moi, mon amour.

Il l'embrassa et Amelia oublia tout pour se réchauffer à sa chaleur virile. Maladroitement, elle le débarrassa de son costume neuf pendant qu'il lui ôtait ses vêtements ; ils échangèrent alors baisers et caresses passionnées jusqu'au moment où Amelia n'y tint plus.

— Viens…, chuchota-t-elle.

Ben émit un grognement.

— Pas de préservatif, marmonna-t-il.

— Moi j'en ai, dit-elle en nouant ses jambes à ses reins.

Ses mains agrippant fermement ses hanches, son regard rivé au sien, Ben la pénétra alors. La force de son amour embrasait Amelia corps et âme. Au moment de la jouissance, parcourue de spasmes, elle contempla l'expression passionnée du visage de Ben.

Ce fut alors son tour de connaître l'extase : sur un ultime coup de reins, il murmura son nom, encore et encore. Puis, en appui sur ses bras, la contempla.

— Oh, Amelia, dit-il d'une voix étranglée par l'émotion, ne cesse jamais de m'aimer trop.

Épilogue

Ceux qui prédisaient que leur histoire ne durerait pas se trompaient.

Par un bel après-midi ensoleillé de mai, Ben et Amelia firent un pied de nez à tous les pessimistes en se jurant fidélité et amour éternel. En réalité, ces derniers ne semblaient pas trop ennuyés de voir leurs prédictions contredites, pensa Ben en regardant la foule des visages souriants qui les entouraient. Ils étaient bien trop occupés à les féliciter, déguster la pièce montée et siroter du champagne.

A l'autre bout de la salle, il observa sa femme, si belle dans sa robe de dentelle, avec ses cheveux bouclant librement sur ses épaules. Aussitôt, son cœur se gonfla d'amour et de fierté. Amelia était entourée d'un petit groupe d'amies qui poussaient des cris d'admiration devant la bague de diamants et de perles créée spécialement pour elle. Ben se souvint de ses larmes de joie quand il la lui avait offerte.

Trop heureux pour bousculer les conventions, Ben

avait accepté de mettre un smoking pour la cérémonie. A présent néanmoins, sa tolérance ayant des
limites, il avait repassé son jean et son blouson.

Et maintenant, il voulait l'attention sans partage
de sa femme. Croisant son regard, il se dirigea vers
elle.

Amelia sourit en voyant sa tenue.

— Le smoking devenait inconfortable ?

Ben la prit par la taille.

— Il est temps de partir.

— Si tôt ? fit Maddie qui passait par là. Tu ne
crois pas que tu exagères ?

— Pas du tout.

Il souleva Amelia dans ses bras, lui arrachant un
cri de surprise.

— Souhaitez-nous bon voyage, vous tous ! J'enlève
ma femme.

Les rires fusèrent dans l'assistance.

— Es-tu sûr d'avoir bien supporté le champagne ?
demanda Amelia, les joues rosies par l'émotion.

— Absolument ! Seulement, je me suis déjà
montré très généreux en te partageant presque toute
la journée.

— Tu n'es pas à quelques heures près... Après
tout, tu vas devoir me supporter toute ta vie ! riposta-
t-elle, les yeux brillants.

— Peu importe...

— Mais, et le lancer de bouquet ? intervint
Grace.

Ben déposa un baiser sur la joue de sa belle-mère.

— Dépêchez-vous si vous voulez avoir une chance de l'attraper !

Un petit groupe de femmes célibataires à ses trousses, Ben amena Amelia à sa moto et mit le moteur en route.

Installée sur le siège arrière, elle lança de toutes ses forces le bouquet de fleurs en l'air.

— Une dernière chose…, dit-elle en se tournant vers lui.

— Tout ce que tu voudras.

Il plongea son regard dans le sien, fasciné comme au premier jour par l'immensité de l'amour qu'il y lisait.

— Je veux que tu me promettes de m'enlever ta vie durant.

— C'est promis, dit Ben.

Sur ce, ils quittèrent la noce pour disparaître ensemble dans la lumière du soleil.

Passions

— Le 1ᵉʳ avril —

HARLEQUIN

HARLEQUIN

—— *Le 1er mars* ——

Noir secret - Brenda Novak • N°280

A neuf ans, Grace a été victime des désirs pervers de son beau-père. Puis il a disparu sans laisser de trace. La suspicion et les rumeurs ont alors envahi la petite ville de son enfance... Mais aujourd'hui, Grace est prête à tout pour briser la malédiction qui pèse sur sa vie. Même s'il lui faut pour cela exhumer un passé douloureux, fait de crimes et de rancœurs.

Le lien du sang - Jennifer Armintrout • N°281

Belle. Et immortelle... Une seule goutte de sang a fait d'elle un vampire, une femme assoiffée de sang, condamnée à vivre dans l'ombre. Elle a quinze jours pour décider de son destin : rejoindre Nathan, l'homme qui l'a initiée à sa vie d'immortelle. Ou succomber au désir fatal qui la pousse vers Cyrus, le démon dont le sang coule dans ses veines... Quinze jours pour combattre le mal... ou se soumettre à jamais.

Erreur fatale - Merline Lovelace • N°282

Ancien membre des services secrets, Cleo North s'en est toujours voulu de n'avoir pu empêcher le meurtre de son amie Debra. D'autant que la version officielle du crime passionnel lui a toujours paru douteuse. Pour elle, le dossier reste ouvert. Et elle entend bien, avec l'aide de Jack Donovan, son ancien collègue, approfondir l'enquête et réparer l'erreur fatale dont elle s'accuse...

Mort sous hypnose - Dinah MacCall • N°283

En trois semaines, six jeunes femmes se donnent la mort sans raison apparente. Or, deux éléments troublants rapprochent ces disparitions soudaines, invalidant la thèse du suicide : juste avant de mettre fin à leurs jours, toutes les victimes ont reçu un appel téléphonique, dont aucun témoin ne connaît la teneur. Toutes ont aussi participé aux mêmes séances d'hypnose... exactement comme leur amie Virginia Shapiro qui, ayant appris leur décès, vit dans l'angoisse d'être la prochaine victime...

Une vie volée - Metsy Hingle • N°284

Après la mort de sa mère, Laura découvre la vérité sur sa naissance : elle n'est pas, comme elle l'a toujours cru, la fille de Richard Harte, fou amoureux de sa mère et mort au front avant sa naissance, mais l'enfant illégitime d'un certain Andrew Jardine, riche bourgeois de la Nouvelle-Orléans, qui ne l'a jamais reconnue. Seule avec ses questions et ses peurs, tourmentée par le secret de ses origines, Laura n'a plus qu'une idée en tête : trouver ce qui a détruit l'amour de ses parents, et fait basculer son propre destin...

Lady Mystère - Kat Martin • N°285

Londres, 1804.
Pour protéger sa jeune soeur de la lubricité de leur beau-père, lady Victoria Temple décide de fuir avec elle à Londres où, pour survivre, toutes deux n'ont d'autre choix que de se faire engager comme domestiques chez le duc de Brant. Ce dernier s'intéresse d'emblée à Victoria, dont le charme piquant l'intrigue et le séduit. Il lui fait une cour assidue à laquelle la jeune femme, bien que secrètement troublée, s'interdit de succomber. Elle ne peut pas, ne doit pas, baisser la garde. Car si le duc venait à découvrir leur véritable identité, les conséquences seraient terribles...

Secrets et mensonges - Debbie Macomber • N°144 *(réédition)*

Désireuse de faire le point sur sa vie, Lindsay Snyder revient à Buffalo Valley où, enfant, elle a passé ses vacances. Un secret de famille hante sa mémoire, et elle n'a de cesse de découvrir ce que sa grand-mère a toujours cherché à lui cacher. Mais à son arrivée, elle trouve la petite ville bien changée : boutiques fermées, quartiers désertés... Loin de la décourager, ce voyage au pays de son enfance se révèle un véritable pari sur l'avenir – y compris sur son destin de femme...

ABONNEZ-VOUS!

2 romans gratuits*
+ 1 bijou
+ 1 cadeau surprise

Choisissez parmi les collections suivantes

AZUR : La force d'une rencontre, l'intensité de la passion.
6 romans de 160 pages par mois. 22,48 € le colis, frais de port inclus.

BLANCHE : Passions et ambitions dans l'univers médical.
3 volumes doubles de 320 pages par mois. 18,76 € le colis, frais de port inclus.

LES HISTORIQUES : Le tourbillon de l'Histoire, le souffle de la passion.
3 romans de 352 pages par mois. 18,76 € le colis, frais de port inclus.

AUDACE : Sexy, impertinent, osé.
2 romans de 224 pages par mois. 11,24 € le colis, frais de port inclus.

HORIZON : La magie du rêve et de l'amour.
4 romans en gros caractères de 224 pages par mois. 16,18 € le colis, frais de port inclus.

BEST-SELLERS : Des romans à grand succès, riches en action, émotion et suspense.
3 romans de plus de 350 pages par mois. 21,31 € le colis, frais de port inclus.

MIRA : Une sélection des meilleurs titres du suspense en grand format.
2 romans grand format de plus de 400 pages par mois. 23,30 € le colis, frais de port inclus.

JADE : Une collection féminine et élégante en grand format.
2 romans grand format de plus de 400 pages par mois. 23,30 € le colis, frais de port inclus.

Attention: certains titres Mira et Jade sont déjà parus dans la collection Best-Sellers.

NOUVELLES COLLECTIONS

PRELUD' : Tout le romanesque des grandes histoires d'amour.
4 romans de 352 pages par mois. 21,30 € le colis, frais de port inclus.

PASSIONS : Jeux d'amour et de séduction.
3 volumes doubles de 480 pages par mois. 19,45 € le colis, frais de port inclus.

BLACK ROSE : Des histoires palpitantes où énigme, mystère et amour s'entremêlent.
3 romans de 384 et 512 pages par mois. 18,50 € le colis, frais de port inclus.

VOS AVANTAGES EXCLUSIFS

1.Une totale liberté
Vous n'avez aucune obligation d'achat. Vous avez 10 jours pour consulter les livres et décider ensuite de les garder ou de nous les retourner.

2.Une économie de 5%
Vous bénéficiez d'une remise de 5% sur le prix de vente public.

3.Les livres en avant-première
Les romans que nous vous envoyons, dès le premier colis payant, sont des inédits de la collection choisie. Nous vous les expédions avant même leur sortie dans le commerce.

✂ **Oui,** je désire profiter de votre offre exceptionnelle. J'ai bien noté que je recevrai d'abord gratuitement un colis de 2 romans* ainsi que 2 cadeaux. Ensuite, je recevrai un colis payant de romans inédits régulièrement.

Je choisis la collection que je souhaite recevoir :

(☞cochez la case de votre choix)

- ❏ **AZUR** : Z7ZF56
- ❏ **BLANCHE** : B7ZF53
- ❏ **LES HISTORIQUES** : H7ZF53
- ❏ **AUDACE** : U7ZF52
- ❏ **HORIZON** : O7ZF54
- ❏ **BEST-SELLERS** : E7ZF53
- ❏ **MIRA** : M7ZF52
- ❏ **JADE** : J7ZF52
- ❏ **PRELUD'** : A7ZF54
- ❏ **PASSIONS** : R7ZF53
- ❏ **BLACK ROSE** : I7ZF53

*sauf pour les collections Jade et Mira = 1 livre gratuit.

Renvoyez ce bon à : Service Lectrices HARLEQUIN
BP 20008 - 59718 LILLE CEDEX 9.

N° d'abonnée Harlequin (si vous en avez un) ⊔⊔⊔⊔⊔⊔⊔⊔⊔

Mᵐᵉ ❏   Mˡˡᵉ ❏   NOM _____

Prénom _____

Adresse _____

Code Postal ⊔⊔⊔⊔⊔⊔   Ville _____

Le Service Lectrices est à votre écoute au 01.45.82.44.26
du lundi au jeudi de 9h à 17h et le vendredi de 9h à 15h.

Composé et édité par les
éditions Harlequin
Achevé d'imprimer en février 2007

par

LIBERDÚPLEX

Dépôt légal : mars 2007
N° d'éditeur : 12674

Imprimé en Espagne